Sarah Koch

Finstere Wasser

Sarah Koch, geboren in Oberbayern, ist gelernte Filmdesignerin und hat einen Bachelor-Abschluss in Germanistik und Anglistik. Sie lebt in der Nähe von Stuttgart. Mit ihrem Thriller »In den Fängen des Waldes« gelang ihr beim Piper Verlag der Einstieg in die Autorenwelt. Sich nur auf ein Genre festzulegen kann sie sich nicht vorstellen, dafür hat sie viel zu viele verschiedene Ideen und Lust, immer wieder Neues auszuprobieren. Als @buchstabensarah nimmt sie ihre Leser auf Instagram mit in die Welt ihrer Geschichten. Wenn sie nicht gerade schreibt, arbeitet sie als Marketing Managerin, liest, singt oder verbringt Zeit in der Natur.

Sarah Koch

Finstere Wasser

Romantasy

PIPER

Mehr über unsere Autoren und Bücher:
www.piper.de

Wenn Ihnen dieser Roman gefallen hat, schreiben Sie uns unter Nennung des Titels »Finstere Wasser« an empfehlungen@piper.de, und wir empfehlen Ihnen gerne vergleichbare Bücher.

ISBN 978-3-492-50407-2

Redaktion: Cornelia Franke
Satz auf Grundlage eines CSS-Layouts von digital publishing competence (München) mit abavo vlow (Buchloe)
Covergestaltung: Giessel Design
Covermotiv: Bilder unter Lizenzierung von Shutterstock.com genutzt
Printed in Germany

Für alle, die die Welt nicht in Schwarz oder Weiß sehen, sondern mit all den Facetten dazwischen

Prolog

Am Strand fühlen wir uns frei. Endlose Wasser, wohin unser Blick auch schweift. Endlos und zischend, sprudelnd und spritzend. Die Gischt zischt uns Wörter zu und das Säuseln des Windes formt Geschichten daraus, über Seefahrer und Meerjungfrauen, über Ungeheuer aus den Tiefen des Ozeans und Schiffe kapernde Piraten.

Auch ich liebe den Strand, mag die endlosen Wasser. Aber meine Faszination gilt anderen Gewässern, das tat sie schon immer. Wenn ich an den Flüssen und Seen in meiner Heimat entlang laufe, sehe ich finstere Wasser, die nicht mit den Tiefen der Meere mithalten können, aber ihre eigenen Geheimnisse verbergen. Und auch diese sind finster. So finster, dass ich die Bedrohung, die in ihnen haust, unterschätzt habe, das weiß ich heute.

Und dennoch haben mir diese finsteren Gewässer mehr Licht in mein Leben gebracht, als ich zu träumen gewagt hätte. Für die meisten Menschen gibt es nur schwarz und weiß, hell oder dunkel, und beides schließt sich aus. Für mich sind die Wasser meiner Heimat weiterhin finster, so wie für die meisten anderen. Trotzdem ist da dieser Lichtstrahl, der das Dunkel durchbricht und mein Herz wärmt. Von diesem möchte ich euch erzählen. Denn mehr von uns müssen verstehen, dass dieser Lichtstrahl kein Hirngespinst meiner blühenden Fantasie ist. Dass dieses Licht das Dunkel zwar nie verdrängen kann, aber eine Berechtigung hat, hell zu strahlen.

Mein Lichtstrahl wird wahrscheinlich nie vollkommen akzeptiert werden. Es wird immer Leute geben, die sein Leuchten trüben wollen. Die sich nur darauf konzentrieren, dass ein Lichtstrahl automatisch Schatten wirft. Doch das tut er hauptsächlich, wenn man sich ihm in den Weg stellt.

Mein Lichtstrahl heißt Rye, wie der Fluss, und von ihm handelt diese Geschichte. Von ihm, dem Lichtstrahl und von seinem Schatten. Von allem, was die finsteren Wasser verbergen.

Kapitel 1

Thunders Hufe wirbeln Staub auf dem Feldweg auf, den die frühmorgendliche Sommersonne nach dem gestrigen Regenschauer schon wieder ausgetrocknet hat. Rechts von uns zieht der Fluss vorbei, links von uns wechseln sich stetig Waldflächen mit Wiesen ab. Ich bremse meine weiß und schokobraun gescheckte Stute vom Galopp in einen lockeren Trab und lausche den Geräuschen meiner Heimat. Während die Vögel in den Baumkronen ihre Lieder pfeifen, gibt das beständige Wasserrauschen ihnen den Rhythmus vor und das Platschen der Lachse, die sich zum Laichen den Fluss nach oben kämpfen, untermalt die Symphonie der Natur mit dumpfen Paukenschlägen.

Nirgendwo fühle ich mich so frei und schwerelos wie hier auf dem Rücken meines Pferdes, inmitten der Natur. Hier, wo andere Urlaub machen, bin ich zu Hause und ich würde mit niemandem tauschen wollen. Egal, wie sehr es andere in die Städte zieht, ich konnte dem nie besonders viel abgewinnen.

Mit einem Blick auf meine Armbanduhr vergesse ich meine Tagträume und treibe Thunder direkt wieder in den Galopp. Ich sollte längst zurück am Stall sein und meiner Mutter mit den Feriengästen helfen.

Mit der Sonne im Nacken und dem Wind auf meiner Haut trete ich pfeifend den Rückweg an. Lediglich der Neubau des riesigen Industriegebäudes, das im letzten

Jahr auf einer der Lichtungen hochgezogen wurde, kann meine Stimmung trüben. Aus dem Augenwinkel sehe ich den Schriftzug. *RIK* steht in schlammfarbenen Lettern – der offiziellen Firmenfarbe – auf der gigantischen Mauer. Ich schnaufe lauter als Thunder, Wut steigt in mir auf. Was unsere Gewässer bewohnt, ist sicherlich nicht für Schmuseeinheiten gedacht, aber ich traue diesen Leuten nicht. Für mich rochen diese schlammigen Buchstaben schon immer nach Betrug und Heuchelei.

Erst als wir uns dem Stall nähern, bessert sich meine Laune. Ich kümmere mich um Thunder und bringe sie anschließend zu unseren anderen Pferden auf die Koppel, bevor ich selbst in unserem Cottage verschwinde und unter die Dusche husche. Als ich mich umgezogen und mein hellblondes Haar mit dem leichten Kupferstich angeföhnt und zu einem lockeren Dutt verknotet habe, mache ich mich auf den Weg zum Nebengebäude, einem weiteren Cottage, in dem wir unsere Feriengäste empfangen und ihnen Frühstück servieren. Der Duft von frischen Scones steigt mir in die Nase und lässt meinen Magen hungrig knurren.

Ich betrete das Cottage, dessen Eingang ein Schild mit der Aufschrift *Edwards Highlands Lodges, Rezeption & Frühstücksraum* ziert und sehe, wie meine Mutter hinter dem Rezeptionstresen eine Schnute zieht.

Schmunzelnd laufe ich zu ihr, drücke ihr einen Kuss auf die Stirn und versuche mich an der üblichen leeren Entschuldigung. »Sorry, Mum. Thunder ist –«

»So gut gelaufen, ja, ja«, ergänzt sie meine Dauerausrede, wenn ich morgens wieder zu spät aufkreuze. »Die Johnsons habe ich schon zu ihrer Lodge geführt und ihnen alles gezeigt, aber du kannst das Ehepaar aus Deutschland übernehmen, wie heißen die noch gleich,

Kenzy?«, geht sie direkt zum Tagesgeschäft über und kramt in ihren Unterlagen.

Ich setze mich auf meinen Drehstuhl, logge mich am PC in die Software ein, die ich Mum vor Ewigkeiten installiert habe, und mache mit zwei weiteren Klicks die Deutschen ausfindig. »Rommler. Steffen und Iris«, sage ich und grinse ihr von der Seite aus zu. »Die haben aber angegeben, dass sie erst gegen Mittag hier aufschlagen, also gehe ich kurz frühstücken, okay?«

Meine Mutter hält mich am Arm zurück. »Nimm dir was mit rüber, Maeve will dir noch ihr Referat vortragen, bevor sie losmuss.«

Shit, fluche ich innerlich. Das Referat meiner kleinen Schwester hatte ich völlig vergessen. Sie wollte es mir gestern Abend schon vortragen, aber ich habe sie abgewimmelt und mich auf mein Zimmer verkrümelt. Mit einem Mal ist meine Laune wieder getrübt und ich schlurfe zum Buffet, vorbei an ein paar mampfenden Touristen, kralle mir zwei Scones, etwas Butter und Himbeermarmelade und platziere alles auf einem Teller.

»Sie ist sechzehn, Mum, kann sie das nicht allein? Das ist nicht ihr erstes Referat«, maule ich, als ich mit meinem Teller am Tresen vorbeilaufe. Mum zieht nur eine Augenbraue nach oben und bedeutet mir mit einer wischenden Handbewegung, zu Maeve ins Cottage zu verschwinden.

Keine fünf Minuten später sitze ich im Wohnzimmer auf dem Sofa, während mir meine Schwester gegenübersteht und ihre Karteikarten in den Händen knetet. Mit ihrer kupferroten Mähne, die sie im Gegensatz zu mir von Mum geerbt hat, und unserem Teint vom Typ Weizenmehl kommt sie dem Klischee einer typischen Schottin erstaunlich nahe. Schon der erste Bissen meines Frühstücks bleibt mir jedoch im Hals stecken und ich stelle meinen Teller auf den Wohnzimmertisch, denn beim Thema von Maeves Referat vergeht mir der Appetit.

»Die Existenz von Kelpies, dämonischen Wasserpferden, die ausschließlich Schottlands Flüsse und Seen bewohnen, konnte erstmalig im Jahr 1992 vom schottischen Forscher Christopher Russell bewiesen werden.«

Ich weiß, wie fasziniert Maeve von der Brutalität der Kelpies ist, und nicht nur Maeve ist das. Die meisten Menschen weltweit halten die Kelpies für wahre Ausgeburten des Teufels. Natürlich sind sie grausam, aber haben all diese Menschen einmal einem Löwen bei der Jagd zugesehen, oder einem weißen Hai? Es liegt eben in ihrer Natur zu jagen, genauso wie in der Natur anderer Tiere. Und darüber beschwert sich keiner.

»... erscheint den Menschen entweder in der Gestalt eines wunderschönen, meist schwarzen, Pferdes oder in Menschengestalt, meist in Form eines hübschen Jünglings. Sobald man sich dem Kelpie hingibt und beispielsweise auf dessen Rücken klettert, zieht einen das Kelpie ins Wasser, wo man ertrinkt, bevor man vom ihm gefressen wird.«

Ich schaffe es gerade so, nicht die Augen zu verdrehen. Natürlich, das klingt alles schrecklich grausam. Und auch ich halte Abstand zu den Kreaturen, denn ich weiß, dass mit ihnen nicht zu spielen ist. Trotzdem war ich schon immer der Meinung, dass sich die Menschheit nur dermaßen über Kelpies echauffiert, weil sie es auf Menschen abgesehen haben, auf ihre eigene ach so wertvolle Spezies, und nicht auf andere Tiere.

»Russell war der Erste, dem es gelang, ein lebendes Kelpie einzufangen«, säuselt meine Schwester weiter ihr Referat herunter, was wahrscheinlich sowieso nur eins zu eins aus Wikipedia kopiert wurde, so wie ich Maeve kenne.

»Im Jahr 1994 gründete er das *Russell Institute for the Rescue of Kelpies*, kurz RIK.«

An dieser Stelle erlaube ich es mir, abzuschweifen. Angeblich fängt dieses verfluchte Institut Kelpies ein, um die Menschen vor ihnen zu schützen und gleichzeitig den Kelpies einen gesicherten Lebensraum zu geben. Dass ich nicht lache. Der natürliche Lebensraum dieser Kreaturen sind die Flüsse Schottlands, nicht das, was auch immer sich hinter riesigen Mauern verbergen kann. Seit jeher kursieren Gerüchte, dass das ach so gute Institut in Wahrheit grausame Tests an den Kelpies durchführt. Aber so genau will ich es gar nicht wissen. Ich verachte jegliche Art der Tierversuche, ob man Kelpies nun als Tiere oder Dämonen oder sonst was bezeichnen möchte.

Als Maeve fertig ist, unterdrücke ich ein Gähnen und klatsche stattdessen.

»Ist sowieso nur aus Wikipedia kopiert«, kommentiert sie meinen Applaus trocken, schultert ihren Rucksack und entlockt mir mit ihrer Aussage tatsächlich ein Lachen.

»Viel Erfolg«, sage ich, gehe aber in ein »He, lass das!« über, als sie mir einen meiner Scones vom Teller klaut, ihn sich in den Mund stopft und mit ihren Fingern ein Peace-Zeichen formt, das sie mir als Verabschiedung hinhält, während sie zur Haustür eilt.

Draußen im Hof werde ich von meinem Vater und unserem Deutsch Kurzhaar-Jagdhund Chocolate begrüßt, die wahrscheinlich gerade von ihrem Morgenspaziergang zurückkommen. Mein Kater Rochester, der wie gewöhnlich auf der krummen Holzbank vor unserem Haus sein nie enden wollendes Nickerchen hält, faucht Chocolate böse an, worauf dieser sich hinter Dad versteckt.

»Morgen«, ruft mir Dad entgegen. »Du kommst nachher mit, ja? Gegen halb zwölf?«

Eigentlich habe ich nicht im Geringsten Lust, meinem Dad bei der Jagd zu helfen, aber ich habe es ihm versprochen.

»Klar. Bis dann.«

Ich lasse meinen Blick über unsere Anlage schweifen. Meine Eltern haben sich hier vor Jahrzehnten ihren Traum erfüllt und ich werde ihn eines Tages fortführen. Zumindest erwartet Dad das von mir und ich bin noch nicht bereit, ihm den Wunsch abzuschlagen. Die *Edwards Highlands Lodges* ziehen sich über ein riesiges Feld mitten im schottischen Hochland, insgesamt zwölf der Glamping-Hütten reihen sich hintereinander, jede über einen gepflasterten Weg mit dem Parkplatz und dem Cottage verbunden, in dem das Frühstück serviert wird. Links von der Anlage, direkt hinter unserem Wohnhaus, schlängelt sich der Fluss vorbei. Im Hintergrund der Lodges ragt die hügelige Landschaft der Highlands auf. Das nächste Dorf ist wenige Kilometer entfernt, die Hauptstraße dennoch gut abgeschirmt, bis zum nächsten Strand sind es nur wenige Kilometer in die andere Richtung. Die Lage könnte nicht perfekter sein, was sich alljährlich an den Besucherzahlen ablesen lässt. Wir sind regelmäßig ausgebucht, seit ich mich um das Marketing der Anlage kümmere und wir nicht nur eine aussagekräftige Homepage haben, sondern auch in den sozialen Netzwerken zu finden sind, auf denen ich schöne Fotos der Anlage in ihrem besten Licht teile.

Ich bin fast wieder am Cottage angekommen, in dem Mum auf mich wartet, da ruft mir Dad noch etwas hinterher. »Sei vorsichtig am Fluss, Mackenzie.«

Es kann nichts Gutes bedeuten, wenn er mich nicht bei meinem Spitznamen Kenzy nennt.

»Das Wasser wird wieder dunkler«, fügt er noch hinzu und ich habe beinahe geahnt, dass so etwas kommt. Viele Einheimische bilden sich ein, dass Kelpies immer dann in unserer Gegend auftauchen, wenn die Gewässer ihre dunkelste Färbung angenommen haben. Mein Dad ist einer von ihnen. Ich bin es nicht. Ich halte das für Schwachsinn, habe aber gelernt, dass mein Dad darüber nicht diskutiert, also nicke ich nur und setze meinen Weg fort. Dennoch hämmert mein Herz auf einmal in meiner Brust, als würde es ahnen, dass diesmal mehr dahintersteckt.

Kapitel 2

Der Wind weht Dads Stimme von den Schlossgärten bis zum Hof hinauf, sodass ich ihn bereits höre, als mich Mum am Parkplatz aussteigen lässt: »... schon vor der Geburt Christi zur Beizjagd eingesetzt. In der höfischen Lyrik stand das Bild des Falken, der sich in die Luft erhebt, für das Lebensgefühl der Ritter.«

Gleich wird Dad sein Publikum fragen, ob jemand den mittelhochdeutschen Begriff für dieses Gefühl kenne. Aber davor ...

Meine Augen verengen sich zu Schlitzen, als ich gegen das Sonnenlicht anblinzle und auf die Schlossgärten hinunterblicke, in denen Dad gerade seine beliebte Falkenshow zum Besten gibt. Bevor Dad seine Frage stellt, vollführt sein Lieblingsfalke Lord eines seiner Kunststücke. Die Menge – jeder Platz auf den morschen Holzbänken ist belegt – kreischt und jubelt, als Lord dicht über ihre Köpfe hinwegsaust und sich auf das tote Küken stürzt, das Dad an einer Schnur über das Gras zieht.

Ich schlendere die schiefen Steintreppen herab, die sich den Schlosshügel hinunterschlängeln. Mittlerweile hat Dad seine Frage gestellt und ich murmele reflexartig die Antwort »hôher muot« vor mich hin.

Unten angekommen werfe ich einen Blick auf die sorgsam gepflegten Gärten, in denen überall die Blumen in einem bunten Blütenfeuerwerk explodieren. Die Sträucher sind so perfekt gestutzt, dass man meinen könnte, sie werden mit Nagelscheren millimetergenau geschnitten. Auch der Garten ist so synchron angelegt, dass es fast wie eine optische Täuschung wirkt. Ich hebe den Kopf und bewundere wie jedes Mal das alte Schloss, das wie die Majestät, die einst in ihm gehaust hat, auf dem Hügel thront. Alles an diesem Ort sieht aus wie in einem Märchen und ich stelle mir vor, wie in den spitzen Türmen, die links und rechts in den Himmel ragen, noch heute Mägde ihren Prinzessinnen die Zöpfe flechten. Ich kann mich an diesem Ort nicht sattsehen.

Jubel und Applaus reißen mich aus meinen Gedanken. Die Arme verschränkt, ein Bein angewinkelt, das andere durchgestreckt, stehe ich in der Wiese hinter den Besucherbänken und schaue meinem Dad mit stolzem Lächeln auf den Lippen dabei zu, wie er sich leicht verbeugt, Lord auf seinem dicken Handschuh balancierend. Nächstes Jahr feiert Dad sein 20. Jubiläum als Leiter der schlosseigenen Falknerei. Seit ich denken kann macht er diese Shows und erntet dafür nur Lob und Begeisterung. Ich kann es verstehen. Selbst für mich, die mit den Falken groß geworden ist, sind die Tiere, genau wie die Adler und Eulen, ein reines Spektakel.

Dads Blick fällt auf mich und er nickt mir lachend zu, was ich erwidere. Um dem Publikum zu entfliehen, das sich nach jeder Show noch mindestens zwanzig Minuten lang um meinen Dad schart, um ihn mit Fragen zu löchern und einen genaueren Blick auf Lord zu werfen, laufe ich nach hinten zu den Käfigen und begrüße jeden der Vögel. Meinem Lieblingstier hier, der Schleiereule Tessa, widme ich am meisten Aufmerksamkeit.

Während Dad sich um das Publikum kümmert, das sich langsam ausdünnt und weiter durch die Gärten flaniert, bereite ich den Falken, mit dem wir heute jagen gehen wollen, für die Autofahrt vor. Ich streife dem Tier gerade seine Lederhaube über den Kopf, damit er nicht abgelenkt wird, als Dad mit Lord auf dem Arm zu mir stößt.

»Er war gut heute«, sage ich und nicke in Lords Richtung.

Dad verfrachtet das Tier in seinem Käfig und nimmt ihm die Haube ab. »Er ist immer gut.«

»Genau wie du. Die lieben dich einfach.« Ich lächle ihm zu, was er erwidert.

»Seid ihr schon bereit?«, fragt er und wieder nicke ich. Ich trage den Falken zum Parkplatz und setze ihn auf sein Stöckchen auf der Rückbank, bevor ich selbst den Beifahrersitz einnehme. Dad kommt wenig später mit Chocolate im Schlepptau zurück.

»Haben schon neue Gäste eingecheckt?«, will Dad wissen, als er den Motor startet. Er ist durch und durch die Sorte Mann, die nur in Small Talk gut ist. Sobald es um Gefühle oder tiefgründigere Gedanken geht, ist er ein Eisklotz, auch wenn wir wissen, dass er es nicht böse meint. Wenn wir zusammen unterwegs sind, reden wir meistens über das Treiben in den Lodges oder seine Shows.

»Ja, die Deutschen sind gerade angekommen, bevor Mom und ich losgefahren sind. Und ich glaube, nachher kommt noch ein Pärchen mit seiner Tochter.«

Vor uns kreuzen zwei Schafe die Straße und Dad muss kurz anhalten. Er dreht den Kopf nach links, sodass er mich direkt anschauen kann, und stellt seine nächste Small-Talk-Frage. »Hat Maeve dir noch ihr Referat vorgetragen?«

Ich beobachte das Schaf, das sich, nun da es die Straße überquert hat, meckernd den Hügel hinaufkämpft.

»Ja, war in Ordnung.«

»Aber ist nicht so dein Thema.«

Mein Tonfall muss mich verraten haben. Ich schaue Dad an und merke, dass sich seine Mundwinkel komisch verzerrt haben, was ein Lachen sein könnte oder auch das Gegenteil. Als ich auf seine Bemerkung nicht eingehe, lenkt er mit einer weiteren Frage ab.

»Hat sie es diesmal wenigstens selbst gemacht?«

Maeve ist bereits dafür bekannt, dass sie ihre Referate gerne eins zu eins aus dem Internet kopiert. Einmal hat sie dafür in Biologie ein F kassiert und fiel damit durch.

Mir entkommt ein Schmunzeln. »Wikipedia hat ihr geholfen.«

Dad schüttelt den Kopf, lacht aber dieses Mal. »Dieses Mädchen bringt mich noch um den Verstand. Was haben wir bei ihr nur falsch gemacht? Du warst nie so.«

Ich zucke mit den Achseln. »Dafür ist Maeve ein Chemie-Genie. Da habe ich immer nur abgeschrieben.«

Wir erreichen den Parkplatz und ich bin froh, den nichtssagenden Auto-Gesprächen zu entfliehen. Zumindest, bis ich einen der typischen schlammbraunen Jeeps des Forschungsinstituts entdecke, der am äußersten Rand des Schotterplatzes parkt. Das Logo mit den Buchstaben RIK prangt auf der Motorhaube.

Dads Gesichtszüge verdunkeln sich schlagartig, werden so finster wie der Fluss heute Morgen. Ich weiß nicht, was ich sagen soll, daher konzentriere ich mich auf den Falken, den ich behutsam von seinem Stöckchen hole und mir auf den Lederhandschuh setze. Zwei Männer kommen uns entgegengelaufen, schon von Weitem erkennt man ihre schlammfarbenen Uniformen, auf denen dasselbe Logo gedruckt ist.

»Ist alles in Ordnung?«, fragt Dad einen der Männer, als sie nah genug bei uns sind. Derweil springt Chocolate aus dem Kofferraum ins Freie.

»Ja, keine Sorge. Fehlalarm.« Ohne ein weiteres Wort verschwinden die Männer in ihrem Jeep und lassen uns auf dem Parkplatz allein. Wie Erdmännchen glotzen wir ihnen hinterher, bis der Wagen um die nächste Kurve verschwunden ist. Auf Dads Stirn kreuzen sich die Sorgenfalten, aber er treibt mich und Chocolate vorwärts. »Na komm, gehen wir. Wir wollen ja nicht zum Fluss.«

Selbst nach all den Jahren kann er nicht verstehen, dass ich keine Angst vor Kelpies habe, sondern davor, was wir Menschen mit ihnen anstellen. Auf der Jagd zu streiten, ist jedoch keine gute Idee, daher schweige ich. Vor uns liegt ein scheinbar unendlich langes Feld, das seitlich von einem Waldstück begrenzt wird. Dahinter rauscht der Fluss, aber wie Dad festgestellt hat, sind wir dahin nicht unterwegs. Bevor wir auf das Feld einbiegen und Dad Chocolate von der Leine lässt, kommt uns Bill entgegen, ein enger Freund der Familie. Er ging schon mit Dad in die Schule, sie sind beste Freunde seit der ersten Klasse.

»Seamus, wieder unterwegs?«, begrüßt er meinen Dad grinsend und umarmt ihn. Sein Labrador schleckt Dads Hand ab, bevor er beginnt, mit Chocolate zu spielen.

Nachdem er sich von meinem Dad gelöst hat, wendet sich Bill mir zu. »Hey Kenzy.« Ich mochte ihn schon immer. Seit ich denken kann, verbinde ich mit ihm Fudge, seine Frau macht einfach den weltbesten. Er duftet ständig danach, auch heute weht mir der Wind den Geruch der karamellhaltigen Süßigkeit ins Gesicht.

»Hast du die Männer vom RIK auch gesehen?«

Bill nickt und lacht kurz auf. »Ich hab sie sogar angerufen. Dachte, ich hätte was gesehen, unten am Wasser.«

Dads Augenbrauen verbinden sich fast zu einer Linie, so sehr runzelt er die Stirn. »Bist du sicher? Das Wasser ist dunkler geworden in den letzten Tagen.«

»Ist mir auch aufgefallen. Aber das RIK hat nichts gefunden. Na ja, ich muss weiter, Molly hat gekocht. Seid vorsichtig.«

Ich zwinge mich dazu, nicht mit den Augen zu rollen, verabschiede mich von Bill und trotte hinter Dad her auf das Feld. Ja, man muss vorsichtig sein im Umgang mit den Kelpies. Doch solange man sich nicht auf die Pferde setzt, droht einem keine Gefahr. Sie greifen nicht von sich aus an. Welches Raubtier wartet schon, bis sich seine Beute freiwillig serviert?

Bevor ich weiter über die Situation nachdenken kann, hat Dad bereits Chocolate von der Leine gelassen und dem Falken die Haube abgestreift. Ich halte mich im Hintergrund, da ich von der Jagd nicht halb so viel verstehe wie mein Dad und nur als Helferin dabei bin. Es dauert nicht lange, bis Chocolate das erste Moorhuhn entdeckt. Und auf einmal geht alles wie gewohnt schnell. Chocolate stürmt aus seiner Deckung, schreckt das Huhn auf, das wild in die Luft flattert. Der Falke, der hoch oben am Himmel ein kaum auszumachender Punkt ist, legt seine Flügel an und prescht senkrecht nach unten, bis er auf das Huhn trifft, seine Krallen hineinrammt und zusammen mit seiner Beute auf dem Boden landet. Das Spektakel ist gleichzeitig grauenvoll und unglaublich beeindruckend. Und jedes Mal frage ich mich aufs Neue, was an dieser Art zu jagen, die Dad offenbar so viel Freude macht, harmloser sein soll als an der Art, wie sich Kelpies ihre Nahrung beschaffen.

Kapitel 3

»Wie war dein Referat?«, frage ich Maeve, als sie aus der Schule kommt. Wie immer läuft das so ab, dass sie theatralisch die Tür hinter sich zuknallt, ihren Rucksack in die Ecke zwischen Garderobe und Sofa schmeißt und sich in den uralten Lesesessel sinken lässt, den Mum von ihrem Opa geerbt hat. Dann wartet sie eine Minute und seufzt für das ganze Haus hörbar. Dies sind die kritischen zwei Minuten, in denen man direkt eine Frage zu stellen hat, ansonsten plappert sie einen halb zu Tode.

»War okay. Hab' ein B bekommen.« Sie zuckt mit den Achseln und stopft sich ein Kissen unter den Kopf.

»Du meinst, Wikipedia hat das B bekommen?«, ziehe ich sie auf. Sie schnappt sich das Kissen und wirft es nach mir. Kichernd hebe ich es auf und schmeiße es zurück. Im selben Moment kommt Mum zur Tür herein, sieht Maeve und wirft ihr einen Handkuss zu, was meine Teenie-Schwester mit einem Augenrollen kommentiert.

»Na, wie war dein Referat?«, fragt sie ebenfalls, während sie an unserer Kaffeemaschine den Knopf für einen Cappuccino drückt und eine Tasse bereitstellt.

Maeve und ich schauen uns an und lachen.

»Was ist denn so lustig?«, will Mum wissen. Ich muss nur noch mehr lachen, aber Maeve beherrscht sich und berichtet auch Mum von ihrer Note, was diese strahlend mit einem »Toll, ich bin stolz auf dich!« kommentiert. Sie ist eine dieser Mütter, die diesem Satz durch dessen leichtfertige Benutzung jegliche Bedeutung entzogen haben.

Maeve schaltet den Fernseher ein und zappt sich durch die Programme. Ein wildes Potpourri aus Stimmen prügelt auf unsere Trommelfelle ein, während sie im Sekundentakt den Kanal wechselt. Schließlich bleibt sie bei den Nachrichten hängen, die eine Sechzehnjährige normalerweise weniger interessieren als gewisse Reality-TV-Formate. Bis ich höre, worüber berichtet wird.

»... zwei Kelpies am Ufer des Flusses Coe in Glencoe gesichtet. Das RIK konnte beide lebend einfangen und die Anwohner somit ein weiteres Mal vor der Gefahr schützen. Wir schalten live zu unserer Reporterin vor Ort –«

Den Namen der Reporterin verstehe ich nicht, da Mums Stimme die des Sprechers übertönt. »Seamus!«, ruft sie nach Dad, der sich in sein Arbeitszimmer verkrochen hat. Ich verstehe nicht, warum es für meine Eltern und generell für alle Schotten ein solches Ereignis ist, wenn Kelpies auftauchen. Diese Wesen sind seit Jahrzehnten ein Teil der Natur, trotzdem wird es jedes Mal in den Medien hochgespielt, als wäre ein UFO gesichtet worden. Die meisten Menschen, die den Kelpies zum Opfer fallen, sind dumme Touristen, die die Gefahr unterschätzen und mit den Wesen Fotos machen wollen.

»... wurden ins nächstgelegene Russell Institute gebracht, das sich bei Stirling befindet. Viele Schaulustige haben sich hier in Glencoe am Ufer des Flusses eingefunden, um beim Abtransport einen Blick auf die Wesen zu erhaschen.«

»Das ist nichts Neues«, seufze ich und schüttle den Kopf, aber ich bin mit meiner Meinung wie immer allein. Mum zischt nur ein »Psst«, während Maeve und Dad wie gebannt in den Fernseher glotzen. Ja, in gewisser Weise ist es etwas Besonderes, wenn Kelpies auftauchen, da sie sich nicht alle paar Wochen blicken lassen. Vor allem seit sich das Institut ausbreitet, mit mittlerweile fünf Niederlassungen schottlandweit, sieht man Kelpies nur noch vereinzelt. Vielleicht ist es deshalb so ein Spektakel, weil Seltenheiten immer wieder aufs Neue spannend sind. Die Leute haben wirklich zu wenig Hobbys.

»... unter den Zuschauern auch Demonstranten der Gruppe *Kelpie Rescue*, kurz KeRes, waren.« Die Worte der Reporterin werden untermalt von eingeblendeten Aufnahmen, auf denen vor allem junge Erwachsene selbst gebastelte Protest-Schilder hochhalten. Ich habe oft darüber nachgedacht, mich solchen Gruppen anzuschließen, vor allem KeRes ist national sehr bekannt und erscheint sogar international in den Medien. Aber ich weiß, dass Dad vermutlich durchdrehen würde, und eigentlich macht es keinen großen Unterschied. Das RIK ist sowieso viel zu mächtig, als dass so eine Gruppe ihm etwas anhaben könnte. Ich kann dagegen sein, ohne groß den Mund aufzumachen.

»Ich hab ja gesagt, die Wasser sind wieder dunkler geworden«, packt Dad zum dritten Mal an diesem Tag seinen ewigen »Dunkle-Wasser-Sermon« aus. Sobald die Reporterin sich verabschiedet hat und das Nachrichtenprogramm sich dem Wetterbericht widmet, schaltet Maeve auf ihren Lieblingskanal um, der mir mit seinen seltsamen Formaten den letzten Nerv raubt.

»Mum, Lodge sieben ist frei, oder?«, frage ich und sehe meiner Mutter dabei zu, wie sie ihren Cappuccino schlürft.

Sie nickt. »Ja, aber morgen kommen neue Gäste rein. Warum?«

»Ich würde gerne neue Fotos für Facebook und Instagram machen.«

»Schön!«, sagt Mum nur. Sie versteht nicht viel von »diesem Internet«, wie sie es immer nennt.

Wenige Minuten später stehe ich mitten in der Anlage, meine Kamera lässig an ihrem Gurt über die Schulter gehängt. Links von mir höre ich das Rauschen des Flusses und schließe kurz die Augen, um den Moment in mir aufzunehmen. Ein schwacher Sonnenstrahl kitzelt meine Nase und Rochester, der mir von seinem Lieblingsplätzchen auf der Bank gefolgt ist, reibt seinen grauen Kopf an meinen Beinen. Ich gebe meinem Kater eine ausgiebige Streicheleinheit und schaue ihm dabei zu, wie er danach zufrieden davonstolziert. Dann setze ich meinen Weg fort zu Lodge Nummer sieben, sperre die Tür auf und suche mir das erste Plätzchen, um die Raumatmosphäre einzufangen. Im Schlafzimmer fällt gerade das Licht besonders schön ein, daher fange ich dort an.

Ohne die Fotografie professionell gelernt zu haben, gehen mir ansprechende Fotos mittlerweile ziemlich leicht von der Hand, sodass ich mir eine Viertelstunde später bereits den nächsten Raum, das Wohnzimmer, vornehme. Über die Fenstertür gelangt man auf eine kleine Holzterrasse, an der sich keine hundert Meter weiter der Fluss vorbeischlängelt. Dahinter wechseln sich Büsche und Gestrüpp ab, hinter denen wiederum eine ewige Weite an Heidekraut irgendwo vom nächsten Hügel begrenzt wird. Für Touristen muss das hier das Paradies auf Erden sein. Obwohl ich eigentlich den Raum von innen fotografieren wollte, knipse ich ein paar Schnappschüsse in die Landschaft hinein, die die Abendsonne in knallige Orangetöne taucht. Als ich mit meinem Objektiv an den Flusslauf heranzoome, bleibt mein Blick durch den Sucher an einem schwarzen Haarbüschel hängen.

Verwirrt nehme ich die Kamera herunter und halte die flache Hand an meine Stirn, um das Sonnenlicht abzuschirmen. Das Haarbüschel bewegt sich und mit ihm das Hinterteil eines Pferdes. Um sicherzugehen, dass mich meine Augen nicht trügen, schaue ich erneut durch den Sucher der Kamera.

Für einen Moment vergesse ich zu atmen. Das rabenschwarze Pferd, dessen Fell im Licht schimmert, als wäre es mit tausend Diamanten besetzt, steht neben dem Fluss und schaut ins Weite. Seine Mähne ist leicht gewellt, genau wie der Schweif, den ich vorher als Büschel in meinem Sucher erspäht habe. Der leichte Wind streichelt mit seinen unsichtbaren Fingern durch die Mähne und ich muss bei diesem unglaublich majestätischen Anblick nicht lange überlegen – wenige Meter vor mir am Fluss steht ein Kelpie und genießt genau wie ich die letzten Sonnenstrahlen des Tages.

Kapitel 4

Die erste Minute stehe ich still wie ein Zaunpfahl. Das Wesen vor mir trinkt am Fluss und streckt danach seinen Kopf in die Sonne, um das Licht in sich aufzusaugen. Es wirkt fast menschlich, jedenfalls nicht wie ein Monster. Irgendwann recke ich meine Kamera, die ich in der Zwischenzeit wieder nach unten hatte gleiten lassen, langsam, Millimeter für Millimeter, in die Höhe. In Zeitlupe drehe ich an meinem Objektiv, um heranzuzoomen, und schiele durch den Sucher, bevor ich mit einem Klick ein perfektes Foto einfange. Immer weiter knipse ich, ein Foto nach dem anderen, bis das Kelpie mich plötzlich bemerkt.

Es streckt den Kopf direkt in meine Richtung und dank des maximalen digitalen Zooms kann ich erkennen, wie mich die schwarzen Augen des Tieres fixieren. Das letzte Mal, das ich einem Kelpie so nah war, ist über ein Jahrzehnt her. Und davon habe ich keine angenehme Erinnerung behalten. Dennoch spüre ich keine Angst, auch wenn mein Herz rast. Es ist keine Furcht, die sich in mir breitmacht, es ist eine angenehme Aufregung, dieser Ansturm von Faszination, der mich schon damals überfallen hat. Der mir schon damals kein Glück gebracht hat.

Ich weiß nicht, wie lange sich unsere Blicke ineinander verkeilen, obwohl ich mittlerweile die Kamera wieder an ihrem Gurt baumeln lasse und auf die Entfernung nicht erkennen kann, ob das Wesen mich überhaupt anschaut. Irgendetwas in mir fühlt, dass es mich fixiert und trotz des wärmenden Sonnenlichts überzieht eine Gänsehaut meinen Körper. Dieser Moment hat etwas Magisches. Es ist mir unbegreiflich, wie diese wunderschöne Kreatur so grauenvoll töten kann. Und doch weiß ich, dass ich es bei all meiner Faszination nicht ausblenden darf.

Es kostet mich einiges an Überwindung, aber schließlich reiße ich mich los, gehe zurück in die Lodge und ziehe die Terrassentür hinter mir zu. Ein letztes Mal drehe ich mich zu dem Kelpie um, das den Kopf weiterhin in meine Richtung gestreckt hat, dann renne ich aus der Lodge, schmeiße die Tür hinter mir zu und höre erst auf zu rennen, als ein Touristenpärchen von seiner Terrasse aus besorgt nachfragt, ob alles in Ordnung ist. Ich zwinge mich dazu, langsam und normal zu laufen, werfe den Touristen ein schiefes Lächeln zu und ignoriere Rochesters lang gezogenes »Miau«, als ich unsere Haustür erreiche.

»Das ging ja schnell«, begrüßt mich meine Mutter, die in unserer offenen Küche gerade das Abendessen zubereitet. Ein dampfender Topf steht auf dem Herd und der gesamte Raum, bestehend aus Küche und Wohnzimmer, duftet nach Eintopf.

»Ja, das Licht war doch nicht so gut«, murmele ich im Vorbeigehen. Das Licht war perfekt, aber das muss sie nicht wissen. Sobald ich außer Sichtweite bin, stürme ich die Treppen nach oben in mein Zimmer. Sekunden später sitze ich auf meinem Schreibtischstuhl und kopiere die Fotos von meiner Speicherkarte auf meinen Rechner. Am Bildschirm vorbei starre ich aus dem Fenster mit Blick auf den Fluss, in der heimlichen Hoffnung, das Kelpie noch einmal zu sehen, aber es scheint sich nicht von seiner

Stelle bewegt zu haben. Zumindest nicht in diese Richtung.

Schon beim ersten Durchsehen der Fotos wird mir erneut bewusst, wie verlockend schön die Kelpies sind. Die Linse meiner Kamera hat das Glitzern des nachtschwarzen Fells perfekt eingefangen, der Wind genau den richtigen Winkel erwischt, in dem er die gewellte Mähne und den Schweif aufwehen muss. Gerade zoome ich in meinem Bildbearbeitungsprogramm an den Kopf des Kelpies heran, da fliegt meine Zimmertür auf und Maeve stürmt herein. Erschrocken klicke ich auf »Schließen«, damit das Programm herunterfährt. Meine Schwester ist neugieriger als Sherlock Holmes und ich wage sogar, so weit zu gehen, sie auch als besseren Ermittler einzustufen. Ich hoffe, das ist nur eine ihrer Phasen, aber ich fürchte, diese Eigenschaft wird sie nicht verlieren.

»Kannst du nicht klopfen?«, fahre ich sie an und drehe mich zu ihr um.

»Wieso, hast du was zu verbergen?«, sagt sie und schmeißt sich auf mein Bett.

»Was willst du?«

Maeve schaut auf und verzieht das Gesicht zu einer gespielten Schnute. »Redet man so mit seiner geliebten Schwester?«

»Mit dir schon«, seufze ich und ihre Schnute wird erst länger, bevor sie sich in ein Grinsen verwandelt. »Essen ist fertig.« Sie zuckt mit den Achseln, steht vom Bett auf und verlässt mein Zimmer.

»Dein Ernst?«, rufe ich ihr hinterher, aber sie reagiert nicht mehr. Maeve muss wirklich wegen jeder Kleinigkeit eine riesige Show abziehen. Kopfschüttelnd stehe ich auf und werfe einen enttäuschten Blick auf den Bildschirm meines Rechners, der mir lediglich meinen Desktophintergrund anzeigt. Zu gern würde ich meine Bilder weiter bearbeiten, doch ich möchte mich bei meiner Familie, besonders Maeve, nicht verdächtig machen und mein Magen knurrt wie ein Bär.

Während wir unseren Eintopf löffeln, plappert meine Schwester beinahe ununterbrochen über ihr Referat, irgendeine neue Schülerin aus London, die sich scheinbar für die Allercoolste hält – Maeve betitelt sie als »Möchtegern It-Girl« – und die Tatsache, dass Jackson und Alison aus der Parallelklasse nach nur drei Wochen Beziehung Schluss gemacht haben. Da ich schon alles über ihr Referat gehört habe und weder konkret weiß, was ein It-Girl ist, noch jemals etwas von Jackson und Alison gehört habe, schweifen meine Gedanken zu meiner ungewöhnlichen Begegnung am Fluss ab. Erst als Dad das Wort an sich reißt, horche ich wieder auf. »Ich möchte, dass ihr euch alle in der nächsten Zeit vom Fluss fernhaltet, habt ihr verstanden?«

Ich kann es nicht leiden, wenn er so spricht. Noch weniger kann ich es leiden, wie er mich dabei jedes Mal fixiert, als müsste ich nicht ohnehin immer an diesen Tag denken.

»Also sind die Gerüchte wahr?«, will Maeve wissen und rückt ihren Stuhl näher zu Dad heran, um ihm wortwörtlich an den Lippen zu hängen. Es muss sich auch in der Schule herumgesprochen haben, dass in unserer Gegend nach Jahren angeblich wieder Kelpies gesichtet wurden. Aber ich werde einen Teufel tun und das Wesen verraten, das sich so friedlich am Fluss gesonnt hat.

Dad verzieht keine Miene. Wenn es um Kelpies oder generell um ernstere Dinge geht, setzt er immer sein Eisklotzgesicht auf. Das ist schlimmer als jedes Pokerface.

»Solange es nur ein Gerücht ist, haltet ihr euch vorsichtshalber fern. Sobald wir es sicher wissen, sowieso.«

Damit ist die Diskussion für ihn beendet. Es gibt keine, wie gewöhnlich. Noch einmal spüre ich seinen Seitenblick auf mir, der sticht wie eine Wespe.

»Ich muss noch die Fotos fertig machen«, sage ich, um der Situation zu entfliehen. Ich stelle mein Geschirr in die Spülmaschine, danke Mum für das Essen und zwinge mich, die Treppen in normalem Tempo nach oben zu steigen.

In meinem Zimmer angekommen, schließe ich die Tür und lehne mich von innen am kühlen Holz an. Auf einmal schießen mir Tränen in die Augen, wie jedes Mal, wenn Dad seine Kelpie-Ansprache hält. Wie jedes Mal, wenn er mich mit diesem Blick ansieht. Einen Moment konzentriere ich mich auf meine Atmung, so wie ich es mir angewöhnt habe, wenn mich dieses Gefühl wieder überkommt. Als meine Atemzüge regelmäßig und ruhiger werden, lege ich mich auf mein Bett und wähle die Nummer meiner besten Freundin Phoebe. Während meine anderen Schulfreunde alle ewig weit weg gezogen sind und sich nur noch sporadisch melden, ist Phoebe am nächsten bei mir geblieben und genau die treue Seele, die man sich unter einer besten Freundin vorstellt.

»Kenzy!«, brüllt sie durch die Leitung, so laut, dass ich reflexartig den Hörer von meinem Ohr zurückziehe. Sie schafft es immer, mir innerhalb von Sekunden ein Lächeln zu entlocken. Schon bei ihrer Stimme habe ich ihr Bild im Kopf, wie sie mit ihrem schief geflochtenen Fischgrätenzopf und ihrer Muschelkette in ihren hippen Second-Hand-Klamotten von einem Bein aufs andere wippt, weil sie einfach keine Sekunde stillstehen kann. Kein

Wunder, dass sie die Stadt liebt und dortgeblieben ist, ganz im Gegensatz zu mir.

»Schalt mal 'nen Gang runter«, sage ich, was sie natürlich nicht ausbremst.

»Niemals!« Sie lacht. »Alles klar bei dir?«

Eine unsichtbare Hand radiert mein Lächeln aus. »Ich glaub, es geht wieder los.«

»Shit.« Phoebe weiß genau, wovon ich spreche. »Hat er schon seine Ansprache gehalten? Mum hat mir vorhin erzählt, dass scheinbar eins gesehen wurde. Sorry, dass ich mich nicht direkt gemeldet habe, ich hatte noch eine Vorlesung.«

»Es ist nicht offiziell bestätigt. Aber es stimmt.« Ich höre, wie sie Luft durch die Nase einzieht, und bewege mich schwerfällig von meinem Bett an den Schreibtisch, öffne das Foto, das ich vorher bearbeiten wollte, und schicke es ihr unbearbeitet im Chat.

»Ist das ...?«, fragt sie, als es bei ihr ankommt. Auf mein Schweigen schiebt sie ein »Bist du dir sicher?« hinterher. Ich nicke, obwohl sie es nicht sehen kann, und fahre vorsichtshalber den Rechner herunter, falls Maeve wieder hereinplatzt. »Ja, ganz sicher. Schau es dir doch an.«

Phoebe scheint zu überlegen. Sie weiß genauso gut wie ich, dass so kein stinknormales Pferd unserer Nachbarn aussieht, das sich zufälligerweise auf unser Grundstück verirrt hat.

»Hast nur du das gesehen?«, fragt sie nach einer Weile.

»Ich denke schon. Es stand direkt gegenüber der Lodge, auf der anderen Seite des Flusses. Pheebs, das ...« Als ich draußen auf der Treppe trampelnde Schritte höre, die nur von Maeve stammen können, halte ich kurz inne und spreche, nachdem ich ihre Zimmertür gehört habe, vorsichtshalber im Flüsterton weiter. »Das war kein Monster. Das ... Ich weiß auch nicht. Es hat sich einfach gesonnt.«

»Die stehen immer friedlich rum, bis man ihnen zu nahekommt. Du weißt das von allen am besten.«

Ich lasse mich wieder aufs Bett fallen und schnaufe wie Thunder im Galopp. »Nicht du auch noch.«

»Tut mir leid«, murmelt Phoebe. »Trotzdem ist es wahr. Auch wenn du diese Tiere ... oder was auch immer, irgendwie leiden kannst. Kenzy –«

»Du hast es nicht gesehen!« Meine Stimme wird lauter als beabsichtigt und ich halte einen Moment die Luft an. Lausche, ob mich jemand gehört hat, doch kann ich keine Schritte im Flur ausmachen.

»Es hat mich angeschaut, *wir* haben uns angeschaut. Minutenlang.«

Ich höre nur noch Phoebes Atem. So nachdenklich kenne ich sie gar nicht. »Pheebs, sag was«, fordere ich sie auf. Das Gefühl macht sich wieder in mir breit und diesmal weiß ich nicht, ob ich es verdrängen kann.

»Glaubst du, es hätte dich gefressen? Damals?«, fragt sie schließlich und das sind definitiv keine Worte, die mich aufmuntern.

»Ich –«, fange ich an, weil ich sagen will, dass ich es bezweifle, habe aber keine Begründung dafür. Ich war damals acht Jahre alt und mir war klar, dass ich mich fernhalten sollte. Trotzdem wollte ich nicht wahrhaben, wie gefährlich diese wunderschönen Kreaturen sind. Also habe ich versucht, es zu streicheln. Bevor es so weit kommen konnte, hat mein Vater es erschossen. Vor meinen Augen. Nicht nur die ganze Familie stand danach monatelang unter Schock, mein Vater musste außerdem eine Geldstrafe an das RIK zahlen, da die private Jagd auf Kelpies verboten ist. Keine Ahnung, ob man das in dem Fall

Artenschutz nennt. Wie hoch diese Strafe war, weiß ich bis heute nicht. So wie Dad mich noch immer anschaut, war sie hoch genug.

»Kenzy«, unterbricht meine Freundin meine Gedanken. »Ich glaube dir ja, dass es friedlich war. Shit, ich glaube dir eh alles. Und das damals ... Es ist scheiße, was da passiert ist. Aber du musst aufhören, dir die Schuld zu geben, dass es gestorben ist.«

»Es ist nicht gestorben, er hat es umgebracht«, zische ich, so leise ich kann.

»Die Chance, dass es *dich* umgebracht hätte, ist trotzdem größer als die Chance, dass ihr Freunde geworden wärt.«

Jetzt kann ich mich kaum mehr beherrschen, nicht zu weinen. Wenn ich nur wüsste, warum mich diese Scheiße auch nach Jahren so verdammt emotional macht.

»Toll, Pheebs, du solltest mich aufmuntern«, presse ich hervor. Ich höre meine Freundin seufzen.

»Tut mir leid. Ich will bloß, dass du vorsichtig bist. Wenn es dich aufmuntert, kann ich dir was ganz anderes erzählen.«

Ich schlucke. Phoebe ist eine miserable Trösterin, doch eine umso bessere Geschichtenerzählerin. So schafft sie es jedes Mal, mich aufzuheitern.

»Lass mich raten«, sage ich. »Da ist dieser heiße Typ ...«

»Kenzy, wo denkst du hin?«, empört sie sich gekünstelt.

»Entschuldige. Erzähl du.«

»Also. Da ist dieser heiße Typ«, fängt sie an und bei ihrem ausführlichen und natürlich kein bisschen übertriebenen Bericht über jenen ach so heißen Typen vergesse ich für einen Moment die Sorgen dieses Tages.

Kapitel 5

Die nächsten Tage vergehen für mich wie in Trance. Krampfhaft versuche ich, nicht an das Kelpie zu denken, und ertappe mich doch dabei, mir das Foto erneut ansehen zu wollen. Jedes Mal streiche ich mit meinem Cursor über den Ordner, den ich natürlich versteckt habe in sämtlichen anderen Ordnern mit den langweiligsten Titeln, die meine Schwester niemals öffnen würde – zumindest nicht bis zum allerletzten, wenn sie im ersten nur Fotos der Lodges findet. Immer wenn ich kurz davor bin, den Ordner zu öffnen, zwinge ich mich dazu, ihn in Ruhe zu lassen. Doch den Ordner ganz zu löschen, schaffe ich ebenso wenig.

Jeder Tag folgt in dieser Woche einer strikten Routine, damit ich nicht auf dumme Gedanken komme. Nach dem Aufstehen gehe ich zuerst in den Stall, kümmere mich um Thunder, reite mit ihr oder gehe mit ihr spazieren, kümmere mich danach wieder um sie, hüpfe unter die Dusche, frühstücke meine obligatorischen Scones mit Marmelade in der Frühstücks-Lodge, helfe Mum mit den Gästen, gehe meiner Tätigkeit im Marketing nach, drehe eine Runde mit Chocolate, esse mit meiner Familie und hänge abends meistens mit dieser vor dem Fernseher, um nicht allein in meinem Zimmer den Ordner mit den Fotos anzustarren.

Zwar lenken mich viele Dinge ab und ich freue mich über Kleinigkeiten, wie die Tatsache, dass wir direkt zwei neue Buchungsanfragen bekommen, nachdem ich meine Fotos von der Lodge in der Abendsonne gepostet habe, aber meine Gedanken schweifen ständig ab. Ich höre sogar auf Dad und bleibe dem Fluss fern, doch ertappe ich mich dabei, einen Blick zu dem rauschenden Gewässer zu werfen, nur um meinen Kopf gleich wieder zurückzuziehen, enttäuscht darüber, dass ich keine schwarze Mähne ausmachen konnte.

Das einzige halbwegs spannende Gespräch, an dem ich mich sogar mit einem Satz beteilige, dreht sich um Maeves Idee, sich die Haare Erdbeerblond zu färben. Da sie die Glückliche von uns beiden ist, die Mums umwerfend kupferrote Haarfarbe geerbt hat, und ich seit jeher neidisch darauf bin, hat mich ihre Ankündigung wohl am meisten empört.

»Spinnst du?«, war das Erste, was mir dazu einfiel, noch bevor Mum und Dad reagieren konnten.

»Wieso, das ist zurzeit voll angesagt!«, gab Maeve kontra. »Angesagt« ist momentan ihr Lieblingswort.

»Du hast doch so schöne Haare«, sagte Mum und ich renkte mir beinahe einen Wirbel aus beim heftigen Nicken.

»Die Farbe wäscht sich raus.«

»Aber Bleachen macht die Haare kaputt«, hielt ich gegen ihren Verteidigungsversuch. Ihr Seufzer übertönte sogar Chocolates Schnarchen, dessen Lautstärke einem kleinen Bagger gleicht. »Und woher weißt *du* das, Miss Gammellook rund um die Uhr?«, ätzte sie mit ihrem gewohnt schiefen Grinsen.

Die Diskussion zog sich mindestens fünfzehn Minuten in die Länge, nach denen Maeve beleidigt abrauschte, weil wir drei es ihr vehement ausreden wollten, was bei dem Trotz einer Sechzehnjährigen natürlich darin resultierte, dass sie am nächsten Tag mit neuer Haarfarbe nach Hause kam. Zugegeben, besagtes *Erdbeerblond* sah zwar kein bisschen danach aus, als wäre der Farbton einer Erdbeere darin verarbeitet, aber es stand ihr, das mussten wir alle zugeben.

Im Verlauf dieser Woche hatte es zudem keine Gerüchte mehr über Kelpies in der Gegend gegeben, woraus ich schließe, dass das Exemplar, das ich am Fluss gesehen habe, es entweder geschafft hat, unentdeckt zu bleiben, oder weitergezogen ist. Da Dad sich mittlerweile beruhigt hat und die vermeintlich gesichteten Kelpies kein alltägliches Gesprächsthema mehr sind, nahm ich heute meine Lieblingsroute zu meinem nachmittäglichen Spaziergang mit Chocolate.

Der Fluss liegt sprudelnd und zischend vor mir, reißt mit seiner Geschwindigkeit alles und jeden mit sich. Sein Wasser ist so dunkel, dass Blicke seine Oberfläche nicht durchdringen. Gepaart mit dem grauen Regenwetter, das heute der Sonne keine Chance gibt, ist die Stimmung am Fluss so düster wie sein Wasser. Ich sehe vereinzelten Lachsen dabei zu, wie sie mit ganzer Kraft die Strömung hinaufhüpfen und möchte jedes Mal, wenn es einer schafft, beinahe applaudieren, weil mir die Leistung dieser Tiere stets völlig unglaublich erscheint.

Als Chocolate plötzlich hinter mir an der Leine zerrt und knurrt und bellt, reiße ich meinen Blick von den Lachsen los, drehe mich genervt zu ihm und erstarre. Hinter dem Busch, dem Chocolates ganze Aufmerksamkeit gilt, lugt ein schwarzes Haarbüschel hervor. Ehe ich allerdings darauf reagieren kann, ist es verschwunden und an seiner Stelle erkenne ich nun eine menschliche Hand. Keuchend stolpere ich zurück und kann mich gerade noch abfangen, bevor ich auf den steinigen Untergrund falle.

Ich stehe auf der Stelle wie Lots Frau und weiß nicht, was ich tun soll. Alles in mir schreit, sofort wegzulaufen, nur eine einzige Stimme, tief in meinem Kopf, sagt, dass es okay ist, zu bleiben. Auf diese höre ich, warum auch immer. Als der Kopf eines jungen Mannes hinter dem Busch hervorlugt, mit einer solchen Vorsicht, die mein Dad sich für mich wünschen würde, verschlucke ich mich fast beim Luftholen. Ein Kelpie in Pferdegestalt habe ich ein paar Mal gesehen, aber ein Kelpie in seiner Gestalt als Mensch kannte ich nur von Fotos aus dem Internet, bei denen man nie sicher sein konnte, ob sie fake sind und einfach stinknormale Menschen wie mich zeigen. Spätestens als ich den Kopf, der mir aus dem Busch entgegengestreckt wird, genauer mustere, wird mir klar, wie leicht es wäre, ein solches Foto zu faken. Dieser ... Mann? Er sieht aus wie jeder andere Mann auf dieser Welt. Nur schöner.

Vor lauter Schock denke ich schon wie meine Teenie-Schwester. Aber es stimmt. Genau wie Kelpies in Pferdegestalt außerordentlich schön sind, sind sie es scheinbar auch in Menschengestalt. Wo vorher eine Mähne war, sind jetzt nachtschwarze Haare, die wild gelockt bis knapp über die Schultern des Mannes fallen. Seine Augen sind so dunkel wie der Fluss, so dunkel wie die finsteren Wasser dieser Gegend, aus denen er geboren wurde. Aber sie strahlen nichts Finsteres aus, im Gegenteil. Es liegt eine seltsame Schwere, beinahe eine Traurigkeit in ihnen. Weiterhin zur Salzsäule erstarrt, glotze ich ihn nur an und warte darauf, dass etwas passiert. Doch er ist genauso perplex wie ich. Ob er einem Menschen noch nie so nah war in seiner jetzigen Erscheinung? Kann er als Mensch überhaupt sprechen? Und hat er überhaupt ... Nein, er wird doch nicht nackt sein?

»Ich weiß, was du bist«, höre ich mich irgendwann sagen und erschrecke vor mir selbst. Wieso rede ich mit ihm? Ich sollte längst das Institut informieren. Jedenfalls, wenn es nach Dad ginge.

Die Traurigkeit in seinem Blick verwandelt sich in eine Art Neugier und er legt den Kopf schief.

»Und du hast keine Angst?«

Hat er gerade gesprochen? Mir klappt der Mund auf und ich schmecke den Geruch nach dem Flusswasser und der fischigen Note, die die vielen Lachse mit sich bringen, auf meiner Zunge. Seine Stimme klingt brüchig, als hätte er sie nicht allzu oft benutzt.

»Nein.« Obwohl mein Herz gegen meinen Brustkorb hämmert, verfalle ich in kein panisches Stottern. Denn es stimmt, ich fürchte mich nicht vor ihm, auch wenn ich selten so aufgeregt war wie in diesem Moment. Ich weiß nicht, ob man diese Tatsache als mutig oder dumm bezeichnen sollte.

Er antwortet nicht, mustert mich stattdessen von oben bis unten. Chocolate hat mittlerweile aufgehört zu bellen und versucht, nach den Lachsen zu schnappen. Erst jetzt fällt mir auf, wie sehr er dafür an der Leine zerrt. Ich lasse locker, damit er sich austoben kann.

»Hast du einen Namen?« Seltsamerweise interessiert mich das schon immer. Kommunizieren diese Wesen überhaupt untereinander? Brauchen sie so was wie Namen?

»Rye«, sagt das Kelpie und schaut auf das Wasser. »Rye, wie der Fluss.«

Worüber redet man mit einem Kelpie? »Das ist ein schöner Name.«

Er erwidert nichts, scheint stattdessen auf etwas zu warten. Natürlich, er möchte auch meinen Namen wissen. »Ich heiße Mackenzie, aber man nennt mich Kenzy.«

»Das ist auch ein schöner Name.« Rye wirkt wie ein nervöser Teenager auf seinem ersten Date. Wie kann dieses unsichere Wesen bloß blutrünstig morden?

»Danke«, nuschele ich und fühle mich selbst wie das Gegenstück zu seinem Teenie-Date. Ich spreche gerade mit einem Kelpie und wir sind beide *schüchtern* wie zwei verdammte Jugendliche, die sich auf einen Kakao verabreden. Ich kneife mich in den Arm, um mir sicher zu sein, dass ich nicht träume.

Mit einem Schritt kommt Rye aus dem Busch hervor. Unwillkürlich trete ich zurück und die schwere Traurigkeit legt sich wieder in seinen Blick. Chocolate kläfft erneut und will mich scheinbar beschützen.

»Ist gut, Chocolate. Ruhig jetzt«, befehle ich ihm.

Mein erster Gedanke bei Ryes Anblick: *Wenigstens ist er nicht nackt!* Er trägt schlichte Kleidung, einfarbig und praktisch und könnte damit genauso gut ein Tourist sein, wenn man davon absieht, dass er weder Kamera noch Rucksack bei sich hat. Okay und abgesehen davon, dass er nur ein luftiges T-Shirt trägt an diesem Regentag. Mir ist schon in meiner Regenjacke mit Fleece-Futter kalt.

»Ich muss los«, stelle ich plötzlich fest. Mein Unterbewusstsein, das gerade für mich gesprochen hat, hat zwar recht, ich muss wirklich nach Hause. Aber eigentlich will ich mich nicht von ihm losreißen. Fast habe ich Mitleid, ihn hier zurückzulassen, so traurig und verloren, wie er aussieht, dabei ist das Quatsch. Wenn hier jemand bestens zurechtkommt, dann ein Kelpie. Dieser Blick könnte genauso gut eine Masche sein, um Menschen anzulocken, und sie dann ... Nein, ich mag es mir nicht vorstellen.

»Sei vorsichtig, Kenzy«, sagt Rye, als ich mich gerade abwenden will, und plötzlich habe ich kein gutes Gefühl mehr dabei, ihm den Rücken zuzukehren. Eine Gänsehaut, die nichts mit dem Regen und der Kälte zu tun hat, zieht sich über meinen Rücken und ich schaue ihn scheinbar so ängstlich an, dass er noch etwas hinzufügt. »Es sind nicht viele so wie ich.«

Ich nicke nur und laufe um die nächste Kurve, den Kopf stets zu ihm gewandt. Sobald ich für ihn außer Sichtweite bin, renne ich, bis meine Lungen brennen.

Kapitel 6

Am nächsten Morgen bin ich so unkonzentriert, dass Thunder ununterbrochen bockt. Sie spürt meine innere Unruhe, merkt, wie aufgewühlt ich bin, und weiß nicht, wie sie damit umgehen soll. Für meine derzeitigen Launen beneide ich dieses Tier wirklich nicht, aber ich kann nicht anders. In mir tobt ein Vulkan aus verwirrenden Gedanken und verirrten Gefühlen, die irgendwo zwischen meinen Gehirnhälften wabern wie eine chemische Substanz, die in ihrer Mischung toxisch werden könnte. Habe ich gestern tatsächlich mit einem Kelpie gesprochen, oder bilde ich mir Dinge ein? Nichts kommt mir gerade unwirklicher vor als meine Begegnung am Fluss und gleichzeitig kommt mir nichts realer vor als Rye.

Und wieder belastet mich diese ewige Frage, die ich mir seit damals stelle: Hätte er mich getötet, wenn ich ihm nähergekommen wäre? Das Kelpie von damals war nicht in Menschengestalt und ich habe noch nie davon gehört, dass jemand von einem Kelpie in seiner menschlichen Erscheinung getötet wurde. Aber das muss nichts heißen, schließlich wissen wir dank des RIKs viel zu wenig über Kelpies. Ich war immer gegen das Institut und habe das vor meiner Familie und meinen Freunden deutlich gemacht. Ich bin der Überzeugung, dass man den Kelpies ihren Lebensraum geben und sie in Ruhe lassen könnte, anstatt sie ihr Leben lang einzusperren und wahrscheinlich mit Tests zu quälen. Keiner weiß, was hinter den Mauern dieser hässlichen RIK-Betonklötze in Wirklichkeit vor sich geht. Die Realität ist oft viel grausamer, als wir sie uns ohnehin ausmalen.

Trotzdem war jede Meldung eines guten Kelpies bisher ein Gerücht, beinahe eine Legende, die sich die Menschen, die den Gruppen für Kelpie-Rechte angehören, zugeflüstert haben. So richtig daran geglaubt, dass gute Kelpies tatsächlich existieren, habe bis gestern nicht einmal ich, egal, wie sehr ich es mir gewünscht habe. Und auf einmal ist in meinem Kopf nur noch das Bild von Rye, wie er hinter dem Busch hervorlugt und mich mit einer Tiefe in den traurigen Augen ansieht, die der von Loch Ness Konkurrenz macht.

Letztendlich komme ich immer wieder auf den Gedanken zurück, dass die bloße Existenz von Kelpies, ob nun gut oder böse, bis vor ein paar mickrigen Jahrzehnten eine Legende war. Wieso sollte dieser eine kleine Faktor des Großen Ganzen nicht auch der Realität entsprechen? Gibt es nicht immer einen Gegenpart, einen Ausgleich, der die Balance herstellt?

Völlig erschöpft von Thunders Gezappel und dem Chaos in meinem Kopf erreiche ich den Stall, heute aus der anderen Richtung, da ich lieber über die Feldwege geritten bin als am Fluss entlang. Rye wieder zu begegnen, hätte mich wahrscheinlich überfordert. Wer weiß, ob er noch hier ist. Schließlich könnte ich ihn längst an das Institut verraten haben. Aber wissen die Kelpies überhaupt vom RIK? Ich schüttle mich, als könne ich damit all meine Gedanken abwerfen, und versorge Thunder, bevor ich ins Haus gehe und unter der Dusche verschwinde. Das absichtlich kalt eingestellte Wasser lässt mich für einen Moment an gar nichts denken. Erst als ich mit feuchten Haaren über den Hof laufe und mein Blick unwillkürlich zum Fluss wandert, meldet sich das Kopfchaos zurück.

Hinter dem Tresen der Rezeption sitzen Mum und Maeve, was mich dazu bringt, die Stirn zu runzeln.

»Hast du heute keine Schule?«, frage ich meine kleine Schwester, die wiederum ihre Stirn in Falten legt. »Es ist Samstag.«

Natürlich, verdammt, ich sollte mich endlich zusammenreißen.

»War nur Spaß«, sage ich und zwinge mich zu einem Lachen, das genauso hölzern wirkt wie mein seltsamer »Witz«.

»Was ist falsch bei dir, du warst gestern Abend schon so komisch?« Maeve legt eine Augenbraue schief, die andere zuckt leicht nach unten. Ihre Gesichtsakrobatik wird zunehmend seltsamer.

»Was soll sein, Thunder war heute bockig, ich bin nur erschöpft.« Ich zucke die Schultern und gehe so lässig wie möglich in den Frühstücksraum.

»Vielleicht hat sie ihre Tage«, höre ich Maeve Mum zuflüstern, die so tief in die Software versunken ist, die sie einfach nicht versteht, dass sie keinen von uns wahrnimmt.

Erst vor dem Buffet merke ich, wie hungrig ich eigentlich bin. Schon im Gehen beiße ich in den ersten meiner Scones und verziehe das Gesicht zu einer Grimasse. Ich muss versehentlich nach einem mit Rosinen gegriffen haben. Wie irgendjemand auf diesem Planeten Rosinen gut finden kann, wird mir für immer ein Rätsel bleiben. Ich frage mich, ob die jemand essen würde, wenn man ihnen einen wahrheitsgetreueren Namen gäbe: vergammelte Trauben.

Als ich aufgegessen habe, geselle ich mich wieder zu meiner Mum und Maeve, die an ihren Haarsträhnen herumzupft und ein Gesicht macht, als wäre die Haarfarbe Erdbeerblond ab sofort in Schottland verboten.

»Was ist?«, will ich wissen und fange mir nur einen entnervten Blick ein.

»Sie ist mit ihrer Frisur unzufrieden«, nuschelt Mum.

Maeve grunzt wie eine Sau auf der Schlachtbank. »*Spliss*! Ich habe *Spliss*, natürlich bin ich unzufrieden!«

Ich unterdrücke ein Lachen und kann mir den Kommentar »Ich hab dich ja gewarnt, dass Bleachen die Haare kaputt macht« nicht verkneifen. Maeve streckt mir die Zunge raus und verabschiedet sich ohne ein weiteres Wort, aber dafür mit einem dramatisch stolzierenden Abgang.

»Was ist denn dieses Splisch?«, fragt Mum und schiebt ihre Lesebrille, die sie nur trägt, wenn sie vor ihrem Bildschirm hängt, auf ihrer Nase nach oben. Nachdem ich Mum über »dieses Splisch« aufgeklärt habe, zieht der Tag an mir vorbei. Zwar kreisen meine Gedanken, wann immer ich eine Minute Luft habe, um nur ein Thema und mein Blick huscht bei jeder Gelegenheit unauffällig zum Fluss, aber dank der neuen Reservierungen und einiger Gästenachfragen haben wir genug zu tun. Erst bei meinem abendlichen Spaziergang mit Chocolate merke ich plötzlich, wie eine innere Kraft die Kontrolle übernimmt und meine Beine mich wie selbstverständlich zum Fluss tragen.

Natürlich weiß ich, dass das dumm ist, dumm und völlig unvorsichtig, gleichzeitig kann ich nicht anders. Ich muss wissen, ob Rye noch hier ist. Kaum bin ich auf dem Kiesweg angekommen, empfängt mich die bekannte Geräuschkulisse. Das Wasser des Flusses zischt und rauscht in meinen Ohren, das Platschen der Lachse gibt einen dumpfen Rhythmus vor und die Vögel untermalen das musikalische Geschehen mit ihren Singstimmen. Büsche und Bäume schirmen mich und den Fluss von den Feldern und der Straße ab. Schneller als bei einem normalen Spaziergang laufe ich den Weg ab, bis an die Stelle, an der der Fluss etwas ruhiger vor sich hinplätschert und flacher ist, Büsche und große Steine aus ihm hervorragen.

Aber auch nachdem ich noch einige Meter weitergelaufen bin, kann ich nichts erkennen. Hier ist weit und breit niemand. Enttäuschung durchflutet mich wie die Strömung. Als ich mich gerade umdrehen will, um das Abendessen nicht zu verpassen, fängt Chocolate plötzlich an, einen Punkt irgendwo weiter hinten anzubellen. Angestrengt kneife ich die Augen zusammen, um auf die Entfernung etwas auszumachen. Ein großes schwarzes Pferd würde auffallen und auch ein ausgewachsener Mann wäre selbst auf diese Entfernung gut sichtbar.

»Was hast du de-«, sage ich zu Chocolate und breche mitten im Satz ab. Etwas weiter vorne, wo der Fluss tiefer wird, ragt ein Kopf mit schwarzen Locken aus dem Wasser. Auch im Sommer verirrt sich meistens keiner in den Fluss, denn das Wasser ist eisig und die Außentemperatur wird von Minute zu Minute frischer. Ich bin mir sofort sicher, dass ich Rye gefunden habe, keinen einsamen Touristen und schon gar keinen unmittelbaren Anwohner. Chocolate zieht an der Leine und ich folge ihm, jeden meiner Schritte setze ich voller Entschlossenheit.

»Du solltest nicht mehr hier sein«, falle ich mit der Tür ins Haus und frage mich im selben Moment, wie unhöflich man eigentlich sein kann. Kann man zu einem Kelpie überhaupt unhöflich sein? Kennen Kelpies menschliche Konzepte wie Höflichkeit?

Rye dreht den Kopf zu mir, wirkt erst verwirrt und erschrocken, dann erhellt sich seine Miene. In seinen dunklen Augen funkelt ein fröhliches Strahlen, wie die Venus am Nachthimmel.

»Hallo Kenzy«, sagt er unbeholfen und ignoriert meine Ansage. Scheinbar kann man zu einem Kelpie nicht unhöflich sein. Beziehungsweise man kann es, aber sie sind deswegen nicht beleidigt.

»Man sucht bestimmt schon nach dir«, versuche ich noch einmal, den Ernst der Lage klar zu machen. Gleichzeitig achte ich darauf, nicht zu nah ans Wasser zu gehen, damit er mich nicht reinziehen kann. Ich habe keine Angst vor ihm, doch es ist unklug, sich den Wesen zu sehr hinzugeben. Man muss ihm eine solche Gelegenheit nicht auf dem Silbertablett präsentieren. Womöglich kann er seinen Drang zum Töten gar nicht kontrollieren.

Rye schüttelt den Kopf, um das Wasser aus seiner schwarzen Lockenpracht zu bekommen und erinnert mich dabei an Chocolate nach einem Bad im Fluss. Dann legt er den Kopf schief und ich bekomme eine Gänsehaut von seiner Schönheit und seinem unschuldigen Blick. »Man sucht immer und überall nach uns, wir sind nirgendwo mehr sicher. Hier gefällt es mir, also bleibe ich, solange es geht. Dann ziehe ich weiter. Ich wurde noch nie erwischt«, stellt er mit einem neckischen Blinzeln fest, was meine Gänsehaut verstärkt. Ich muss mich echt besser im Griff haben, ich führe mich auf wie Phoebe auf der nächtlichen Klub-Pirsch.

»Sind noch mehr hier?«, frage ich und schaue mich in alle Richtungen um.

»Keine Angst, ich bin Einzelgänger«, sagt Rye und schüttelt noch einmal seine Haare. Wasser spritzt bis zu mir und ich keuche kurz auf, als mich das kühle Nass an den Armen trifft. Es ist so kalt, als hätte er mich mit Eiswürfeln beworfen.

»Ist das bei euch die Regel oder die Ausnahme?«

Er braucht einen Moment, um zu begreifen, was ich meine. Dann schaut er mich mit einem Blick an, den ich nicht deuten kann. »Die Regel. Trotzdem gibt es ab und zu kleinere Gruppen.«

»Und sind davon welche in der Gegend?«

Rye nickt. »Ja, aber die sind nicht wie ich.«

»Wie meinst du das?« Ich weiche einen Schritt zurück, damit ich mich auf einen großen Stein am Ufer setzen kann. Chocolate befehle ich, neben mir »Platz« zu machen, damit er Ruhe gibt, denn er zerrt an der Leine wegen Ryes Anwesenheit. Als Jagdhund bestens erzogen, gibt er aufs Wort Ruhe und legt sich zu meinen Füßen, auch wenn er Rye weiterhin argwöhnisch betrachtet.

»Die würden dich ohne schlechtes Gewissen töten. Ich nicht.« Er sagt das, als würden wir uns darüber unterhalten, ob er seinen Scone lieber mit oder ohne Rosinen isst. Fehlt nur noch ein Schulterzucken seinerseits, das ich allerdings nicht sehen könnte, denn das Wasser kitzelt seinen Hals und verdeckt alles darunter.

»Also bist du ... gut?« Das klingt so dämlich, ich fühle mich wie in einem schlecht geschriebenen Hollywood-Streifen. Die Heldin sitzt vor dem Monster, wie Naomi Watts vor King Kong, und bekommt eine Gänsehaut, weil sie es als einzige versteht.

»Ich verspüre keine Genugtuung durch das Töten, es macht mir keinen Spaß.«

Gänsehaut zieht sich meinen Rücken hinauf. »Woher weißt du das? Dazu musst du es ja ausprobiert haben.«

Plötzlich liegt wieder diese bleischwere Traurigkeit in Ryes Augen. »Ich habe es ausprobiert. Ich bin ... Kenzy, ich bin noch immer ein Monster, auch wenn ich eines von den vermeintlich *Guten* bin. Vielleicht ist es besser, wenn du jetzt gehst.«

Einen Augenblick bleibe ich wie angewurzelt auf meinem Stein sitzen. Mein Mund ist trocken wie Zunder und die Gänsehaut hat mich mittlerweile so sehr im Griff, dass ich zittere. Natürlich hat er schon getötet, was habe ich denn bitte gedacht?

Eines muss er mir aber beantworten, bevor ich mich abwenden kann. »Bist du der einzige Gute? Oder gibt es noch mehr?«

Sein Blick gleitet über das Wasser, verliert sich darin. Er braucht so lange für seine Antwort, dass ich nicht mehr mit einer rechne.

»Es gibt noch mehr. Sie sind nur schwerer zu finden als die anderen.«

Damit gebe ich mich zufrieden, stehe auf, nicke und hebe nur die Hand zu einem schwachen Winken.

»Kenzy?«, ruft mir Rye hinterher, als ich mich umgedreht habe. Noch einmal schießt mein Kopf zu ihm zurück. Er sieht mich direkt an, ohne zu blinzeln. »Vielleicht ist es besser, wenn du nicht mehr herkommst.«

Ich wusste nicht, dass es wehtut, von einem Kelpie einen Korb zu kriegen.

Kapitel 7

»Du hast ... Moment mal. Du hast mit diesem ... dämonischen Adonis gesprochen? *Mehrmals?*« Phoebe kriegt sich am Telefon gar nicht mehr ein, als ich sie nach dem Abendessen anrufe und ihr alles erzähle. Bei ihrer Bezeichnung *dämonischer Adonis* entkommt mir ein Kichern.

»Na ja, zwei Mal. Und so richtig ausführlich waren unsere Gespräche nicht«, stelle ich klar und verlagere mein Gewicht auf der ungemütlichen Bank. Mit der Ausrede, schöne Fotos vom Sonnenuntergang machen zu wollen, bin ich kurzerhand zum Strand aufgebrochen, um in Ruhe zu telefonieren. Meine Kamera habe ich tatsächlich dabei, denn dieser Strand ist wunderschön und ich liebe es, ihn aus jedem Winkel abzulichten.

»Und er hat dir *ernsthaft* einen Korb gegeben? Ein Pferd hat dir einen Korb gegeben?«

Ich liebe Phoebe dafür, dass sie alles mit Humor nimmt, auch wenn mir die Sache mit Rye ernster ist, als sie es sollte.

»Streng genommen war er in Menschengestalt.«

»Kenzy. Okay, wie sage ich das ... Also, es tut mir leid, dass dich Dämonen-Adonis abserviert hat, aber ... wie hast du dir das vorgestellt? Wolltest du dich mit ihm zum Candlelight Dinner verabreden? Wolltest du den neuen Marvel-Streifen mit ihm im Kino schauen? Süße, du weißt, ich will nur das Beste für dich und ich gönne dir *jeden* heißen Typen dieser Welt, aber …«

»Wer hat denn behauptet, dass ich Rye daten möchte? Darum geht es gar nicht.«

Der weiße Sand, der sich kilometerweit vor mir erstreckt, nach rechts begrenzt vom tosenden Meer, nach links von überwucherten Dünen, wird in ein Potpourri aus Orange- und Rottönen getaucht. Ein Schwarm Möwen flattert wild durcheinander, als er von einer besonders hohen Welle überrascht wird. Mit ihrer zischenden Gischt kracht sie wie ein Biest mit Schaum vor dem Mund auf die Stelle, an der die Tiere gerade noch saßen.

»Sorry, ich dachte irgendwie … Na schön, aber warum redest du dann mit ihm und wieso schwärmst du von ihm?« Phoebes Stimme am anderen Ende der Leitung reißt mich aus dem Anblick und ich konzentriere mich wieder auf unser Gespräch.

»Ich schwärme nicht von ihm!«, empöre ich mich und rutsche auf der Bank hin und her, entscheide mich aber letztendlich für einen Strandspaziergang, da es mir langsam zu ungemütlich wird auf dem steifen Holz.

»Mackenzie Edwards, ich kenne dich, seit wir im Sandkasten nebeneinander in Windeln geschissen haben. So wie jetzt hast du nicht mal für Marcus geschwärmt!«

Ich seufze. Muss sie ausgerechnet meine erste große Liebe ins Spiel bringen? Marcus war ein Vollidiot, der mich nur ausgenutzt hat. Wenn ich für Rye schwärmen würde, wüsste ich das. Ich verknalle mich doch in kein Kelpie, er fasziniert mich einfach. Und ich möchte ihn einfach wiedersehen. Nicht, um mit ihm … intim zu werden. Könnte ich ihn überhaupt anfassen, ohne mich in Lebensgefahr zu begeben? Egal, wie fest er behauptet, mich nicht töten zu wollen, keiner weiß, ob er dem Drang widerstehen kann, wenn meine Hand auf seiner Brust liegt. Schließlich ist er aufs Töten konditioniert.

»Pheebs, ja, irgendetwas an ihm zieht mich an. Aber nicht auf *die* Art. Ich spüre einfach, dass er –«

»Anders ist?«, vervollständigt Phoebe meinen Satz. »Das ist nur dein Helferkomplex, der da aus dir spricht, Süße. Du musst ihn nicht beschützen, er ist ein *Dämon.*«

Seit ich versuchte habe, meinen zweiten Freund Jonathan von der schiefen Bahn zu bringen, was er mir damit gedankt hat, mit seiner Nachbarin zu schlafen, muss ich mich von Phoebe über meinen Helferkomplex belehren lassen. Während sie ihre altbekannte Ansprache hält, ziehe ich mir die Schuhe aus und schließe für einen Moment die Augen, um den weichen Sand unter meiner Sohle und zwischen meinen Zehen zu spüren. Ich atme tief ein, lasse einen riesigen Schwall Salzluft in meine Lungen strömen und gebe sie der Atmosphäre zurück.

»Kannst du *ein* Mal auf meiner Seite sein?«, frage ich meine beste Freundin und habe Mühe, nicht genervt zu klingen. Ich weiß, dass sie eher das Institut unterstützen würde als eine der Gruppen für Kelpie-Rechte. Jeder, den ich kenne, würde das. Wieso ist es so schwer zu glauben, dass Rye kein böser Dämon ist?

»Mackenzie Edwards«, beginnt sie erneut einen Satz mit meinem vollen Namen, was immer auf theatralische Ansprachen hindeutet, »ich bin *immer* auf deiner Seite. Ich bin nur kein Arschkriecher. Wenn meine beste Freundin ins offene Messer rennt, muss ich der Schild sein, der sie davor abschirmt. Und Metall ist nun mal hart, nicht weich.«

Ich bücke mich nach einer besonders schönen Muschel und taste mich vor zum Wasser, das heute aufgebracht zischt und spritzt. »Okay, genehmigt. Nur renne ich in kein Messer, wirklich nicht. Du musst doch zugeben, dass Rye nicht wie ein Dämon wirkt, oder? Er hätte mich längst zerfleischen können.«

»Das gebe ich zu, ja. Ich möchte nur, dass du den Dämon-Part trotzdem nicht vergisst, denn der steckt so oder so in ihm. Der Adonis-Part lässt dich alles ausblenden und –«

»Pheebs! Du weißt, dass ich so nicht ticke. Hör auf, immer von dir auf andere zu schließen!«, ziehe ich sie auf und wir müssen beide lachen.

»Na schön, ich vertraue dir. Aber sei vorsichtig. Ich muss jetzt zum Sport, Süße. Wir hören uns, ja?«

»Heute Fechten?«, frage ich sie, denn sie macht jeden Abend irgendwas anderes. Ich kenne niemanden, der dermaßen sportverrückt ist wie Phoebe.

»Fechten war gestern dran. Heute Zumba. Bis bald, ich drück dich.«

»Ja, ich dich auch. Viel Spaß.«

Mit einem Klick endet die Verbindung und ich stehe allein mit meinen Gedanken, dem Rauschen des Windes und dem unablässigen Tosen der Wellen am Strand, der sich genauso unendlich anfühlt wie die Leere in meinem Kopf, wenn ich daran denke, Rye nicht wieder zu besuchen. Zum ersten Mal in meinem Leben habe ich Kontakt zu einer dieser faszinierenden Kreaturen und sie könnte tatsächlich der Beweis dafür sein, dass auch gute Kelpies existieren. Aber bin ich wirklich an ihm interessiert, oder sehnt sich mein Unterbewusstsein einfach nach Abwechslung? Nach Abenteuern, die andere in meinem Alter erleben? Wenn ich mich schon in meinem Elternhaus verkrieche, um mich nicht der Tatsache zu stellen, dass ich irgendwann meinem Dad und seinem Traum von mir als Leiterin der Lodges den Rücken kehre, wenn ich mehr aus meinem Leben machen will ... Wenn ich die besten Jahre meines Lebens in der Isolation der Highlands verbringe, schreit nur der abenteuerlustige Teil in mir nach dem heimlichen Nervenkitzel, der mir so bereitwillig von Mutter Natur präsentiert wurde? Ich weiß es nicht, kann meine Motivation nicht vollkommen nachvollziehen. Ich weiß nur, dass ich es herausfinden muss.

So schnell wie eine der Wellen auf dem Sand zerbricht, habe ich meinen Entschluss gefasst. Morgen werde ich wieder zum Fluss gehen.

Er ist nicht mehr da. Wie eine Irre laufe ich mindestens zwei Kilometer am Fluss entlang, aber Rye ist nirgendwo zu finden. Eine seltsame Leere macht sich in mir breit. Vielleicht ist es wirklich besser so, wenn ich ihn nicht mehr sehe, doch ich hätte ihn so gerne kennengelernt, hätte so gerne herausgefunden, was mich an ihm fasziniert. Außerdem, wann hat man die Chance, eines dieser unerforschten Wesen über alles Mögliche auszufragen? Wann kann man schon ein Kelpie richtig kennenlernen, ganz lässig, als würde man in der ersten Uniwoche neue Kontakte knüpfen? Alles, was die Menschheit mit diesen Wesen macht, ist sie einzusperren. Weiß das RIK eigentlich, dass man mit Kelpies normal reden kann?

Auf dem Rückweg suchen meine Augen jeden Winkel meiner Umgebung ab, begutachten gefühlt jeden Wassertropfen des Flusses, ob Rye vielleicht baden gegangen ist und ich ihn mit seinem schwarzen Haar in diesen schwarzen Gewässern einfach übersehen habe. Aber er taucht nicht auf und ich ertappe mich dabei, wie ich ernsthaft traurig werde.

»Wo warst du denn so lange?«, will Mum wissen, als ich mich in einer der Lodges zu ihr geselle, in der sie gerade alles hübsch herrichtet für die nächsten Gäste, die heute Abend anreisen. Alles ist blitzblank, kein Körnchen Staub tummelt sich auf den Möbeln aus Eichenholz. Unser Zimmermädchen Janice muss schon hier gewesen sein, Mum gibt der Lodge noch den letzten Feinschliff. Sie liebt es, die Lodges mit einem persönlichen Touch zu versehen und stellt jedes Mal frische Blumen auf den Tisch, legt eine handgeschriebene Karte dazu und lässt in der Küche frisches Shortbread nach einem Rezept ihrer Grandma backen, das sie liebevoll in einem Körbchen drapiert.

»Sorry, ich hab die Zeit vergessen. Es war so schön friedlich am Fluss.«

»Du und deine Tagträumereien.« Schmunzelnd schüttelt Mum den Kopf, während sie die Serviette im Shortbread-Körbchen zurechtzupft, als würden wir hohen Staatsbesuch erwarten. Ich helfe ihr vielleicht fünf Minuten, dann ist dank ihrer guten Vorarbeit alles erledigt.

»Komm, ich mach uns ein Sandwich«, schlägt Mum vor und nickt in Richtung unseres Cottage. Wie zur Antwort knurrt mein Magen.

Während wir in unserer offenen Küche im Landhausstil, die umso gemütlicher dadurch wirkt, dass alles an ihr seine besten Zeiten hinter sich hat, Gemüse für unsere Sandwiches schneiden, kommt Maeve von der Schule nach Hause und das gewöhnliche Ritual vollzieht sich. Die Tür knallt ins Schloss, ihr Rucksack fliegt in hohem Bogen in die Ecke an der Garderobe und landet mit einem Knall auf dem Boden. Der Sessel quietscht und ächzt unter Maeves Gewicht, als sie sich in ihn plumpsen lässt. Heute schimpft sie dabei zusätzlich: »Maisie Bolton ist so eine dumme Bi-«

»Maeve!«, warnt sie Mum und dreht sich mit aufgerissenen Augen und hochgezogenen Brauen zu ihr um.

»Stimmt aber!«, motzt sie und ich unterdrücke ein Augenrollen und ein Lachen gleichzeitig. Wir sind so grundverschieden, ich habe nicht die leiseste Ahnung, wie wir verwandt sein können.

»Was hat sie denn gemacht?«, frage ich und mache mich auf einen Teenager-Tobsuchtsanfall à la Maeve gefasst.

»Letzte Woche sagt sie noch, es wäre ja soooo 2018, sich die Haare erdbeerblond zu färben und heute kommt sie mit *exakt* derselben Farbe an!«

Mum legt die Stirn in Falten und ich stelle die Frage, die uns beide beschäftigt. »Und das ist jetzt schlimm, weil?«

Maeve stößt einen Laut aus wie ein Hirsch, dem man ins Bein geschossen hat. »Niemand in dieser Familie versteht mich!«, schnieft sie gekünstelt, erhebt sich aus ihrem Thron und stampft die Treppe nach oben.

»Du warst nie so«, kommentiert Mum kopfschüttelnd und ich kann mein Lachen endlich herauslassen.

Trotz der heiteren Stimmung zu Hause kreisen meine Gedanken ununterbrochen um ein Thema, weshalb ich mich vor dem Abendessen noch einmal auf den Weg mache und als Alibi meine Kamera mitnehme.

»Du hast schon jeden Stein hier fotografiert, wie viele Bilder willst du noch machen?«, fragt Maeve, als ich mich verabschiede, aber ich winke ihr nur zwinkernd zu, bevor ich die Tür hinter mir zuziehe. Ich steige in meine alte Klapperkiste, die ich mir damals von meinem ersten Gehalt geleistet habe, und fahre zu dem Parkplatz, an dem ich vor einigen Tagen mit Dad war. Damals hat Bill uns zum ersten Mal von einem Kelpie in der Gegend erzählt und ich habe die Hoffnung, dass es Rye war und er sich wieder ein Stück flussabwärts niedergelassen hat. Ohne Chocolate, der ständig irgendetwas anschnüffelt oder sein Geschäft verrichtet, komme ich viel schneller voran. Mein Herz rast vor Neugier und Anspannung, ob ich Rye hier finden werde, und es setzt einen Moment aus, als ich ihn tatsächlich entdecke. Er sitzt auf einem großen Felsen, der am Ufer aus dem Wasser ragt und starrt mit seinem üblichen traurigen Blick ins Leere. Wenige Meter vor ihm komme ich zum Stehen.

»Du bist zurückgekommen«, bemerkt er das Offensichtliche und ich tue es ihm gleich: »Und du bist geblieben. Nicht direkt am selben Fleck, na ja ... Es war nicht schwer, dich zu finden.«

»Vielleicht wollte ich gefunden werden«, gibt er mit dem Hauch eines verschmitzten Lächelns auf seinen sonst so ernsten Lippen zurück.

»Wieso bist du eigentlich so oft ... na ja, ein Mensch?«, frage ich und kaue auf meiner Unterlippe herum. Alles in mir will auf ihn zugehen, aber ich habe aus meinen Fehlern von damals gelernt.

»Du meinst, weil in euren schlauen Geschichtsbüchern steht, dass wir uns hauptsächlich in Pferdegestalt zeigen?«

Ich nicke kaum merklich.

»Ich habe dir schon gesagt, dass ich nicht gerne töte. Und als Mensch ist es einfach leichter. Außerdem, ich meine ... Schau dir diesen Körper an.« Auf einmal grinst er breiter, als er es mit seinem Pferdegebiss könnte, und ich lache schnaubend. Er breitet die Arme aus, schaut an sich herunter und ich kann nicht anders, als es ihm gleichzutun. Man könnte meinen, er würde jeden Tag im Fitnessstudio trainieren und sich danach mit Proteinshakes stärken. Trotzdem wirkt er nicht wie eines dieser sportlichen Bretter, sondern wie jemand, mit dem ich sofort stundenlang kuscheln würde. Oh Gott, ich muss wirklich aufpassen, dass ich mich nicht zu sehr auf den Adonis-Part konzentriere, vor dem Phoebe mich gewarnt hat.

Ich räuspere mich und zwinge mich, ihm wieder in die Augen zu schauen, aber sein Gesicht ist genauso makellos schön wie der Rest seines Körpers. »Wer hat dir den Namen Rye gegeben? Ich meine, hast du Eltern?«

Wieder lacht er dieses verschmitzte Lachen, das mich genauso um den Verstand bringt wie sein trauriger Hundeblick. »So läuft das bei uns nicht. Wir tragen den Namen des Flusses, aus dem wir entspringen. Ich habe also niemanden, zu dem ich Mum oder Dad sage. Traurig, ich weiß.«

Er hat also seinen Ursprung im Fluss Rye, aber was bedeutet das? Wie wird man aus einem Fluss geboren?

»Immer, wenn ein Kelpie in einem Fluss einen Menschen tötet, wird ein neues Kelpie geboren«, sagt er, als hätte er meine Gedanken gelesen.

»Und wie ... sterbt ihr?«, stelle ich die unangenehme Frage, die mir auf der Zunge brennt. Bevor er antworten kann, knackt ein Ast hinter mir und ich fahre herum. Für den Bruchteil einer Sekunde erscheint ein Gesicht zwischen den Sträuchern, die aus dem Wald in Richtung Fluss drängen und ich erkenne es sofort: Es ist Bill, der weiterhin in dieser Gegend herumschnüffelt. So schnell das Gesicht aufgetaucht ist, so schnell ist es wieder verschwunden.

»Scheiße«, entfährt es mir. »Ich muss los.« Meine Beine rennen bereits los, zurück zu meinem Auto.

»Kenzy!«, ruft mir Rye hinterher und ich kann nicht anders, als mich zu ihm umzudrehen. »Du solltest wirklich nicht wieder herkommen.«

Kapitel 8

Mum hat schon den Tisch gedeckt und Nudeln mit irgendeiner Soße, die streng nach Thunfisch riecht, aufgetragen, als ich nach Hause komme. Ich bringe meine Kamera in mein Zimmer, wo ich mich zwinge, zur Ruhe zu kommen. Maeve und Mum haben diese unsichtbare Antenne, die sofort ausschlägt, wenn irgendetwas auf einen Stimmungswechsel hindeuten könnte. Als ich mich wieder einigermaßen im Griff habe und mir eingeredet habe, dass Bill nichts sagen wird, weil er nicht wissen kann, mit wem ich mich da getroffen habe, gehe ich nach unten und nehme meinen Stammplatz links neben Maeve ein.

Gerade als ich mir den ersten Löffel Nudeln in den Mund schieben will, obwohl mich vor Nervosität Magenschmerzen plagen, fährt Bills Auto in den Hof. Mit offenstehendem Mund lasse ich die Gabel sinken, woraufhin mein sorgfältig aufgerolltes Häufchen Spaghetti zurück in den Teller plumpst und Soße auf mein Shirt spritzen lässt.

»Iiih, spinnst du?!«, kreischt Maeve, die scheinbar auch erwischt wurde, aber ich ignoriere sie.

»Was will denn Bill um diese Zeit hier?«, fragt Mum, als wäre es nach Mitternacht, dabei ist es gerade erst sieben. Dad zuckt nur mit den Achseln und geht zur Tür. Meine Hände werden so schwitzig, dass ich meine Gabel weglege und meine Handflächen an meiner Jeans trocken reibe. Wie viel von unserem Gespräch hat Bill mitgekriegt? Hat er über das Geräusch des rauschenden Flusses hinweg überhaupt etwas gehört?

»Bill, was führt dich zu uns? Willst du mit uns essen? Es gibt Nudeln«, höre ich Dads Stimme in meinem Rücken und wage es nicht, mich umzudrehen.

»Guten Abend, Seamus. Danke, aber Molly kocht gerade Pasteten, sie wäre fuchsteufelswild, wenn ich nachher keinen Hunger mehr hätte.«

Bills Stimme klingt immerhin nicht wütend oder in irgendeiner Weise aufgebracht. Vielleicht ist er gar nicht wegen Rye hier?

»Hör zu, können wir kurz allein reden?« Okay, er ist eindeutig wegen Rye hier.

»Äh ja ... Ja, natürlich.« Ich höre an Dads Tonlage, wie sehr ihn diese Bitte erstaunt. Normalerweise hat Bill absolut nichts vor uns zu verbergen. Im Gegenteil, erst vor ein paar Wochen hat er uns, als er mit Molly bei uns zu Besuch war, ausführlich über seine Prostata-Beschwerden berichtet.

»Was will er bloß?«, wundert sich Mum und reckt den Kopf, um durchs Fenster zu schauen. Ich würde mich bei ihrer Neugier nicht wundern, wenn sie versuchen würde, den beiden jedes Wort von den Lippen abzulesen.

»Vielleicht hat er sich mit Molly gestritten«, mutmaßt Maeve, aber Mum hält dagegen: »Dann würde er sich nicht so auf die Pasteten freuen.«

Maeve stellt weitere Vermutungen an, aber ich blende ihre Stimme aus. Mein Herz klopft mittlerweile so heftig, dass ich nur noch das Pochen meines viel zu schnellen Pulses in den Ohren spüre und alle Geräusche klingen dumpf, als hätte man mir Watte in die Gehörgänge gestopft. Wenigstens sind Maeve und Mum so sehr in ihre Theorien über Bills Auftauchen vertieft, dass sie nicht mitbekommen, wie käseweiß ich im Gesicht geworden bin.

»Mackenzie?«, dringt irgendwann Dads Stimme durch die imaginäre Watte in meinen Ohren. Er muss schon ein paar Mal nach mir gerufen haben. Ich drehe mich verdattert um und starre ihn nur an. »Komm mal raus«, fordert Dad und in seinen Augen stehen Blitze. Meine Knie geben nach, als ich aufstehe, und ich muss mich kurz am Stuhl festhalten, reiße mich aber zusammen und gehe mit vor die Tür. Wir laufen ein paar Schritte in Richtung der Pferdekoppel, wo wir schließlich vor Bill zum Stehen kommen.

»Warst du vorhin am Fluss?«, beginnt Dad sein Verhör, seine Stimme so eisig wie das Wasser, in dem Rye gebadet hat.

»Ich … Ja, ich hab doch gesagt, dass ich –«

»Warst du *allein* am Fluss?«, unterbricht er mich direkt wieder.

Meine Gedanken fahren Schnellzug und kommen trotzdem nirgendwo an. Ich entscheide mich für die Halbwahrheit. »Ja, du hast mich allein losfahren sehen. Mit wem soll ich denn unterwegs gewesen sein?« Streng genommen war ich allein unterwegs. Ich habe Rye zufällig getroffen. Dass ich vorher aktiv nach ihm gesucht habe, muss Dad definitiv nicht wissen.

»Wer war dann der Mann, mit dem du gesprochen hast?«, schaltet sich Bill in mein Verhör ein und ich fühle mich mehr und mehr wie ein angeklagter Schwerverbrecher.

»Der Mann?«, tue ich auf unschuldig, weiß aber genau, dass es nichts bringen wird. Bill hat mich gesehen, ich habe ihn gesehen. Wem machen wir hier etwas vor? Daher setze ich direkt hinterher, nach einer gekünstelten

Denkpause. »Ach, der Mann. Das war ein verirrter Tourist. Ich hab ihm den Weg zum Strand erklärt. Wollte zu Fuß gehen, aber das ist ja viel zu weit –«

»Mackenzie«, unterbricht mich Dad erneut und seine Stimme könnte Stahl zerschneiden. »Hast du mit einem Kelpie gesprochen, ja oder nein?«

»Mit einem Kelpie, Dad, was ... Wie kommt ihr darauf, dass ...« Ich komme nicht aus dem Stammeln heraus und das ist definitiv schlecht. Kein Richter dieser Welt fällt darauf herein und Dad ist strenger als jeder Richter dieser Welt.

»Hast du es immer noch nicht kapiert? Muss sich die Vergangenheit erst wiederholen, bis es in deinem Kopf ankommt, dass diese Kreaturen verdammte Monster sind?«

Tränen schießen mir in die Augen und verbrennen mir die Netzhaut, weil ich verzweifelt dagegen ankämpfe. Ich werde vor den beiden nicht weinen wie das kleine Mädchen, das ich damals war.

»Dad, ich hab gar nichts gemacht. Das war kein Kelpie, das war ein Mensch wie du und ich und er hat mich nach dem Weg gefragt!«, protestiere ich mit aller Kraft, die ich in diese Lüge packen kann. Ich hasse es, nicht ehrlich zu sein, doch in diesem Fall würde Aufrichtigkeit niemandem etwas bringen.

»Also Seamus, wenn Kenzy das sagt ...«

Dad ignoriert Bill und starrt mich stattdessen nieder. Er ist so wütend wie lange nicht mehr. Fast so wütend wie nach dem Vorfall damals. Sein Blick macht mir Angst.

»Geh wieder rein«, befiehlt Dad schließlich und ich zögere nicht. Auf dem Weg zurück ins Haus kann ich die Tränen nicht länger zurückhalten. Beschließen sie jetzt, das Institut zu informieren? Sicherheitshalber? Es macht mich fertig, nicht zu wissen, ob Rye in Gefahr schwebt. Und noch mehr macht es mich fertig, dass ich keine Chance habe, ihn zu warnen.

Mit tränenüberströmten Wangen laufe ich zurück ins Haus und ignoriere die verwirrten Blicke von Maeve und Mum. Wie ein Pferd mit Scheuklappen starre ich stur geradeaus und stürme nach oben in mein Zimmer. Von unten höre ich gedämpft die Stimmen meiner Familie, kann aber ihre Worte nicht genau ausmachen. Irgendwann höre ich auch wieder die Haustür ins Schloss fallen und der tiefe Tonfall von Dad mischt sich unter die beiden glockenhellen Frauenstimmen. Eine Weile liege ich einfach nur auf meinem Bett, starre Löcher in die Decke und verfluche mich dafür, so sensibel zu sein. Ich hätte nicht losheulen sollen, das macht meine Lüge verdächtiger. Schließlich sollen alle denken, es handle sich um eine simple Verwechslung, ein dummes Missverständnis und ich hätte lediglich einem Touristen den Weg gewiesen. Anstatt ein Missverständnis auszuräumen, stürme ich als heulendes Elend ohne ein Wort in mein Zimmer, wunderbar.

Andererseits war Dad nicht gerade feinfühlig und er weiß genau, wie ich auf seine Anspielungen reagiere. Alle in meiner Familie wissen das. Warum muss er die Vergangenheit immer wieder hochkochen wie eine abgestandene Suppe, die keiner mehr essen mag? Ich kenne Dad mittlerweile gut genug, um zu wissen, dass aus all seinem Eisklotzgehabe nur die Gefühle sprechen, die er nicht anders ausdrücken kann. Er macht sich Sorgen um mich, ich wäre damals fast vor seinen Augen von einem Kelpie zerfleischt worden, natürlich ist er vor Angst halb gestorben. Aber ich war acht Jahre alt, verdammt noch mal. Ich bin mittlerweile erwachsen und längst nicht mehr so leichtsinnig. Oder bin ich es immer noch? Ist es dumm, sich auf Rye einzulassen?

Nach einer gefühlten Ewigkeit, in der Maeve irgendwann in ihr Zimmer trampelt und Mum und Dad streiten, bevor sie wieder still werden, habe ich so viel nachgedacht, dass ich nicht mehr weiß, wo rechts und links ist. Irgendwann klopft jemand an meine Zimmertür und als ich nicht antworte, streckt Mum den Kopf zur Tür herein. Sie schaut mich so vorsichtig an, als wäre ich aus Glas und ihr Blick ein Hammer. Noch vorsichtiger tippelt sie in ihren Birkenstock-Schlappen auf mein Bett zu und setzt sich auf die Bettkante. Wie damals, als ich noch ein Kind war, streicht sie mir liebevoll eine Haarsträhne aus der Stirn.

»Der alte Trotzkopf hat sich wieder beruhigt. Du weißt doch, wie er ist ...« Der fürsorgliche Ton in Mums Stimme hüllt mich ein wie ein Seidentuch.

»Das ist ja das Problem«, nuschele ich in das kleine Doppelkinn, das sich trotz meiner schlanken Figur bildet, wenn ich in dieser Position im Bett liege und wie jetzt gerade meine Hände anglotze.

»Ich weiß. Aber ich habe damals beschlossen, dass ich ihn so liebe, wie er ist und ich fürchte, in dieses Spiel habe ich euch Kinder mit reingezogen.« Sie schmunzelt und ich schenke ihr ein mickriges Lächeln.

»Er will sich entschuldigen. Kommst du mit runter?«

Eigentlich würde ich viel lieber so hier liegen bleiben, bis ich einschlafe. Aber natürlich gebe ich ihm wie immer die Chance, sich seine verdammte Hitzköpfigkeit mit einer Entschuldigung von der Seele zu reden. Meine Beine sind in meiner unbequemen Position eingeschlafen, sodass ich meine ersten Schritte wie Wackelpudding setze und langsam die Treppe hinuntertorkele. Als wir unten ankommen, sitzt Dad am Esstisch. Mum verschwindet in die Küche, in der sie sich an den Herd stellt und irgendetwas herumwerkelt. Ich setze mich Dad gegenüber und sehe, dass keine Blitze mehr in seinen Augen stehen. Stattdessen donnert darin die Anspannung und das schlechte Gewissen.

»Mackenzie«, beginnt er wie immer mit meinem Namen, seine Standardeinleitung sozusagen. »Es tut mir leid, dass ich dich direkt so verdächtigt habe, ich sollte dir vertrauen.« Wie jedes Mal, wenn wir uns nach einem Streit aussprechen, wirkt er, als hätte ihm Mum vorher alles notiert und er ihre Worte dann auswendig gelernt. Ein Blick auf die Wohnzimmeruhr verrät mir, dass es bereits nach neun ist, die Zeit dazu hätte er definitiv gehabt.

»Es verletzt mich einfach, dass du die Sache von damals ständig ansprichst. Ich bin kein Kind mehr, Dad! Aber du behandelst mich immer noch wie eine Achtjährige.«

Er nickt und starrt auf seine Hände auf der Tischplatte, von denen die eine die andere knetet. An seinem Handgelenk prangt die Uhr, die er immer trägt, und in der unsere Namen eingraviert sind. Die Namen seiner Familie, die er manchmal etwas zu vehement beschützt. »Ihr seid alles, was ich habe! Dass ich dich damals fast verloren hätte, das ... Ich will dich nicht verlieren, euch alle nicht. Deshalb kommt das immer wieder hoch, ich weiß auch nicht ... Ich bin nicht gut in so was.«

»Was du nicht sagst.« Ich ringe mir ein Lächeln ab, um ihm zu zeigen, dass ich ihm nicht mehr böse bin. Insgeheim bin ich ihm noch böse, so schnell verfliegt so eine Laune nicht. Aber ich weiß, dass es besser werden wird. Andererseits weiß ich auch, dass ich ihn weiterhin belügen werde, und es zerfrisst mich innerlich. Er schüttet mir hier sein Herz aus, was für seine Verhältnisse wirklich ein riesiges Ding ist und ich schleiche mich heimlich zu einer der Kreaturen, die ihm seine Paranoia seit jeher beschert haben. Ich fühle mich schrecklich, aber was soll ich tun? Außerdem passe ich auf mich auf. Rye wird mich nicht umbringen, und ja, das klingt selbst in meinen Gedanken unglaublich naiv.

Als Mum merkt, dass unser Gespräch damit abgeschlossen ist, bringt sie uns zwei dampfende Teller voll Spaghetti und stellt sie vor uns auf den Tisch.

»Hier. Mir geht keiner hungrig ins Bett!«, sagt sie und wir müssen alle lachen, auch wenn es uns merklich schwerfällt. Wahrscheinlich ahnt jeder bereits, dass wir bald noch viel mehr Ärger bekommen werden.

Kapitel 9

Nachdem ich mich die ganze Nacht unruhig hin und her gewälzt und den altbekannten Albtraum geträumt habe, in dem mich das Kelpie von damals zerfleischt, fallen mir beinahe die Augen zu, als ich am Morgen Thunder sattle. Rochester faucht Thunder an, als ich sie über den Hof führe. Wie immer liegt er auf seiner Bank und beobachtet das Treiben auf dem Hof und an den Lodges wie ein König auf seinem Thron. Ein kleines Vordach, das Mum irgendwann gebaut hat, um die Pflanzen im Eingangsbereich zu schützen, schirmt ihn vom feinen Nieselregen ab, den uns der Wind unablässig entgegenweht.

Beim Reiten, vor allem im Galopp, peitscht mir das kühle Nass noch heftiger ins Gesicht und ich muss den Mund fest zupressen, kneife die Augen so weit zusammen, dass ich noch ungefähr sehen kann, wohin ich mein Pferd lenke, und habe zunehmend Probleme, beim Atmen durch die Nase nicht Wasser in meine Lunge zu saugen. Wie eine Irre treibe ich Thunder den Weg am Fluss entlang, damit wir so schnell wie möglich die Stelle erreichen, an der ich gestern mit Rye gesprochen habe. Ich muss wissen, ob Bill ihn verraten hat. Vor lauter Panik habe ich gestern vergessen, ihn zu warnen. Wie blöd kann man eigentlich sein, ich hätte ihm nur hinterherrufen müssen, er solle verschwinden? Aber mein gestresstes Gehirn hat nicht einmal das auf die Reihe bekommen.

Nach gefühlt mehreren Stunden taucht in einiger Entfernung endlich der Felsen vor uns auf, auf dem Rye gestern saß. Schon von Weitem kann ich erkennen, dass er dort nicht mehr sitzt. Dann meldet sich endlich mein Verstand. Natürlich sitzt er dort nicht mehr, was soll er auch die ganze Nacht und den ganzen Tag auf einem blöden Felsen sitzen. Das muss sogar für ein Kelpie schrecklich unbequem sein. Plötzlich scheut Thunder und will nicht weiterlaufen – Rye ist hier also irgendwo.

Mein Herz beginnt zu rasen, während ich mich in alle Richtungen umdrehe, und erreicht eine ungesunde Geschwindigkeit, als ich ihn letztendlich entdecke. Er besitzt ernsthaft die Leichtsinnigkeit, auf einer kleinen Lichtung zu grasen, schutzlos ausgeliefert. Isst er das Gras überhaupt, oder soll das Tarnung sein? Da Thunder noch immer bockt und ich Mühe habe, sie im Zaum zu halten, steige ich ab und mache meine Stute ein paar Schritte weiter hinten an einem Ast fest, sodass sie nicht mehr auf die Lichtung zu Rye schauen kann. Nachdem ich mich vergewissert habe, dass sich mein Pferd an seinem jetzigen Platz entspannt hat, haste ich zu Rye, der immer noch in aller Seelenruhe Grasbüschel ausreißt und genüsslich zerkaut. Nervös schaue ich mich in alle Richtungen um, aber es ist weit und breit keiner zu sehen. Ob Bill irgendwo im Dickicht lauert? Wenn ja, wäre es eh zu spät. Und gerade dann müsste ich Rye warnen.

Ich setze jeden Schritt mit Bedacht und bleibe bestimmt fünf Meter vor Rye stehen. Auch wenn Dad das nie einsieht, ich habe aus meinen Fehlern durchaus gelernt. So sehr ich Rye komischerweise auch vertrauen mag, ich habe keine Ahnung, ob er sich in Pferdegestalt kontrollieren kann. Seine Mähne ist heute gewellter als sonst, fast schon gelockt, was von der Feuchtigkeit kommen muss.

Einzelne Regentropfen rutschen über sein Fell, das von der Nässe schimmert und dessen Farbton von Nahem sogar dunkler als jede Nacht ist. Er hat längst aufgehört zu grasen und schaut mich stattdessen mit seinen wachen Pferdeaugen an. Seine Ohren sind neugierig gespitzt und zeigen zu mir nach vorne.

»*Willst* du eigentlich gefangen werden?«, begrüße ich ihn verärgert. Seine Ohren zucken kurz, dann schüttelt er seinen gigantischen Pferdekopf und Regentropfen spritzen mir aus seiner Mähne entgegen. Vorsichtig macht er einen Schritt auf mich zu, doch ich stolpere zurück und halte reflexartig die Arme als Stoppsignal vor meinen Körper. Dad wäre stolz auf mich. Damals war ich diejenige, die einen Schritt auf das Kelpie zugemacht hat.

»Bill hat uns gestern gesehen«, sage ich, ohne meine Arme zu senken und ohne ihm zu erklären, wer Bill ist. »Ich konnte gerade noch Schlimmeres verhindern, aber wir haben keine Garantie, dass das so bleibt! Und du stellst dich hier ernsthaft mitten aufs Feld, wo man dich sofort se-«

Ich breche den Satz ab und rücke noch weiter von ihm ab, als Rye plötzlich von schwarzem Rauch eingehüllt wird. Meine Augen suchen vergeblich nach dem Ursprung des Rauchs, er scheint aus dem Nichts zu kommen und langsam an Ryes Beinen nach oben über seinen Pferdekörper zu wandern, bis er seinen Kopf erreicht und die gesamte Gestalt verschluckt. Wie ein Wirbelsturm bäumt sich der Rauch auf und dreht sich wie ein Bündel Wäsche in der Waschmaschine rasend schnell um die eigene Achse, bis er sich schließlich lichtet und einen vollständig bekleideten Menschen-Rye ausspuckt.

Wieso ist er immer angezogen?

»Hab ich dir Angst gemacht?«, fragt er mit heiserer Stimme, wahrscheinlich benutzt er sie nur, wenn er mit mir spricht.

»Mit dieser Show, oder was?« Ich gebe mich cool, aber mein Puls überschreitet erneut das Tempolimit, das ihm mein Körper vorschreibt. Ryes Mundwinkel schießen nach oben, sein Mund öffnet sich und gibt den Blick auf eine Reihe perfekter, strahlend weißer Zähne frei. »Ich meinte eher vorhin, als du vor mir zurückgewichen bist.«

»Ich bin nicht –«, beginne ich trotzig, bis ich merke, dass ich meine Arme immer noch wie versteinert in derselben Abwehrposition habe und sie senke, während ich einen neuen Satz beginne: »Ich bin nur kurz erschrocken.«

»Ah. Und die Show, wie du es nennst? Schon beeindruckend, oder?« Er blinzelt mich an wie ein flirtender Pub-Besucher, der sich nach dem fünften Bier für den Sexiest Man Alive hält. Das muss er eindeutig noch üben, aber ich bezweifle, dass ein Kelpie oft dazu kommt, mit jemandem zu flirten.

»Total. Können wir bitte endlich von diesem Feld verschwinden?«

Er grinst, läuft aber mit gebührendem Sicherheitsabstand, auf den ich akribisch achte, in Richtung der Bäume, die uns schützende Deckung versprechen.

»Wer ist denn dieser Bill?«, will er wissen.

»Ein Freund von uns und er wird keine Sekunde zögern, dich ans Institut zu melden. Ich glaube, meine Ausrede, du wärst nur ein verirrter Tourist gewesen, haben sie mir nicht abgenommen.«

»Warum tust du das alles?« Wir sind mittlerweile am Waldrand angekommen und der Schatten der Bäume umarmt uns.

»Was alles?«

»Für mich lügen. Mich beschützen. Dich um mich sorgen ...« In seinen Augen liegt eine erdrückende Schwere und trotzdem strahlen sie irgendwie Leichtigkeit aus.

»Bild dir bloß nichts drauf ein«, witzele ich, setze aber ernster hinzu: »Ich weiß einfach, dass du es wert bist.« Woher ich das weiß, kann ich nicht genau sagen.

Sein Blick verkörpert das Wort »Verwirrung«. Stocksteif steht er neben mir und starrt den Boden an. »Warum? Ich kann dir nichts zurückgeben. Selbst wenn ich sage, dass ich nicht gerne töte und niemandem etwas tun möchte, dann ... Kenzy, ich bin nicht wie du und ich werde nie so sein wie du. Ich mag dich, dabei weiß ich eigentlich nicht, wie das geht. Jemanden mögen. Du bist der erste Mensch, mit dem ich mich jemals unterhalten habe. Wie ihr bestimmte Dinge tut, kann ich mir abschauen, aber ich habe noch nie vorher mit einem Menschen gesprochen. Ich habe von Gefühlen gehört, habe sie an Menschen heimlich beobachtet ... Ich beginne gerade erst zu realisieren, wie sich das anfühlt, Gesellschaft zu haben. Du solltest nicht so viel für mich riskieren.«

»Gerade deshalb möchte ich viel für dich riskieren. Weil ich dich auch mag und weil ich vorher nie Bekanntschaft mit einem Kelpie gemacht habe. Zumindest nicht auf diese Weise ...« Erinnerungen drängen sich in meinem Gehirn in den Vordergrund und ich muss eine Pause machen, um sie zuerst mehr oder weniger erfolgreich zu verscheuchen. »Ich spüre einfach, dass das etwas Besonderes ist. Dass es ... groß ist. Dass unsere Bekanntschaft etwas bewirken kann. Alle sehen euch als Monster, aber –«

»Wir *sind* auch Monster, Kenzy!«, fällt mir Rye ins Wort und auf einmal flackert so etwas wie Zorn in seinen

Augen, auch wenn ich es nicht genau deuten kann. Reflexartig weiche ich einen Schritt zurück und stoße an einem dicken Baumstamm an.

»Du hast mich gestern gefragt, wie wir sterben«, sagt er und der Zorn in seinen Augen verwandelt sich in die altbekannte Traurigkeit. »Es gibt nur zwei Möglichkeiten. Entweder wir werden getötet, von euch oder von Artgenossen.«

»Von Artgenossen?« Mein Puls rennt schon wieder im Galopp und ich schnaufe wie Thunder in dieser Gangart.

Rye nickt. »Ja, Kelpies töten sich manchmal gegenseitig. Ihr Menschen tut das doch auch zu genüge.« Mir gefällt nicht, wie recht er damit hat. »Aber es geht nicht um die erste Art, auf die wir sterben, Kenzy. Es geht um die Zweite.« Der Wind zerzaust seine wild gelockten Haare, weht ihm einzelne Strähnen in sein schönes Gesicht, umspielt die kleinen Fältchen, die sich unter seinen dunklen Augen bilden. Phoebe würde wahrscheinlich in Ohnmacht fallen, wenn ihr so ein Mann gegenüberstünde. Die Szene, wie wir uns hier im Wald näherkommen, zumindest in Worten, wie der Wind uns neckt und kitzelt, kommt mir vor wie aus einer Hollywood-Romanze ausgeschnitten. Nur das Thema, das Rye gerade erwähnt hat, passt nicht dazu.

»Die natürliche Art, auf die wir sterben, ist der Hungertod.«

Ich warte darauf, dass er mir das erklärt, aber er bleibt stumm und lässt sich nach unten sacken. Im Schneidersitz setzt er sich auf den Untergrund.

»Was bedeutet das?«, hake ich nach und lasse mich an dem Baumstamm, an dem ich lehne, hinabgleiten, bis ich wieder mit ihm auf Augenhöhe bin. Er schaut mich nicht an, stattdessen hat ein Tannenzapfen seine volle Aumerksamkeit. »Das bedeutet, dass ich töten muss, um nicht selbst zu sterben. Dass wir alle töten müssen, um überhaupt zu existieren.«

Ein Kloß bildet sich in meinem Hals und ich habe das Gefühl, daran zu ersticken. Eigentlich sollte ich jetzt die Flucht ergreifen, aber wie er mir gegenübersitzt, ein einziges Häuflein Elend, zerfressen von seiner beschissenen Bestimmung, kann ich ihn einfach nicht allein lassen. Und ich spüre endlich, dass es nicht mein Helferkomplex ist, der mich diese Dinge fühlen lässt. Es sind aufrichtige Gefühle, die mich zu ihm hinziehen. Wie kann ein Monster so ein reines Wesen sein, das nichts und niemandem etwas tun möchte? Wie kann es Monster mit einem Gewissen geben?

»Wenn ich nicht mindestens ein Menschenleben in fünf Jahren nehme, löse ich mich im Fluss auf und werde wieder ein Teil des Wassers, aus dem ich entstanden bin.«

Der Kloß in meinem Hals schwillt weiter an und eine unsichtbare Kraft drückt mir Gewichte auf die Brust. Die Frage, wie viele Menschenleben er schon nehmen musste, liegt mir auf der Zunge, doch darauf möchte ich keine Antwort, also verwerfe ich sie.

»Warum willst du überhaupt weiterleben, wenn dir das Töten so schwerfällt?«, frage ich stattdessen und halte die Luft an, als er plötzlich den Kopf hebt und mich direkt ansieht.

»So einfach ist das nicht. Wir sind nicht aus Fleisch und Blut, auch wenn wir so erscheinen. Es ist keine Entscheidung, die wir einfach so treffen. Denn die Kraft, die uns treibt, die uns aus dem Fluss erschaffen hat und uns irgendwann wieder dem Fluss zurückgibt, trifft die meisten Entscheidungen für uns. Wir sind nur ein Spielball des Bösen in uns.«

Der einsetzende Regen lenkt mich kurz ab und ich setze meine Kapuze auf. »Das heißt, du musst irgendwie leben, aber du kannst dir aussuchen, ob du nur alle fünf Jahre töten willst, oder öfter?«

Rye nickt. »So in etwa, ja. Ich weiß, dass ich dir nichts tun *möchte*. Gleichzeitig möchte es die Kraft, die mich erschaffen hat, und versucht mich zu lenken. Und egal, wie oft ich dir sage, dass ich dich mag und dass ich dir nicht wehtun will, ich bin mir nicht sicher, wer am Ende stärker wäre, wenn du mir zu nahekommst. Deshalb sollst du nicht so viel für mich riskieren, Kenzy. Weil ich immer, egal, wie sehr ich dagegen ankämpfe, eine Gefahr für dich bin.«

Meine Kehle fühlt sich so trocken an, dass ich am liebsten den Mund aufreißen und ein paar der Regentropfen, die es durch die dicken Baumkronen bis zu uns schaffen, hereinlassen würde.

Bevor ich etwas erwidern kann, räuspert sich Rye und atmet tief ein, als würde er all seinen Mut zusammennehmen. »Ich war nicht immer Einzelgänger, weißt du. Lange Zeit hatte ich einen Freund, Leven. Er war auch einer von den Guten und wir haben zusammen einiges erlebt. Haben uns sogar ein paar Mal in Menschengestalt in kleinere Ortschaften geschlichen. Deshalb weiß ich auch einiges über euer Leben. Nur in Geschäfte oder Restaurants und was ihr alles habt, haben wir uns nie gewagt. Gesprochen haben wir mit niemandem, das haben wir uns nicht getraut. Trotzdem hatten wir die beste Zeit. Du hättest ihn kennenlernen sollen, ihr hättet euch gut verstanden. Jedenfalls …«

Im Wald wirkt alles auf einmal viel leiser als zuvor, während Rye mir einen Teil seiner Vergangenheit offenbart, der ihn sehr geprägt hat. Er holt noch einmal tief

Luft und ich weiß unmittelbar, dass die Geschichte von Leven kein gutes Ende nehmen wird.

»Leven hat das Töten noch mehr gehasst als ich. Irgendwann hat er es nicht mehr ausgehalten und es geschafft, sich der Kraft unserer Natur zu widersetzen. Und als der Tag kam, an dem er fünf Jahre lang kein weiteres Leben genommen hatte, musste ich ihm dabei zusehen, wie er sich unter Qualen auflöste. Wir standen im Fluss, in Pferdegestalt, und auf einmal hat er angefangen zu zucken und zu schreien und dann, nach und nach ... ist er einfach ...«

Er räuspert sich noch einmal und kämpft gegen den Fluss seiner traurigen Augen an, blinzelt wild, fängt sich schließlich und spricht weiter. »Er hat sich Stück für Stück in Wasser aufgelöst, der Kopf verschwand als letztes. Bis zum Schluss starrten seine weit aufgerissenen Augen mich an, verabschiedeten sich stumm von mir. Ich sehe das immer noch ständig vor mir. Und ich will so nicht sterben, egal, wie sehr ich das Töten hasse. Es ist feige, ich weiß. Aber der Gedanke daran, so zu enden ... Ich kann das nicht.«

Ich unterdrücke irgendwie den Impuls, ihn in den Arm zu nehmen. »Ich finde das nicht feige. Ich finde eher, dass du ziemlich mutig und stark bist. Und du kannst nichts für diese Kraft in deinem Innern. Niemand kann etwas dafür, wie er geboren wurde. Was zählt, ist, was du daraus machst.«

Irgendetwas in mir übernimmt die Kontrolle und ich setze mich ebenfalls in den Schneidersitz und rücke so nahe an Rye heran, dass sich unsere Knie beinahe berühren. Er will zurückrutschen, aber ich halte ihn mit Worten auf. »Nein, bleib! Bitte. Es wird nichts passieren«, versichere ich ihm, obwohl wir beide wissen, dass durchaus etwas passieren könnte. Trotzdem verharrt Rye an seiner Stelle und als wir uns so nah wie nie zuvor gegenübersitzen, schaue ich ihm direkt in die Augen.

Er hält meinem Blick stand.

»Hast du jetzt das Bedürfnis, mich umzubringen?«, flüstere ich und bekomme von meiner eigenen Frage eine Gänsehaut.

»Nein.« Ich spüre Ryes Atem auf meinem Gesicht und die Gänsehaut verstärkt sich, obwohl die Luft warm ist, beinahe heiß.

»Siehst du. Du bist stärker, als du denkst. Und ich möchte dich auch weiterhin treffen und selbst bestimmen, wann mir die Gefahr zu viel wird.«

»Du bist wirklich stur. Und auch ein bisschen dumm, wenn du das ernst meinst.« Ein breites Grinsen stiehlt sich auf Ryes Lippen. Warum kann er nicht einfach ein Mensch sein? Ich würde alles dafür geben, diese Lippen küssen zu dürfen.

»Ich habe nie etwas so ernst gemeint wie das«, versichere ich ihm und weiß gleichzeitig, dass meine Entscheidung uns beiden zum Verhängnis werden kann. Aber genau in diesem Moment, in dem er mir zum ersten Mal so nahe ist, erkenne ich, warum er mich so fasziniert. Er kennt diese Welt nur vom Zusehen. Er hat es nicht nötig zu lügen, zu betrügen, sich anzubiedern oder dumme Sprüche zu klopfen. Seine reine Seele trifft zum ersten Mal auf Gesellschaft. Er interessiert sich für *mich*, für mein Wesen, meinen Charakter, meine Welt – nicht für meine Frisur, meine Figur, meine Oberweite oder meine Unterwäsche. So wie ich hier vor ihm sitze, bin ich mehr als genug und er wird nicht müde davon, Zeit mit mir zu verbringen, weil jemand anderes interessanter ist. Weil er noch weiß, wie man jemanden wertschätzt, oder er es gerade erst lernt und noch nicht verlernt hat. Auch, wenn er für all das gar nichts kann, sich seine Existenz so nicht ausgesucht hat, ist es für mich das, was ihn ausmacht und was mich an ihm reizt. Das, und seine lässige Art, seine Leichtigkeit, mit der er sich durch die Welt bewegt, die mir oft so fremd ist, wenn ich mich wieder in den ewigen Abgründen meiner Gedanken verliere. Ich mag ihn – nicht wegen meiner verborgenen Abenteuerlust, nicht wegen seines makellosen Äußeren und auch nicht wegen meines vermeintlichen Helferkomplexes. Ich mag ihn, weil er so ist, wie er ist und weil es sich anfühlt, als würde er mich vervollständigen. Und mit dieser Erkenntnis weiß ich auf einmal, dass ich kurz davor bin, mich in ihn zu verlieben.

Kapitel 10

»Du hast bitte *was*?«, kreischt Phoebes Stimme durch den Telefonhörer, der mir bei ihrer Frequenz beinahe aus der Hand rutscht.

»Jetzt mach mal halblang, ich hab mich neben ihn gesetzt, wir haben nicht geknutscht oder so.« Mit meiner freien Hand stelle ich eine Vase mit frischen Blumen auf den Esstisch in Lodge Nummer zehn. Um ungestört mit meiner besten Freundin zu telefonieren, habe ich mich freiwillig dazu bereit erklärt, die Lodge für die neuen Gäste herzurichten. Alles ist bereits perfekt, ich habe nur Mums letzte Handgriffe übernommen und Phoebe dabei über meine morgendliche Begegnung mit Rye aufgeklärt. Wie erwartet rastet sie völlig aus.

»Na ja, aber fast«, stellt sie in lehrerhaftem Ton fest. Da die Lodge komplett fertig ist, setze ich mich auf einen der Stühle am Esstisch und betrachte mein Werk. Das frische Gebäck duftet aus der Küche bis zu meinem Platz und vermischt sich mit dem Geruch der Blumen.

»Quatsch, das wäre nicht nur unvorsichtig, das wäre auch ...«

»Komisch? Ich meine, er ist ... Keine Ahnung, ist er ein Pferd oder ist er keins? Er ist jedenfalls manchmal eins. Dann würdest du mit einem Pferd knutschen.«

»Pheebs! Hör auf damit, ich habe nicht vor, mit ihm zu knutschen, egal, was er ist!«

»Klaaaaaar, als ob du die Finger von deinem Dämonen-Adonis lassen könntest!« Ich schüttle den Kopf, was sie nicht sehen kann, und halte mir die Hand vor den Mund, um mein lautes Lachen in Zaum zu halten.

»Im Ernst, Phoebe«, sage ich, als ich mich wieder gefangen habe. »So unvorsichtig bin ich nicht, auch, wenn das vielleicht komisch klingt, nach dem, was ich heute schon riskiert habe.«

»Das tut es, in der Tat.« Sie seufzt gekünstelt. »Na schön, sagen wir, du belässt es bei euren Schneidersitz-Dates. Wie soll das weitergehen? Du kannst ihn weder für immer vor dem Institut verstecken, noch kannst du dich für immer im Wald neben ihn setzen und Herzklopfen kriegen, wenn du in seine traurigen Pferdeaugen schaust.«

Jetzt seufze ich, jedoch nicht gekünstelt. »Wenn ich das wüsste. Aber ich will ihn jetzt noch nicht gehen lassen. Wann hat man bitte die Chance, so viel über diese Wesen zu erfahren?«

»Okay, sei ehrlich, Kenzy. Ist das wirklich der Grund, warum du dich mit ihm triffst? Oder steckt da was Anderes dahinter? Du weißt, dass die Schönheit dieser Wesen eine Falle ist, oder? Dass das mit Absicht so ist, damit sie ihre Opfer besser anlocken können?«

Ich schiele durch die Terrassentür und schaue auf den Fluss, der alles mit sich reißt, was er in seine nassen Finger bekommt. Wird Rye mich genauso mit sich reißen? Bin ich kurz davor, von einer Welle an seltsamen, fehlgeleiteten Gefühlen überschwemmt zu werden und in meiner eigenen Naivität unterzugehen?

»So ist es nicht, Pheebs. Ehrlich. Natürlich fühle ich mich irgendwie zu ihm hingezogen, aber ich bin bei vollem Verstand, keine Panik. Ich will einfach noch mehr Zeit mit ihm verbringen, ihn besser kennenlernen. «

»Okay«, sagt sie und ich höre, dass sie es ernst meint. »Erzähl mir noch mal von seiner Verwandlung.« Also berichte ich erneut von dem schwarzen Rauch, der Ryes Pferdekörper eingehüllt und wenig später seinen Menschenkörper ausgespuckt hat.

»Warum ist er immer angezogen?«, ist Phoebes einziger Kommentar dazu und ich muss wieder laut lachen. Genau dasselbe habe ich mich in dem Moment schließlich auch gefragt.

Am nächsten Tag treffe ich Rye an einer völlig anderen Stelle, etwa fünf Kilometer flussaufwärts. Ich habe ihm die Badestelle gestern genau beschrieben, der Fluss ist dort völlig ruhig, aber links und rechts von ihm ist die Gegend rauer, ragen Felsen steil auf, auf denen Bäume wachsen. Nur eine wackelige Treppe führt vom Wanderweg hinunter, die Touristen aber meistens meiden, weil sie rutschig und rostig ist. Vom Weg aus ist die Stelle nicht einsehbar, man hört nur den Fluss leise plätschern, wo er vom Wind angetrieben gegen die Felsen schwappt. Mit dem Vorwand, nachmittags ein wenig im nächstgrößeren Ort bummeln zu wollen, fahre ich stattdessen zum Wanderparkplatz und stelle mein Auto auf einem der hintersten Plätze ab, damit man es von der Straße aus nicht sehen kann. Bevor ich die Treppe hinuntersteige, vergewissere ich mich, dass ich keine Zuschauer habe. Unten angekommen erwartet mich Rye bereits mit einem Lächeln. Direkt an der Treppe gibt es ein winziges Ufer aus Steinen und größeren Felsbrocken. Ansonsten nimmt der Fluss an dieser Stelle alles für sich ein, von einem Felsen zum anderen. Wie früher, als ich hier zum Schwimmen hergekommen bin, breite ich meine Picknickdecke aus, die gerade so nicht nass wird.

Auf einem der ersten Felsen, die aus dem Wasser ragen, sitzt Rye in Menschengestalt und beobachtet meine Bewegungen. »Hier ist es wirklich besonders schön«, sagt er und muss seine Stimme dabei nicht wie sonst erheben, wenn wir uns am Fluss treffen, denn hier ist das Wasser nicht so aufbrausend laut.

»Hab ich doch gesagt.« Ich mache es mir auf meiner Decke so gemütlich wie möglich und blinzle gegen die Sonne, die es heute erstaunlich gut mit uns meint.

»Erzähl mir von dir«, fordert Rye und ich halte mir die Hand an die Stirn, um die Sonne etwas abzuschirmen.

»Von mir? Da gibt es nicht viel zu erzählen.«

Sein weißes T-Shirt rutscht ein Stück nach oben, als er seine Sitzposition ändert, und entblößt ein Stück seines Oberkörpers, das mir viel zu gut gefällt. Gerade deshalb, weil es nicht so perfekt aussieht wie der Rest an ihm. Einfach weil es normal ist, muskulös und doch keins dieser harten, ungemütlichen Bodybuilder-Bretter. Schön, aber nicht übertrieben, sondern realistisch schön. Einfach ... menschlich. Phoebes Worte hallen in meinem Kopf wider und ich vertreibe den Gedanken an seine Menschlichkeit, weil ich nicht zulassen darf, mich in seine Menschengestalt zu verlieben. Im Endeffekt ist nichts daran echt, auch wenn mir das unfassbar erscheint.

»Ich wette, es gibt über dich viel mehr zu erzählen als über mein trostloses Dasein.« Er schmunzelt, aber es liegt wieder diese Schwere darin. Ich kann mir nicht vorstellen, wie einsam es sein muss, zu seinem Leben verdammt zu sein.

»Na ja, ein bisschen vielleicht. Vorher musst du mir eine Frage beantworten.«

»Du und deine Fragen immer«, sagt er neckend und schüttelt den Kopf. »Na schön, aber nur eine.«

Aus meinem Rucksack krame ich einen Sonnenhut und setze ihn auf, während ich die Frage stelle, die Phoebe und mir so viele Rätsel aufgibt. »Wieso bist du immer angezogen?« Okay, das kam irgendwie zu direkt aus mir heraus. Was ist denn in mich gefahren? »Ich meine, also ...«

»Du hast *eine* Frage frei und dafür entscheidest du dich?« Er bricht in schallendes Gelächter aus und fällt halb von seinem Felsen. »Wieso interessiert dich das? Wäre es dir anders lieber?«

»Man beantwortet Fragen nicht mit Gegenfragen, also sag schon!«, winde ich mich um eine Antwort und hänge die Füße ins eiskalte Wasser des Flusses.

»Wie es genau funktioniert, kann ich dir nicht erklären, aber ich kann immer so erscheinen, wie ich gerne aussehen würde. Meistens wähle ich einfach schlichte Kleidung. Das lässt sich natürlich ändern, wenn du das möchtest.« Er zwinkert mir zu und ich beuge mich vor zum Fluss und spritze mit Wasser nach ihm. Die Aktion geht allerdings nach hinten los, da sein weißes Shirt davon nass wird und durchsichtig an seinem Oberkörper kleben bleibt, was einfach nur unverschämt gut aussieht.

»Okay, Frage beantwortet.« Das Thema muss eindeutig abgeschlossen werden, bevor ich ihn weiterhin so verboten anschmachte. Ich muss mich wirklich zusammenreißen.

»Dann bist du jetzt dran. Ich höre?« Auch wenn es mich in Verlegenheit gebracht hat, das Gespräch über seine *magische Kleidung* hat die Stimmung definitiv aufgelockert. All die Schwere, die er sonst mit sich herumträgt, ist aus seinem Ausdruck verschwunden. Weil es ihn wirklich zu interessieren scheint, erzähle ich ihm alles über mich – von meiner Familie, meiner ersten Auslandsreise mit Phoebe nach unserem Schulabschluss, meinem halbjährigen Marketingkurs an der Uni in Glasgow, während dem ich mir ein winziges Apartment mit Phoebe geteilt habe, davon, dass sie meine einzige richtige Freundin ist, weil ich den meisten immer zu ruhig und unauffällig und langweilig war und meine alten Schulfreunde sich irgendwann immer weniger bei mir gemeldet haben ... Ich erzähle ihm von Maeves Referaten, erkläre ihm, was Wikipedia ist, berichte von meinen kläglich gescheiterten Versuchen, Sauerteig zu machen und wie sich Chocolate in meinen Teigresten gesuhlt und tagelang geklebt hat. Ich erzähle ihm einfach alles, was mir in den Kopf kommt, und werde dabei trotz der schönen Erinnerungen immer trauriger, weil ich einmal mehr realisiere, wie eintönig und nichtssagend meine Existenz ist.

Rye hört mir gebannt zu, schaut in meine Richtung, als wäre ich ein Fernseher, in dem gerade seine Lieblingsshow läuft. Ab und zu reagiert er mit einem Lachen oder einem Seufzer oder einem Kopfschütteln, dennoch unterbricht er mich kein einziges Mal. Erst als ich schon fast fertig bin und mir nicht mehr viel Neues einfällt, spricht er.

»Bist du glücklich? Glück, das ist doch das, was ihr Menschen immer sucht, oder?«

Ich muss schmunzeln wegen seiner zweiten Frage und schlucke gegen einen Kloß in meinem Hals bei der ersten. »Ich denke schon. Obwohl ... Ich versuche einfach immer, es allen rechtzumachen. Vor allem Dad. Er würde es mir vermutlich nicht verzeihen, wenn ich weggehen und die

Lodges nicht übernehmen würde. Ich mag es hier, ich will nicht unbedingt in die Stadt.«

»Mhm.« Rye überlegt und starrt in die Ferne. Schließlich dreht er den Kopf zu mir und schaut mich direkt an. »Aber dann bist nicht du glücklich, sondern dein Dad. Und man kann auch außerhalb der Stadt glücklich sein. Nur eben für sich und nicht für andere. So verstehe ich das zumindest, aber was weiß ich schon.«

»Ich finde, du weißt eine ganze Menge«, sage ich nachdenklich.

»Also, du hast jetzt klargemacht, was dein Dad will, damit er glücklich ist. Was willst *du* denn, damit du glücklich bist?«

Unsere Blicke treffen sich einmal mehr und ich verliere mich in der Tiefe seiner Augen, die mir signalisieren, dass ihm wirklich etwas an mir liegt. An mir und meinem Glück.

Ich nehme mir noch einen weiteren Augenblick Zeit, um meine Antwort zu überdenken. »Ich glaube, das, was mich am meisten unglücklich macht, ist, dass ich nicht weiß, was ich will.«

Rye legt den Kopf schief. »Na ja. Das kannst du ja herausfinden. Das kriegst du hin.« Er lächelt mich an und ich kann nicht anders, als zurückzulächeln. »Ja, da hast du recht. Das sollte ich hinkriegen.« Mit einem Mal fühlt sich diese Hürde viel überwindbarer an.

Gerade durchströmt mich ein Gefühl absoluter Wärme und Zuversicht, da wendet Rye den Blick flussabwärts und erstarrt. Drei Pferde stehen plötzlich an einer seichten Stelle im Fluss, das Wasser reicht ihnen knapp bis über die Knie. Sofort weiß ich, dass es sich nicht um gewöhnliche Pferde handelt. Sie sind groß, noch größer als Rye in Pferdegestalt und unglaublich gut gebaut, ihr Fell schimmert in der Sonne und während das des Linken aschgrau und das des Rechten in einem dunklen Braunton gefärbt ist, erstrahlt das des Mittleren in einem so finsteren Schwarz, dass es die finsterste aller Nächte in den Schatten stellt.

»Du solltest jetzt gehen, Kenzy«, sagt Rye so ruhig, dass es mir eine größere Gänsehaut beschert, als wenn er mich angebrüllt hätte.

»Wer sind die, kennst du die?«, will ich wissen und mein Puls beschleunigt sich. Aber Rye ignoriert meine Frage. Panik steht in seinen Augen. »Bitte, Kenzy, geh. Triff mich morgen an der Stelle im Wald, wo wir gestern waren. Egal wann, ich warte. Aber jetzt geh nach Hause. Vertrau mir.«

Und das tue ich. Ich vertraue ihm, also nicke ich nur wortlos, packe meine Sachen und haste die Treppe nach oben. Ein Blick zurück zeigt mir schwarzen Rauch und ich weiß, dass Rye sich verwandelt, um sich seinen Artgenossen zu stellen. Unser Gespräch von gestern klingt in mir nach, darüber, dass sich Kelpies gegenseitig töten, und ich bringe es fast nicht übers Herz, ihn jetzt allein zu lassen. Diese Kelpies sind eindeutig keine freundliche Gesellschaft, so wie er sie angesehen hat. Aber ich könnte ihm sowieso nicht helfen, also gebe ich mein Bestes darauf zu vertrauen.

Kapitel 11

Als ich in die Einfahrt zu unserem Gelände einbiege, kommt mir Bill in seinem Auto entgegen und anstatt mir wie sonst, wenn wir uns begegnen, freudig durch die Windschutzscheibe zu winken, schüttelt er nur den Kopf. Sofort weiß ich, was los ist und mein Herz rutscht gefühlt eine Etage tiefer in meinen Magen, der sich direkt mit stechenden Krämpfen meldet. Wie hat er es herausgefunden? Hat er uns beobachtet? Oder ist irgendetwas Anderes passiert?

Ich parke den Wagen so schief wie lange nicht mehr und steige mit puddingweichen Knien aus. Die Haustür ist nicht abgesperrt, also ist jemand zu Hause. Meine Hand ist so schwitzig, dass ich am Türknauf abrutsche. Kaum habe ich das Wohnzimmer betreten, stellt sich Dad mir in den Weg und bedeutet mir mit grimmiger Miene und einer groben Handbewegung, mich zu setzen.

»Was ... ist los?«, bringe ich heraus und kaue nervös auf meiner Unterlippe herum.

»Oh, das wollte ich gerade dich fragen.« Das geht ja gut los. Ich lasse mich in unser weiches Sofa sinken und vergrabe meine Hände unter meinen Oberschenkeln.

»Hast du gar nichts gekauft, beim *Bummeln*?«, fragt Dad, während er sich mir gegenüber auf das andere Sofa setzt. *Mist*, denke ich, eigentlich wollte ich alibimäßig auf dem Heimweg in einer Buchhandlung halten und mir zumindest ein oder zwei Bücher kaufen, damit ich nicht mit leeren Händen nach Hause komme. Aber nach der Begegnung mit den anderen Kelpies und der Sorge um Rye war ich viel zu aufgewühlt, um mich an meinen zurechtgelegten Plan zu erinnern.

»Ich hab nichts gefunden.« Es erschreckt mich selbst, wie schnell mir neuerdings die Lügen über die Lippen kriechen.

»Hör auf damit, Mackenzie.« Mein voller Name ist niemals ein gutes Zeichen in dieser Familie. »Seit wann hast du es nötig, so zu lügen? Und dann auch noch wegen *so was!*« Das letzte Wort spuckt er mir entgegen wie versalzenes Essen.

»Dad, ich –«

»Du kannst das erklären? Mir war von Anfang an klar, dass es kein Tourist war, verdammt noch mal! Aber ich wollte dir noch eine Chance geben.«

»Eine Chance? Wofür?« Ich begreife wirklich nicht, worauf er hinaus will.

»Um mir zu zeigen, dass es ein Ausrutscher war. Damals warst du ein Kind, heute bist du eine erwachsene Frau. Und du enttäuschst mich.«

Der letzte Satz ist wie ein Schlag ins Gesicht und ich spüre, wie sich Tränen in meinen Augen sammeln. Mit aller Kraft versuche ich, sie zurückzuhalten und blinzle verzweifelt. Ich fühle mich wie der einzige Mensch weit und breit, der sich für Wesen wie Rye einsetzt, ich habe eine riesige Entdeckung mit ihm gemacht und könnte so viel Gutes damit tun. Ganz zu schweigen davon, dass ich ihn mag, dass er mich glücklich macht. Wie kann ich damit andere enttäuschen, die mir mindestens genauso wichtig sind?

»Sie *haben* einen guten Kern, Dad, sicher nicht alle von ihnen, aber manche –«

»Wieso begreifst du es nicht?« Dads Stimme donnert mir entgegen wie eine Lawine. »Das sind *Monster*! Monster, die uns fressen, wenn wir ihnen zu nahekommen, die uns grausam ermorden! Gerade von dir hätte ich mehr Vernunft erwartet. Du warst doch sonst nie so ... rebellisch.«

»Du beschäftigst dich nie mit Kelpies, du hast nur deine vorgefertigte Meinung, so wie alle anderen hier in diesem scheiß Land, trotzdem gehst du ständig jagen. Was ist daran weniger grausam? Ich habe schon mehr Zeit mit einem Kelpie verbracht als ganz Schottland zusammen, wenn man das Institut nicht beachtet. Und *du* sagst *mir*, dass das alles ausnahmslos Monster sind, die uns zerfleischen, sobald wir ihnen zu nahekommen? Stell dir vor, Dad. Wenn es so wäre, wäre ich längst ein Teil des Flusses.«

Während ich mich in Rage geredet habe, hat Mum den Raum betreten und starrt uns nun mit offenem Mund an. Dads Ader am Hals vibriert gefährlich und ich mache mich auf einen Wutanfall gefasst, aber er zwingt sich dazu, ruhig zu atmen und schweigt. Sein Blick schreit und grölt und prügelt dennoch auf mich ein.

»Was ist überhaupt los?«, will Mum wissen, macht einen Schritt auf uns zu und bleibt mit vor der Brust verschränkten Armen stehen.

»Frag deine Tochter«, antwortet Dad so kühl, dass ich körperlich anfange zu frieren. Mums Blick wandert zu mir und verweilt dort.

»I-ich ...«, stammele ich, aber ich bringe kein weiteres Wort heraus.

»Sie hat sich mal wieder auf ein Kelpie eingelassen. Sie trifft es heimlich. Erinnerst du dich an den verirrten Touristen?«

Mum legt den Kopf in den Nacken und seufzt, dann knetet sie ihre Hände, die sie aus ihrer Armposition löst, und setzt sich doch neben mich. »Warum tust du uns das an?«, fragt sie, den Blick irgendwo auf die Obstschale in der Küche gerichtet.

»Was habt ihr denn für einen Schaden dadurch?« Da ich sie ebenfalls nicht anschaue, packt mich Mum plötzlich an den Schultern und dreht mich zu sich. »Was wir davon –« Sie bricht ab und muss laut ein- und ausatmen, bevor sie weiterspricht. »Wir haben vielleicht bald eine Tochter weniger. Reicht dir das nicht als Schaden? Findest du das lustig, dieses Spiel, das du da spielst? Gibt dir das irgendeinen Kick oder so was? Ist dir hier so langweilig, dass du mehr Abenteuer –«

»Es reicht!«, rufe ich dazwischen. »Genug Fragen, Mum! Und ja, vielleicht ist mir hier wirklich langweilig.«

»Was ist denn in dich gefahren, seit wann sprichst du so mit uns?«, empört sich Dad.

»Seitdem ihr mir nicht mehr zuhört«, entgegne ich und erstaune mich damit selbst. Er hat recht, was *ist* nur in mich gefahren? Seit wann bin ich so schlagfertig? Die Stille, die sich daraufhin ausbreitet, raubt mir den Atem und lässt meine Hände zittern.

»Ich werde jetzt das RIK anrufen.« Der Satz spült eine Welle der Verzweiflung über mich. Das darf er nicht tun, wenn er das tut, dann …

»Nein!« Ich springe auf und die Tränen, die ich so lange zurückgehalten habe, schwappen über mein unteres Augenlid und fließen über meine Wangen wie der Fluss. »Du hast recht, Dad. Ich bin eine erwachsene Frau und als solche lasse ich mich nicht mehr von dir herumkommandieren. Du kannst mir das glauben oder nicht, aber Rye ist einer von den Guten –«

»Das Ding hat einen Namen?!« Jetzt springt Dad auch auf und seine Augen funkeln mich mit so viel Zorn an, dass ich zurückweiche.

Unbeirrt spreche ich weiter. »Rye ist einer von den Guten. Er hätte genug Gelegenheiten gehabt, sich auf mich zu stürzen, aber ich stehe vor euch, oder nicht?«

»Wenn ich ihn nicht melde, habe ich bald eine Tochter weniger.« In Dads Zorn mischt sich eine ordentliche Ladung von Traurigkeit sowie blanker Angst und ich ertappe mich dabei, so etwas wie Mitleid für ihn zu empfinden. An seiner Stelle würde ich genauso heftig reagieren und mir genauso schreckliche Sorgen machen.

»Wenn du es tust, hast du auch eine Tochter weniger, Dad.« Kaum wird mir die Schwere meiner Worte bewusst, renne ich aus dem Raum, die Treppen nach oben in mein eigenes Zimmer, um in Ruhe die unterdrückten Schluchzer loszuwerden, die sich so sehr in mir aufgestaut haben, dass ich kaum mehr Luft zum Atmen übrighatte.

Kapitel 12

Als ich am nächsten Morgen Thunder für unseren täglichen Ausritt fertig machen will, ist meine Stute verschwunden. Ratlos laufe ich durch den Stall, sehe auf der Koppel nach, schaue mich sogar überall im Hof und in der Anlage um, ob Thunder vielleicht irgendwie entkommen ist. Aber natürlich ist das nicht möglich, die Stalltür ist schließlich fest verschlossen. Sie müsste schon drüber geflogen sein. Da taucht Dad vor mir im Hof auf und mein Magen zieht sich zusammen. Seit unserem Streit gestern haben wir uns nicht mehr gesehen, ich habe mein Zimmer nur verlassen, um mich im Bad bettfertig zu machen. Hungrig war ich sowieso nicht und ich hatte absolut nicht den Nerv dazu, mich noch einmal meinen Eltern zu stellen, geschweige denn mich von Maeve über den Vorfall löchern zu lassen.

»Suchst du dein Pferd?«, fragt Dad in normalem Tonfall, auch wenn man ihm am Gesicht ablesen kann, dass er noch wütend ist.

»Weißt du, wo Thunder ist?« Ich bemühe mich ebenfalls um einen normalen Tonfall, bin mir aber nicht sicher, ob es mir gelingt. In meine Wut auf Dad mischt sich auch die Sorge um Thunder. Was, wenn ihr etwas passiert ist?

»Mum reitet Thunder heute.«

»Was, wieso? Ich reite sie doch immer …«

Dads Miene verfinstert sich. »Dinge ändern sich eben. Dass ich gestern nicht das RIK angerufen habe, hast du nur deiner Mum zu verdanken. Sie vertraut dir wohl noch genug, aber nach allem, was passiert ist, gehe ich das Risiko nicht ein, dass du dich heimlich rausschleichst.«

Erleichterung darüber, dass er Rye nicht gemeldet hat, durchflutet mich und ich möchte beinahe loslachen vor Freude, andererseits steigt Wut bei seiner Ansage auf. »Und das heißt jetzt, dass ich mein Pferd nicht mehr reiten darf, oder was?«

»Das heißt«, er tritt einen Schritt näher an mich heran und hebt den Zeigefinger wie ein altkluger Lehrer, »dass ich sofort das Institut anrufe, wenn du auch nur einen Zeh in die Nähe des Flusses setzt.«

Ich kann es nicht fassen. Erpresst er wirklich seine erwachsene Tochter?

»Dad, ich bin kein kleines Kind mehr, du kannst mich nicht so behandeln!«

»Solange du mir ins Gesicht lügst und mit deinem eigenen Leben spielst, kann und werde ich das. Und jetzt zieh dich um und mach dich an die Arbeit. Es muss jemand an der Rezeption sein.«

Ich will etwas erwidern, stattdessen stehe ich mit halb offenem Mund und einer seltsamen Mischung aus jeglichen Gefühlen, vor allem Fassungslosigkeit, vor Dad und sehe zu, wie er sich an mir vorbeidrängt und mit Chocolate zu seinem Morgenspaziergang aufbricht. Einen Moment kann ich nichts weiter tun, als meine Gedanken Karussell fahren lassen, oder eher eine wilde Achterbahn. Ich weiß nicht, ob ich weinen will, oder mich darüber freuen, dass Dad Rye nicht gemeldet hat. Aber was ist mit Bill? Hat Bill ihn gemeldet? Ich muss dringend mit Phoebe telefonieren, doch sie ist vermutlich auf dem Weg zur

Uni und auch wenn sie nicht die disziplinierteste Studentin ist, will ich sie nicht von ihren Vorlesungen abhalten. Schnell tippe ich ihr eine Nachricht, dass wir in ihrer Mittagspause telefonieren müssen und beschließe dann, gute Miene zum bösen Spiel zu machen. Nicht, weil ich es toll finde, mich mit meinen zweiundzwanzig Jahren von meinem eigenen Vater erpressen und bedrohen zu lassen, sondern weil mir im Moment keine bessere Lösung einfällt, um Rye zu schützen. Ich weiß, dass Dad seinen Plan, das RIK zu rufen, sobald ich mir einen Fehltritt erlaube, unmittelbar in die Tat umsetzen wird. Und das darf auf keinen Fall passieren. Ich muss mir irgendetwas ausdenken.

Zehn Minuten später sitze ich an der Rezeption und wundere mich darüber, dass unsere Gäste nicht direkt umdrehen, wenn sie meinen Gesichtsausdruck sehen. Darin wechseln sich noch immer Verzweiflung, Wut, Traurigkeit und Freude ab wie in einem Kaleidoskop.

»Ach gut, du bist schon da«, sagt Mum, als sie frisch geduscht nach ihrem Ausritt hereinkommt.

»Natürlich bin ich schon da, ich darf ja nicht mehr reiten.« Ich kann mir den giftigen Kommentar nicht verkneifen. Dass Dad sich so was ausdenkt, ist eine Sache, dass sie bei seinem Plan mitspielt, eine ganz andere.

»Ach Kenzy, das alles dient deinem Schutz. Außerdem kannst du jederzeit den Reitplatz benutzen.« Sie will mir einen Kuss auf die Stirn drücken, aber ich drehe mich weg wie ein motziger Teenager. Maeve wäre stolz auf mich.

»Ich bin alt genug, um auf mich selbst aufzupassen. Ich bin mit Rye zu keinem Zeitpunkt ein Risiko eingegangen.«

»Kenzy. Es ist ... Mach es uns bitte nicht so schwer.« In ihren Augen stehen Tränen und ich fühle mich augenblicklich schlecht, doch meine Wut hält sich trotzdem beständig. *Ich* mache es *ihnen* schwer? Wie bitte? Ich zwinge mich, kurz durchzuatmen und den Trotz, der sich in mir aufgestaut hat, mit der von meinen Lungen gereinigten Luft aus meinem Körper auszustoßen. Mum hat schon Maeve an der Backe mit ihren Trotzanfällen.

»Ich gehe jetzt in den Stall und sage meiner Stute Guten Morgen. Das wird mir ja erlaubt sein«, sage ich und kann dabei den Spott in meiner Stimme über die fehlgeleiteten Erziehungsmaßnahmen meiner Eltern nicht verbergen.

Mum übergeht meinen Hohn. »Ja natürlich, Liebes, geh und besuch sie, ich komme hier allein zurecht.«

Bevor ich zum Stall gehe, mache ich am Frühstücksbuffet halt und hole einen Scone für mich und einen Apfel für Thunder. Meine gescheckte Stute erwartet mich bereits, sie ist es nicht gewohnt, mich erst so spät am Tag zu sehen und schon gar nicht, mit Mum auszureiten.

»Guten Morgen, meine Hübsche«, begrüße ich sie und streichle über ihren Nasenrücken, den sie mir aus ihrer Box entgegenstreckt. »Ich weiß, du hast mich vermisst.« Ich lege mir den Apfel auf die flach ausgestreckte Hand und halte ihn ihr hin. Mit schmatzenden Geräuschen verschlingt Thunder ihren morgendlichen Snack und ich setze mich auf einen Heuballen, der gegenüber von ihrer Box liegt, und esse meinen Scone. Nachdem ich mich eine Weile mit meinem Pferd beschäftigt habe, zücke ich mein Handy, vergewissere mich mit einem Blick in alle Richtungen, dass niemand außer unseren Pferden im Stall ist, und sehe, dass Phoebe schon dreimal versucht hat mich anzurufen. Sie nimmt ab, bevor das Freizeichen komplett ertönt. »Was ist passiert?«, keucht sie in den Hörer, entweder atemlos vom Sport oder vor Aufregung.

»Ich durfte heute nicht mit Thunder ausreiten«, kläre ich sie auf und bekomme nur ein trockenes »Oh« als Antwort. »Oh?«, frage ich, »ist das alles, was du dazu zu sagen hast?«

»Na ja, ich hatte jetzt irgendwie Sorge, es wäre was Schlimmes passiert.« Da sie jetzt nicht mehr keucht, vermute ich, dass sie vorher vor Aufregung außer Atem war.

»Das *ist* schlimm für mich, okay? Außerdem ist das nicht das Schlimmste, das ist mir nur zuerst eingefallen.«

»Toll, Kenzy, jetzt mach ich mir wieder Sorgen! Es geht um Rye, richtig? Hat ihn das Institut erwischt?« So knapp und doch mit so vielen Details wie möglich berichte ich Phoebe von der Begegnung mit den anderen Kelpies, von dem, was Bill herausgefunden hat und dem Streit gestern Abend und von Dads Worten heute Morgen. Sie unterbricht mich kein einziges Mal. Als ich fertig bin, atmet sie laut durch den Mund aus und formt einen Seufzer daraus.

»Mann, das ist ... Du sitzt ganz schön in der Scheiße.«

Ich muss lachen und presse mir die Hand vor den Mund. Mein Lacher erklingt als ein gedämpftes Grunzen. »Allerdings. Was soll ich denn jetzt machen?«

»Ich hab eine Idee.« Man kann förmlich durchs Telefon hören, wie sie dabei grinst.

»Okay. Die wäre?«

»Du musst mal wieder rauskommen.«

»Pheebs, ich glaube kaum, dass es irgendein Problem löst, wenn ich einfach abhaue.«

»Doch! Du kannst gerade eh nichts ausrichten, wir kennen deinen Dad und seine ... na ja, herrischen Launen. Die Situation muss sich erst beruhigen, bevor er runterkommt. Und wenn du ein paar Tage bei mir bist, so tust, als hättest du kein Interesse mehr an deinem Kelpie, dich von mir ablenken lässt und wartest, bis dein Dad sich ausgesponnen hat, kannst du dich sicher wieder heimlich mit deinem Pferdefreund treffen. Die nächsten Tage wird dein Dad in Alarmbereitschaft sein und ich kenne dich, du wirst ununterbrochen grübeln und dich selbst damit runterziehen.«

Damit hat sie natürlich recht. Trotzdem zögere ich.

»Und was ist mit Rye? Diese anderen Kelpies waren gefährlich, das hat man sofort gemerkt. Ich weiß ja nicht mal, ob er noch lebt.« Irgendetwas drückt auf meine Lunge und ich ringe nach Luft beim Gedanken daran, dass Rye bereits tot sein könnte.

»Was willst du denn tun, du kannst ihm gerade nicht helfen, egal, wie sehr du es willst. Wenn du dich jetzt davonschleichst, kettet dich dein Dad wahrscheinlich ans Bett oder so. Rye ist vielleicht ein gutes Kelpie, aber er ist immer noch ein Kelpie, das Kelpie-Dinge tun kann, du weißt schon, Menschen zerflei-«

»Phoebe! Ich weiß, was er ist und was er tun kann.«

»Na also. Rye ist ein großer Pferde-Junge, der sich sehr viel besser selbst verteidigen kann, als du ihn je verteidigen könntest. Du kannst weder Boxen noch sonst irgendeinen Kampfsport. Und das letzte Mal, als ich dich gesehen habe, hattest du auch keine Reißzähne, die du ins Fleisch dieser bösen Kelpies jagen könntest.«

Wie so oft bringt sie mich zum Kichern mit ihren seltsamen Übertreibungen. »Na schön, ich bin dabei. Den Marketing-Kram kann ich auch bei dir erledigen, während du Vorlesungen hast.«

Phoebe schnaubt in den Hörer und macht ein undefinierbares Grunzgeräusch. »Klar, als ob ich zu Vorlesungen gehen würde, wenn meine beste Freundin zu Besuch ist. Ich suche schon mal nach Zugverbindungen.«

Am nächsten Morgen sitze ich neben Dad im Auto und lasse mich von ihm nach Inverness fahren, von wo aus ich die Zugverbindung gebucht habe, die mir Phoebe keine zehn Minuten nach unserem Telefonat geschickt hat. Die raue schottische Landschaft zieht an mir vorbei, unendliche Weite wechselt sich mit beklemmender Enge auf den einspurigen Straßen und in den winzigen Dörfchen zwischendurch ab. Eine Schaf- und Kuhherde nach der anderen macht es sich in der Morgensonne gemütlich und Dad, der seit unserem Gespräch gestern keine zehn Worte mit mir gewechselt hat, findet plötzlich seine Stimme wieder, als wir auf die Autobahn abbiegen.

»Es ...«, er seufzt, »es fällt mir nicht leicht, so hart zu dir zu sein, Mackenzie.« Da wir nur geradeaus fahren, kann er seinen Kopf kurz zu mir wenden und die paar Sekunden reichen, um zu sehen, dass er es ernst meint.

»Deine Mum meinte gestern, dass ich dir das erzählen soll, also ...« Wieder kommt er ins Stocken und streicht sich mit der Hand über den Mund, als wolle er die Worte, die ihm auf den Lippen liegen, wegwischen. »Du weißt ja, dass ich vor deiner Mutter eine lange Beziehung hatte.«

Ich nicke, frage mich aber, was das hier werden soll. Was hat die Situation denn auf einmal mit seiner Ex-Freundin von vor über zwanzig Jahren zu tun?

»Ich habe lange gebraucht, um darüber zu reden, auch deiner Mum habe ich das erst sehr spät erzählt, erst, als sie mit dir schwanger war, weil ich Angst hatte.« Weiter kommt er nicht und ich wundere mich, ob er diese Geschichte überhaupt in der einstündigen Fahrt, von der schon gute zwanzig Minuten verstrichen sind, erzählt bekommt.

»Angst wovor, Dad?«, hake ich nach, damit er endlich weiterspricht. Noch einmal wendet er kurz seinen Kopf zu mir und ich erschrecke, als ich Tränen in seinen Augen schwimmen sehe.

»Lexie und ich hatten damals ein Kind, Christopher. Er wurde nur zwei Monate alt.« Die Tränen rollen ihm jetzt über die Wangen, ganz leise und unauffällig, was in mir nur noch mehr Schock und Beklemmung hervorruft. Ich hatte keine Ahnung, dass ich nicht sein erstes Kind war, geschweige denn davon, dass er ein Kind beerdigen musste. Plötzlich schießen mir selbst Tränen in die Augen.

»Dad, das ... Was ist denn mit ihm passiert?«

Er räuspert sich mehrmals. »Plötzlicher Kindstod. Er ist nach seinem Mittagsschlaf nicht mehr aufgewacht. Einfach so.«

Ich habe keine Ahnung, was ich darauf antworten soll. Dass mein Dad so etwas Schreckliches durchmachen musste, zerreißt mich fast. Noch nie konnte ich den Schmerz von geliebten Menschen ertragen und das ... Das ist das absolute Maximum an seelischem Schmerz. Statt etwas zu erwidern, lege ich vorsichtig meine Hand auf Dads Hand, die locker auf dem Schaltknüppel liegt. Meine Finger streifen die kalte Armbanduhr an seinem Handgelenk und ich frage mich, wie sein Leben verlaufen wäre, wenn Christopher nicht gestorben wäre. Welche Namen dann in die Uhr graviert wären.

»Christopher war so ein fröhliches Baby, er hat den ganzen Tag gestrahlt und gelacht. Wir waren so glücklich und auf einmal, von einer Sekunde auf die andere, war er nicht mehr bei uns. Und keiner konnte uns erklären, wieso. Er war kerngesund.« Meine eigenen Tränen kullern nun über meine Wangen, genauso leise und unauffällig wie die von Dad, aber in jedem der salzigen Tropfen fließen tausend Schreie, die ich nicht laut herausbrüllen kann.

»Lexie und ich haben uns danach nur noch gestritten. Den ganzen Tag ging es nur darum, wer was falsch gemacht haben könnte. Hatte ich den Raum zu sehr beheizt, hatte sie ihn auf dem Bauch einschlafen lassen, hatte ich dies, hatte sie das ... Es war nicht auszuhalten, also haben wir uns getrennt und ich bin aus Edinburgh hierhergekommen, um neu anzufangen, und habe kurz darauf deine Mum kennengelernt.«

Meine Lungen brennen, weil ich mich krampfhaft davon abhalte, zu schluchzen. Dad weint noch immer seine stillen Tränen.

»Als du damals versucht hast, dieses Kelpie zu streicheln ... Ich war so wütend auf dich, weil ich gesehen habe, wie der kleine Christopher nicht weiterleben durfte, einfach so, ohne irgendeinen Grund und ohne, dass er irgendetwas getan hätte, scheiße, er war ein verdammtes Baby. Und du hast deinen grausamen Tod provoziert, als ob es ein Spiel wäre. Du warst acht Jahre alt und hast vielleicht noch nicht zu hundert Prozent verstanden, was du da tust, das weiß ich, aber in jenem Moment wusste ich es nicht. Ich musste es töten, Kenzy. Ich konnte nicht anders. Und ich würde es jedes Mal wieder tun. Weil ich nicht noch ein Kind verlieren kann und werde.«

Das Feuer in meinen Lungen bricht endgültig aus und ich kann die Schluchzer nicht mehr zurückhalten.

»Das wirst du nicht, Dad. Versprochen«, bringe ich heraus und wische mir die Tränen mit dem Ärmel meiner Strickjacke ab. »Ich weiß, dass du mir nicht glaubst, aber ... Ich war wirklich vorsichtig mit Rye, ich bin kein Risiko eingegangen, zu keinem Zeitpunkt.«

Dad schüttelt den Kopf und wischt sich selbst die Tränen aus dem Gesicht. »Natürlich glaube ich dir das. Trotzdem sind diese Kreaturen unberechenbar. Es tut mir leid, dass ich immer so hart zu dir bin, wenn die Angst mit mir durchgeht.«

»Ist schon okay«, nuschele ich gegen meine Brust, den Kopf gesenkt.

Nach diesem Gespräch verstehe ich ihn natürlich besser, trotzdem werde ich Rye niemals im Stich lassen. Ich muss ihn wiedersehen und egal, wie sehr Dad davon überzeugt ist, dass alle Kelpies uns nur zerfleischen wollen, ich werde seine Meinung nicht teilen. Ein Gefühl der Verzweiflung macht sich in mir breit, ich möchte Dad niemals verletzen, nicht nach diesem Geständnis, doch ich weiß, dass ich mich niemals freiwillig von Rye fernhalten werde. Vielleicht ist der Besuch bei Phoebe wirklich genau das, was ich brauche, um einen klaren Kopf zu bekommen und mal wieder etwas anderes zu sehen als meine eigenen vier Wände, die Lodges und mein Pferd. Die Stadt wird mich wachrütteln, wird mir den Kopf mit all ihren Eindrücken durchpusten und Phoebe wird dafür sorgen, dass ich ordentlich was zu lachen habe.

Als wir den Bahnhof erreichen, haben wir uns wieder beruhigt. Den Rest der Fahrt haben wir hauptsächlich Musik gehört und zur Auflockerung der Situation sogar ein wenig mitgesungen. Nach dieser Autofahrt fühle ich mich Dad so viel näher als vorher. So emotional hat er sich mir gegenüber noch nie gezeigt.

Dad parkt direkt vor der Bahnhofshalle und ich hole meinen Rucksack und meinen kleinen Rollkoffer aus dem Kofferraum, während er mit mir aussteigt und gegen das Sonnenlicht blinzelt. Zum Abschied umarme ich ihn und er drückt mich extra lange und fest an sich.

»Viel Spaß bei Phoebe, richte ihr Grüße aus und genieß die Stadt. Bei uns ist doch nie was los, dass du dich nicht langweilst, war mir schon immer ein Rätsel.« Er klopft mir liebevoll auf die Schulter und lässt mich dann wieder los.

»Mach ich. Und ich hasse die Stadt.« Dad lacht, schüttelt den Kopf und steigt wieder in den Wagen. Er lässt das Fenster herunter und ich beuge mich noch einmal zu ihm. »Danke, dass du mir von Christopher erzählt hast. Und danke, dass du mich hergefahren hast.« Dad nickt, schenkt mir ein Lächeln und fährt dann langsam aus der Parklücke. Von sämtlichen Gefühlen überflutet, die ich allesamt weder richtig deuten noch ordentlich zuordnen kann, rolle ich meinen Koffer in Richtung der Bahnhofshalle und stürze mich in das Getümmel.

Kapitel 13

»Und fünf, sechs, sieben, acht …«, zählt der Tanzlehrer meiner unglaublich sportbegeisterten besten Freundin im Takt mit und ich stolpere hinter den zwölf Teilnehmerinnen seines Kurses her, als sie sich auf acht alle wild über den Boden rollen. Der einzige Sport, den ich jemals mit Begeisterung betrieben habe, ist das Reiten und der einzige Sport, von dem ich mir zu hundert Prozent sicher bin, dass ich ihn niemals mit Begeisterung ausüben werde, ist das Tanzen. Spätestens nach dieser Stunde, die sich in die Länge zieht wie Knete. Die Tänzerinnen dieses Kurses bewegen sich so leicht und grazil, sie sind aus Seide und gleiten auf den Boden wie ein Tuch, bevor sie sich wieder nach oben schlängeln, als würde der Wind sie sanft anpusten. Zwölf linke Arme schießen in die Luft, dicht gefolgt von zwölf rechten Armen, die Köpfe sind dabei nach unten geneigt, weil wir Marionetten darstellen sollen. Traurige Marionetten, wie es scheint. Eine Sekunde später werden vierundzwanzig Arme vollkommen synchron zurück nach unten geführt und natürlich schweben die Tänzerinnen wie Federn, denn irgendwie ist das Ziel dieser Choreografie, dass sich Wut und entsprechend forsche Bewegungen mit einer gewissen traurigen Leichtigkeit abwechseln.

Bei mir dagegen stolpert ständig ein Bein über das andere, wenn ich mich auf dem Boden rolle, tut mir jeder einzelne Knochen weh und die Dielen beben, weil ich mich nicht gleiten lasse wie ein Seidentuch, sondern nach unten plumpse wie ein schwerer Fellmantel. Meine Arme schießen in der falschen Reihenfolge nach oben und sind meist völlig aus dem Takt. Jede Faser meines Körpers schmerzt und ich beschließe irgendwann, mich einfach auf die Bank am Ende des Raumes zu setzen und den Profis zuzusehen, weil mir das weit mehr Freude bringt, als mich selbst in dem wandbreiten, deckenhohen Spiegel bei meinem Nashorn-Ballett zu betrachten.

»Wieso hast du aufgegeben?«, will Phoebe nach der Tanzstunde wissen, während wir uns umziehen.

»Weil ich tanzen hasse, das hab ich dir vorher schon versucht zu erklären!«, protestiere ich und lege den Kopf in den Nacken, damit sie nicht sieht, wie ich mit den Augen rolle.

»Mackenzie Edwards, dein Hintern ist vom Reiten so plattgesessen, wenn er könnte, würde er dich auf Knien anflehen, ihn von der Form eines Pancakes wieder mehr in Richtung Apfel-Po zu bringen.«

»Mein Pancake-Hintern bedankt sich für deine Ratschläge, allerdings bezweifelt er, dass dieses ewige auf dem Boden hin und herrollen ihn in irgendeiner Weise zu einem Apfel formt.«

Phoebe schaut mich an und kaut auf ihrer Wange herum. »Du hast recht. Am Donnerstag ist Zumba, das geht eher in Richtung Apfel.«

Wir packen unsere Sporttaschen und ich boxe sie liebevoll in die Seite, wobei ich mir ein Grinsen nicht verkneifen kann. »Tanzt ihr eigentlich immer hauptsächlich auf dem Boden, oder kommt heute keine Putzfrau?«, frage ich, als wir die Treppen zum Ausgang hinunterlaufen.

»Das ist Modern Dance, Kenzy. Da spielt sich immer mindestens die Hälfte der Choreo auf dem Boden ab, deswegen machen wir vorher Übungen auf dem Boden. Der Tanzstil soll eine Abgrenzung zum klassischen Ballett darstellen, dessen strenge Regeln über den Haufen werfen. Die Füße auch mal geflext halten und so, nicht immer nur alles gestreckt und perfekt.« Sie erklärt das wie ein schlechter Wikipedia-Artikel. Vielleicht sollte sie Maeve bei Gelegenheit bei ihrem nächsten Referat helfen.

»Die Füße auch mal geflext halten, alles klar«, murmele ich vor mich hin und unterdrücke ein Lachen. Phoebe liebt das Tanzen wirklich und ich will mich nicht über sie lustig machen. Immerhin lache ich sie nicht aus, ich bin nur amüsiert darüber, wie sehr sie sich in ihre zahlreichen Hobbys hineinsteigern kann. Positiv amüsiert. Ich wäre selbst froh darüber, so vielseitige Interessen zu haben, aber für mich gab es immer nur unsere Tiere und die Natur. Alles andere konnte mich nie wirklich überzeugen, außer vielleicht die Fotografie.

Zurück in Phoebes WG treffen wir ihre Mitbewohner Charly und Meghan in der Küche vor einer riesigen Schüssel Pommes und einem extra Teller, auf dem die Kleckse von mindestens sechs verschiedenen Soßen verteilt sind wie auf der Mischpalette eines Malers. Es riecht verbrannt und ich sehe, dass einige der Pommes nicht mehr ganz goldbraun sind, sondern eher den Farbton einer Tafel Zartbitterschokolade angenommen haben. Einer der beiden hat sein Tablet mithilfe der klappbaren Hülle auf dem Küchentisch aufgestellt und es läuft irgendeine Show, die ich noch nie gesehen habe.

»Hi«, begrüßt Phoebe ihre Mitbewohner und legt ihren Schlüssel auf den Küchentisch, der neben dem Tablet, der Schüssel und dem Teller auch noch mit diversem dreckigem Geschirr, einer Obstschale mit schrumpeligen Äpfeln und leeren Bierflaschen vollgestellt ist. Im selben Moment schlägt Charly seine Hände mit einem lauten Klatschen über dem Kopf zusammen und Meghan fällt ein Stückchen der Pommes aus dem Mund.

»Das ist nicht sein scheiß Ernst!«, kreischt Meghan und glotzt auf den Bildschirm, von dem sich auch Charly nicht lösen kann.

»Der Kerl ist so was von durch. Ich bin nicht mal wütend. Ich bin *enttäuscht*«, empört sich Charly und ich werfe Phoebe einen fragenden Blick zu.

»Klingt, als würden sie die letzte Folge vom Bachelor online schauen.« Sie zuckt mit den Achseln, als würde jeder dabei so ausrasten.

»Vom Bachelor? Welcher Bachelor?«

»Keine Ahnung, wie der aktuelle heißt, irgendwas mit P... Sieht auf jeden Fall aus, als wäre er im Reagenzglas nach einer Vorlage für männliche Gesichter im Goldenen Schnitt entworfen worden. Nicht mein Typ. Ich steh mehr so auf edgy.«

Ich lege die Stirn in Falten und forme meinen Mund gedanklich zu einem Fragezeichen. Wahrscheinlich sehe ich aus, als würde mir eine unsichtbare Olive zwischen den Lippen querstehen.

»Sag jetzt nicht, du hast noch nie *The Bachelor* geschaut?« Phoebe sieht mich an wie ein Alien.

»Du weißt doch, dass ich so gut wie nie Fernsehshows schaue.«

»Die hat nicht ernsthaft bei dem übernachtet?«, unterbricht Charlys Entsetzensschrei unser Gespräch.

»Wer? Katrina?«, schaltet sich jetzt auch Phoebe ein, ihr Tonfall klingt eher gleichgültig.

»Japp. Diese falsche Schlange mit ihrer falschen Nase und ihrem perfekt operierten Apfel-Po«, bemerkt Meghan. Phoebe schaut demonstrativ auf meinen Po und wir prusten gleichzeitig los.

»Wollt ihr auch?«, fragt Charly und schiebt uns die Schüssel mit den Pommes hin, doch Phoebe lehnt ab. »Danke, aber wir gehen jetzt ins Pub und danach ist Mädelsabend angesagt.«

»Cool, dann viel Spaß«, sagt Charly und Meghan nickt nur, weil ihr Mund zu voll ist.

Nachdem wir uns kurz frisch gemacht haben, machen wir uns zu Fuß auf den Weg in Phoebes Lieblingspub. Währenddessen erzählt sie mir alles über die höchst dubiose Fernseh-Fleischbeschau namens *The Bachelor*. »Und so was schauen sich Leute freiwillig an? Das ist gruselig«, stelle ich nach Phoebes Erklärung, die wieder einmal Wikipedia Konkurrenz macht, fest. Sie kichert. »Natürlich ist es gruselig und sicher nichts für Feministinnen, trotzdem ist es irgendwie unterhaltsam. Vor allem Charly und Meghan können sich wirklich in jeden Quatsch reinsteigern. Das ist definitiv *noch* unterhaltsamer als jeglicher Müll im Fernsehen, hast du ja gesehen.«

»Sind die zwei zusammen?« Die Frage interessiert mich, seit ich gestern angekommen bin. Ich war vorher noch nie in Phoebes WG, da sie bis vor Kurzem noch im Wohnheim gehaust hat, bis es ihr zu blöd wurde und sie umgezogen ist.

»Charly und Meghan? Oh Gott, nein, das würde niemals gut gehen.« Phoebe lacht und schüttelt dabei vehement den Kopf.

»Wieso nicht, sie scheinen sich wunderbar zu verstehen?« Wir biegen in eine Seitenstraße ein und die Hauswand eines fünfstöckigen Betonklotzes ist von unten bis oben bemalt mit dem Porträt einer Mutter, die ihr Kind im Arm hält. Auf ihrer Hand sitzt ein Rotkehlchen. Ich liebe die Straßenkunst Glasgows. Die Stadt ist so anders als Edinburgh, irgendwie rauer, wie der rebellische, hippe kleine Bruder der Hauptstadt.

»Tun sie auch, aber hauptsächlich, wenn es um Quatsch im Fernsehen geht. Außerdem ist Charly mit einem verboten heißen Medizinstudenten zusammen und Meghan ... sagen wir, es ist kompliziert.«

»Und du? Nichts Neues in Sachen Liebe zu berichten?«, frage ich, während Phoebe die Tür zum Pub aufstößt. Sie legt den Kopf schief und wirft mir über die Schulter einen genauso schiefen Blick zu. »Heute Abend kann viel passieren, Mackenzie Highland-Mädchen Edwards.«

»Ich dachte, heute ist Mädelsabend!«, protestiere ich. Im Pub ist die Luft stickig und der Lärmpegel prügelt auf mein Trommelfell ein. Auf einem Barhocker im Eck sitzt ein Musiker mit einer Gitarre und singt entweder ein Lied, das ich nicht kenne, oder eine Eigenkomposition. Dem Lärm der Gespräche nach zu urteilen, die an den voll besetzten Tischen geführt werden, hört ihm keiner richtig zu.

»Okay, du hast recht. Aber Nummern tauschen kann man ja.« Phoebe muss schreien, damit ich sie verstehen kann. Eine Kellnerin führt uns zu einem winzigen Holztisch, der am Rand des engen Flurs gequetscht steht. Ich war ewig nicht mehr in diesem Pub, geschweige denn in irgendeinem, und es ist schön, wieder unter Leuten zu sein. Auch wenn ich definitiv lieber das Highland-Mädchen bin, von dem Phoebe gesprochen hat.

Mein Blick schweift über die Wände, die rundum behangen sind mit wild zusammengewürfelten Gemälden in den verschiedensten Bilderrahmen, Blechschildern von

Bierbrauereien, alten Spiegeln, Uhren und sonstigem Kram, den man so im Keller findet. Auf einem Brett hinter den mit rotem Leder gepolsterten Sitzbänken sind Whiskeyflaschen aufgereiht, auf ihnen hat sich eine dicke Staubschicht abgesetzt.

»Also, wenn ich du wäre, würde ich den Chicken Burger mit Curly Fries nehmen. Aaaber, du darfst natürlich bestellen, was du möchtest«, sagt Phoebe, bevor ich überhaupt die Speisekarte aufgeschlagen habe.

»Sehr gnädig von dir, vielen Dank. Warum nimmst *du* nicht den Chicken Burger, wenn er scheinbar so gut ist?« Ich schlage die Karte auf und sehe mir erst mal die Getränkeauswahl an.

»Na ja, ich nehme den immer, aber wenn du ihn nimmst, kann ich mir was anderes bestellen und trotzdem was von dir klauen.« Sie legt den Kopf schief und grinst mich breit an. Wenn sie kein Mensch wäre, dann definitiv ein Hund, wahrscheinlich ein Golden Retriever.

Kichernd schüttle ich den Kopf. Sie ist unmöglich und genau dafür liebe ich sie. »Du vergisst, dass ich weniger Fleisch essen möchte. Daher heute kein Hähnchen für mich.«

Die Kellnerin nimmt unsere Getränkebestellung auf und Phoebe empört sich darüber, dass ich mir nur eine Cola bestelle, während sie sich direkt ein Bier bringen lässt.

»Also, was isst du?«, frage ich, als die Kellnerin sich wieder durch das Pub drängt. Phoebe starrt angestrengt in ihre Speisekarte, die sie eigentlich gar nicht bräuchte, denn sie kennt jedes Gericht darauf mit Nummer.

»Mhm, ich glaube, ich probiere mal den Steak Burger.« Bevor sie mich fragen kann, was ich möchte, ist die Kellnerin wieder bei uns am Tisch angekommen und stellt uns unsere Getränke in tropfenden Gläsern auf zwei Bierdeckel. Auf die Frage, was wir essen wollen, bestelle ich einen Veggie Burger und Phoebe sagt ein wenig kleinlaut: »Einen Chicken Burger mit Curly Fries, bitte.«

Kapitel 14

Am nächsten Morgen stehen wir schon vor acht auf, obwohl Phoebes erste Vorlesung erst um halb zwölf beginnt. Vor Müdigkeit kriege ich meine Augen kaum auf, denn wir haben bis weit nach Mitternacht Disney-Filme und kitschige Schnulzen geschaut. Letztendlich sind auch bei mir ein paar Bier geflossen und mein Schädel dröhnt, da ich absolut nichts vertrage.

»Hier, nimm die und dann zieh dich an«, sagt Phoebe in ihrer energiegeladenen Morgenstimme und wirft mir eine Aspirin aufs Kissen. Keine halbe Stunde später sitze ich frisch geduscht in einem Sommerkleid neben Phoebe im Bus. Zum Glück habe ich nicht so viel getrunken, dass mir schlecht ist.

»Jetzt sag endlich, warum du mich so früh aus dem Bett gescheucht hast! Wo wollen wir hin?«, dränge ich Phoebe zum wiederholten Mal an diesem Morgen, an dem es die Sonne erstaunlich gut mit Glasgow meint. Bisher hat sie eisern geschwiegen. Jetzt grinst sie mich an und ich sehe, wie sie halb platzt, weil sie es mir endlich sagen will.

»Na gut!« Phoebe setzt sich schräg hin, damit sie mich besser anschauen kann. Eine Haarsträhne ihrer dicken, dunkelblonden Haare hängt aus dem Fischgrätenzopf, den sie sich jeden Morgen innerhalb von zwei Minuten komplett schief und krumm flechtet und der trotzdem jedes Mal unglaublich gut an ihr aussieht. Mit einer Hand zwirbelt sie die Strähne am Finger auf und lässt sie wieder los. »Wir fahren zur Uni.«

»Aha. Und warum sind wir deswegen so aufgeregt und vor allem so überpünktlich?« Ernüchterung macht sich in mir breit. Ihr Grinsen lässt mich dennoch weiter hoffen, dass sie einen Plan hat.

»Mann, Kenzy, als ob wir freiwillig so früh in die Uni fahren würden. Zum Lernen, oder was?« Ein schnaubendes Lachen entkommt ihr und bringt ihre meerblauen Augen zum Leuchten. »Nein, wir treffen uns mit Lauren zum Frühstück in einem Café neben der Uni.«

»Und Lauren ist?«, frage ich.

»Wir kennen uns vom Fechten und treffen uns ab und zu. Vor Kurzem hat sie mir erzählt, dass sie KeRes beigetreten ist. *Kelpie Rescue.* Klingelts?«

Natürlich klingelt es da bei mir, wenn sie von der größten Vereinigung für Kelpie-Rechte spricht. Augenblicklich macht sich Aufregung in mir breit.

»Hast du ihr von Rye erzählt?«

»Wir müssen hier raus«, nuschelt Phoebe und schubst mich liebevoll, damit ich aufstehe, als der Bus an der Haltestelle der Uni hält. Panik macht sich in mir breit. »Hast du?«

»Natürlich nicht, spinnst du? Und du solltest das auch nicht, wenn du nicht möchtest, dass Rye zum Zootier wird. KeRes leckt sich die Finger nach solchen Attraktionen.«

»Prinzipiell vertrauen wir ihr, oder?«

Phoebe lacht. »Ja, wir vertrauen ihr, Lauren ist voll korrekt. Aber ich kenne sie nicht gut genug, um beurteilen zu können, ob sie Rye für sich behalten könnte. Ich habe ihr nur erzählt, dass du das Institut hasst, und sie war direkt

Feuer und Flamme für dich und wollte dich kennenlernen.«

Ich folge Phoebe in den Innenhof der Uni. Wie jedes Mal, wenn ich hier bin, komme ich beim Anblick des vor mir aufragenden Universitätsgebäudes ins Staunen, da es so sehr an Hogwarts erinnert und ich mich immer wieder aufs Neue fühle wie Harry Potter an seinem ersten Schultag. Wir durchqueren den Innenhof und verlassen das Unigelände auch schon wieder, um ein winziges Café auf der gegenüberliegenden Straßenseite anzusteuern. Davor wartet eine junge Frau mit dunkelrot gefärbten, schulterlangen Haaren, verschiedenste Tattoos zieren ihre nackten Arme und ein enges Shirt betont ihren Körper, der in der Modelwelt als Plus Size durchgehen würde, im realen Leben einfach nur attraktiv wirkt. »Ist sie das?«, frage ich Phoebe leise und meine beste Freundin nickt.

»Ich bin sehr neidisch auf ihre Tattoos«, nuschelt sie. »Und überhaupt. Schau sie dir an, kein Wunder, dass sie jeden Typen in dieser verdammten Stadt abkriegt.« Bevor ich etwas erwidern kann, sind wir Lauren so nah, dass sie uns bereits fröhlich lächelnd ihre Arme entgegenstreckt und einen nach dem anderen darin zur Begrüßung umschließt.

»Guten Morgen ihr zwei, schön dich kennenzulernen, Kenzy!«, sagt Lauren und lächelt so ehrlich dabei, dass ich sie direkt in mein Herz schließe. Wir quetschen uns im Café an einen runden Holztisch und bestellen uns Frühstück.

»Phoebe hat erzählt, dass du KeRes beigetreten bist?« Ich kann nicht länger abwarten, aber es scheint Lauren nicht zu stören, im Gegenteil. Sie strahlt übers ganze Gesicht.

»Genau, vor einem Monat ungefähr. Und es ist echt super, da sind richtig coole Leute dabei! Möchtest du auch beitreten?«

Die Kellnerin stellt unsere drei bestellten Cappuccino ab und wir bedanken uns, bevor ich antworten kann. »Ich würde gerne, aber mein Dad würde mich umbringen. Außerdem wohne ich mitten im Nirgendwo, da gibt es bestimmt keine Mitglieder, die sich regelmäßig treffen.«

»Das Problem kenne ich.« Lauren nippt an ihrem Cappuccino. »Meine Mum ist ausgerastet, als sie erfahren hat, dass ich beigetreten bin. Ich hätte genauso gut eine Bank ausrauben können.«

»Was ich dir durchaus zutrauen würde«, schaltet sich Phoebe ein, die gerade den ersten Löffel ihres frisch servierten Porridge aufnimmt.

»Ich bitte dich, ich würde etwas viel Stilvolleres abziehen. Ich ziehe mir doch keine Strumpfhose über den Kopf und renne wie ein Idiot in eine Filiale der Bank of Scotland.«

Das Bild will mir nicht so recht in den Kopf. Obwohl es relativ witzig aussehen könnte.

»Stimmt«, pflichtet Phoebe ihr bei, »ich sehe dich eher in einem Casino Karten zählen, natürlich mit perfektem Pokerface.«

»Das, meine Liebe, ist eher mein Stil.« Sie lacht und schneidet ihr Spiegelei, das halb in der Soße der Baked Beans ertrinkt. »Zurück zum Thema. Wenn es nur darum geht, dass es bei dir in der Gegend keine Mitglieder gibt, dann lass dich davon nicht abhalten. Bei uns gibt es viele Möglichkeiten, seinen Teil beizutragen. Und unsere Mitglieder sind über ganz Schottland verteilt, du würdest dich wundern, aus welchen Ecken die alle kommen.«

Endlich wird auch mein griechischer Joghurt mit Früchten serviert und ich stürze mich darauf wie ein hungriger Wolf. »Das klingt gut«, bekomme ich mit vollem Mund heraus. »Was macht man denn so bei KeRes?«

»Hauptsächlich beschäftigen wir uns stark mit dem Thema, gestalten Infoseiten und Flyer, recherchieren über die Geschichte der Kelpies und über das RIK, versuchen natürlich, investigativen Journalismus über das Institut zu betreiben. Aber das ist schwieriger, als jede Bank auszurauben und in jedem Casino Karten zu zählen. Die hüten ihre Geheimnisse wie das Pentagon. Bisher konnte denen so gut wie nichts angehängt werden ... Und ansonsten organisieren wir natürlich viele Demos, vor zwei Wochen war ich das erste Mal dabei, hier in Glasgow. Das war echt cool, obwohl sich uns dabei viele Gegner in den Weg stellen.«

Während sie von ihren Aktionen erzählt, löffle ich so gierig meinen Joghurt weg, dass ich fast die Hälfte gegessen habe, als ich ihr antworte. »Verläuft denn alles friedlich? Ihr werdet nicht ... na ja, angegriffen oder so?«

Laurens Teller ist noch fast voll, weil sie kaum zum Essen kommt. Phoebes Porridge dagegen ist komplett in ihren Magen gewandert und sie schlürft zufrieden an ihrem Kaffee.

»Man muss ein dickes Fell haben, weil man sich teilweise irre gehässige Dinge anhören muss. Vor allem im Internet, da meint jeder kleine Trottel, er könnte sich alles rausnehmen, weil er anonym unterwegs ist. Aber gewalttätig war bisher keine Demo, wenn du das meinst.«

»Hast du schon mal eins gesehen?«, platze ich heraus und Phoebe wirft mir über den Rand ihrer Kaffeetasse einen warnenden Blick zu.

»Ein Kelpie, meinst du?«, sagt Lauren und schluckt einen Bissen ihres Toasts mit Bohnen herunter. Das Spiegelei hat sie mittlerweile geschafft aufzuessen, trotz unserer regen Unterhaltung. Ich nicke und nehme einen weiteren Löffel Joghurt.

»Leider nicht, nein. Ich bin in der Stadt aufgewachsen und obwohl wir natürlich oft in den Highlands im Urlaub oder auf Kurztrips waren, ist mir da nie eins begegnet. Hast du schon eins gesehen?«

Mein Magen zieht sich zusammen und ich habe auf einmal keinen Appetit mehr, also lege ich meinen Löffel beiseite. »Ja, ich ... Ja, hab ich«, stammele ich und nehme einen großen Schluck Kaffee, in der Hoffnung, dass sie es dabei belässt.

»Irre! Und wie war es? Sind sie so wunderschön, wie alle sagen?«

Phoebe verschluckt sich fast an ihrem letzten Schluck Cappuccino und ich muss mich selbst beherrschen, beim Gedanken an Rye nicht zu grinsen. Ich räuspere mich. »Mhm, sogar noch ein bisschen schöner. Darf ich fragen, was ihr über das Institut wisst? Wisst ihr überhaupt irgendwas?«

»Natürlich darfst du fragen. Nur leider habe ich keine ausführliche Antwort für dich. Alles, was wir wissen, ist, dass diese Institute Unmengen an Geld verheizen. Woher darf ich nicht sagen, allerdings haben wir unsere Informanten.« Sie zwinkert mir zu und ich ringe mir ein Lächeln ab, obwohl mir nicht danach zumute ist.

»Aber wofür das ganze Geld? Immerhin geben sie den Kelpies nur sicheren Lebensraum. Ein paar Pferde an einen künstlich angelegten Fluss in eine Halle mit Kunstrasen zu stellen, sollte doch nicht so teuer sein?«

Lauren zeigt mit ihrem Kaffeelöffel auf mich und nickt so eifrig, dass ich Angst um ihre Halswirbel habe. »Du stellst genau die richtigen Fragen. Darüber wundern wir uns auch und versuchen deshalb seit längerer Zeit, einen Kontakt in eines der Institute einzuschleusen. Nur leider gestaltet sich auch das schwieriger als gedacht. Allerdings suchen die regelmäßig Putzkräfte, das könnte unsere Chance sein.«

»Was denkt ihr denn, dass das Institut mit den Kelpies wirklich macht? Ich meine, es gibt ja viele Gerüchte. Was denkt KeRes darüber?«, schaltet sich Phoebe in unser Gespräch ein.

»Wenn du mich und damit stellvertretend KeRes fragst«, sagt Lauren und macht eine dramatische Pause, »dann schlachten die diese Geschöpfe für die Pharmaindustrie und alle möglichen Dinge aus, mit denen sich am meisten Geld verdienen lässt. Ich bin mir sogar ziemlich sicher, dass in diesen Instituten kein künstlich angelegter Fluss und auch kein hübscher Kunstrasen auf die Kelpies warten, sondern eher Labore über Labore, sehr viele Nadeln, das ein oder andere Skalpell und womöglich auch jede Menge Gewehre.«

Wenn ich meinen Löffel nicht schon zur Seite gelegt hätte, würde ich das jetzt tun. Auch wenn es keine Überraschung für mich ist, da ich mir selbst ähnliche Dinge gedacht habe. Irgendwie fühlt es sich aus dem Mund eines KeRes-Mitglieds viel realer an als Gerüchte. Wenn ich mir Rye in einem Labor vorstelle, wie man an ihm herumschnippelt und ihm Nadeln in den Körper rammt, um seinen Kelpie-Körper auszuschlachten für irgendwelche Pickel-Cremes oder sonstigen kommerziellen Quatsch … Rye ist immerhin in Freiheit, aber was ist mit all den anderen Kelpies, die in den Instituten eingesperrt sind? Wie viele von ihnen sind friedlich, so wie Rye? Welche Qualen müssen sie erleiden, obwohl in ihrer Brust ein genauso reines Herz schlägt wie in Ryes? Ich schüttle den Gedanken ab, da mir sonst mein Joghurt wieder hochkommt und zwinge mich, gute Miene zum bösen Spiel zu machen.

Das Thema Kelpies ist damit zum Glück abgehakt. Bis ich mich aus meiner gedanklichen Trance befreit habe, höre ich, dass Phoebe und Lauren bereits eine Diskussion über irgendeinen Film führen und wir betreiben ein wenig Kennenlern-Small Talk. Dann muss Lauren zu ihrer ersten Vorlesung und wir bezahlen und verlassen das Café. Zurück im Innenhof der Uni verabschieden wir uns und ich stelle fest, dass mir Lauren wirklich sympathisch war und ich gerne mehr Zeit mit ihr verbracht hätte. Ich hoffe, ich sehe sie mal wieder.

Bevor sie sich auf den Weg ins Gebäude macht, wendet sich Lauren direkt an mich. »Hey, Kenzy? Wenn einem eine Sache so sehr am Herzen liegt, dass man jeden Tag daran denken muss, dann lohnt es sich, dafür zu kämpfen und sich dafür einzusetzen. Es braucht viel Mut, für seine eigenen Überzeugungen einzustehen, aber am Ende wird es immer belohnt.«

Sofort muss ich wieder an Rye denken. Wenn sie wüsste, welchen Kampf ich kämpfe, würde sie dann das Gleiche sagen? Oder würde selbst sie einsehen, dass mein Kampf beinahe unmöglich ist? Andererseits, so wie ich Lauren kennengelernt habe, wenn auch nur kurz, bin ich fest davon überzeugt, dass sie für Rye kämpfen würde, komme was wolle. In Gedanken mache ich eine Memo an mich selbst: »Sei furchtlos, Mackenzie. Sei wie Lauren.« Außerdem: Hatte ich nicht mit Rye darüber gesprochen, dass ich herausfinden muss, was ich will? Ich habe zwar kein allumfassendes Ziel für mein Leben gefunden, aber ich bin mir sicher, dass ich um Rye kämpfen will. Also werde ich es tun. Doch als sich unsere Wege trennen, habe ich das Gefühl, wieder komplett auf mich allein gestellt zu sein.

Kapitel 15

Der Rest meiner Woche in Glasgow vergeht wie im Flug. Ich muss mich durch drei weitere von Phoebes Sportkursen quälen. Beim Fechten schlage ich mich noch am besten, beim Zumba bekomme ich Seitenstechen von dem endlosen Hintern-Gewackel und beim Kickboxen bestehe ich nach drei Minuten darauf, nur zuzusehen. In der WG zwingen mich Meghan und Charly dazu, vier Folgen *The Bachelor* mit ihnen anzuschauen, und ich schiebe vor lauter Fremdschämen meine Gedanken an Rye komplett beiseite. In einer von Phoebes Vorlesungen schlafe ich mit dem Kopf auf dem Tisch ein, in einer anderen habe ich dank der witzigen Dozentin so viel Spaß wie selten in irgendeiner Art von Unterricht. Den Rest unserer Zeit verbringen wir in Jogginghosen auf Phoebes Bett vor unseren Lieblingsfilmen, oder in der Stadt, wo mich Phoebe zum Shopping zwingt und mir ein eng anliegendes Paillettenkleid kauft, obwohl ich ihr versichere, dass das der Superlativ von herausgeschmissenem Geld ist. Da Phoebe am Montag frei hat und das lange Wochenende nutzen möchte, um ihre Eltern zu besuchen, steigen wir am Freitag zusammen in einen Zug nach Inverness und ich bin heimlich froh, nicht das Wochenende in Glasgow verbringen zu müssen. Phoebe hätte mich zu hundert Prozent durch irgendwelche Klubs geschleift und mir natürlich mein Paillettenkleid aufgezwungen.

Die Woche hat mir wirklich gutgetan, zwar habe ich mir oft Sorgen gemacht, ob die bösen Kelpies Rye etwas getan haben, aber die meiste Zeit war ich gut abgelenkt und konnte auf andere Gedanken kommen – mein eintöniges Leben in den Highlands, das ich doch nie eintauschen wollen würde, für eine Weile hinter mir lassen. Jetzt da ich auf dem Weg zurück bin und die wilde Natur meines Heimatlandes an mir vorbeirauscht, nimmt Rye in meinem Kopf Kilometer für Kilometer mehr Platz ein. Als mich Phoebes Dad im Hof absetzt und wir uns verabschieden, sind meine Probleme von letzter Woche präsenter denn je.

»Hast du mir was mitgebracht?«, begrüßt mich Maeve, die im Wohnzimmer vor dem Fernseher sitzt und irgendeine Serie schaut, in der sich zwei Mädchen um pinke Pumps streiten. Erwartungsvoll schaut sie mich an. »Ich hab dich auch vermisst«, sage ich und boxe ihr gegen die Schulter.

»Also? Hast du? Sag schon, Big Mac!« Jetzt steht sie von ihrem Sessel auf und rennt auf meinen Rollkoffer zu. Augen rollend öffne ich den Reißverschluss und ziehe ein glitzerndes Shirt und einen kurzen Sommerrock aus dem Koffer, beides Mitbringsel von unserer Shoppingtour, die Phoebe für mein Möchtegern-It-Girl ausgesucht hat. »Big Mac? Dein Ernst?«, frage ich, während sie mit offenem Mund ihre Geschenke bewundert.

»Na ja, du bist die große Schwester, daher Big und Mac wie Mackenzie. Passt. Und jetzt entschuldige mich, ich muss meine neuen Sachen anprobieren.« Damit dreht sie sich um und macht die ersten zwei Schritte, dann schlittert sie zurück, drückt mich kurz an sich, sagt »Danke, Big Mac« und rennt kreischend die Treppe nach oben.

Der restliche Tag verläuft entspannt, meine Eltern verhalten sich, als wäre nichts gewesen und ich werde genötigt, meine Erlebnisse in Glasgow beim Abendessen haargenau zu erzählen. Die Stimmung ist fast schon ausgelassen, wir lachen viel und schauen danach noch einen Krimi zusammen, den Maeve stinklangweilig findet und trotzdem alle fünf Minuten zusammenzuckt. Dad schläft ab der Hälfte auf dem Sofa ein, wacht fünf Minuten nach dem Abspann auf und fragt gähnend, wer der Mörder war. Nur Mum und ich rätseln ununterbrochen mit.

Am nächsten Morgen protestiert niemand, als ich mich auf den Weg in den Stall mache, um Thunder für unseren morgendlichen Ausritt fertigzumachen. Mein Herz hämmert gegen meine Brust, als ich Thunder auf den Weg am Fluss treibe. Was, wenn Rye nicht hier ist? Werde ich jemals erfahren, was mit ihm passiert ist? Ob ihn Dad doch verraten oder ihn sich das RIK anderweitig geschnappt hat? Ob ihn die anderen Kelpies ... Nein. Bestimmt wartet er am Felsen auf mich, oder an der Stelle im Wald, an der wir uns gegenüber gesessen sind. Oder er badet wieder ...

Als ich gerade umdrehen und aufgeben will, höre ich hinter mir das Hufgetrappel eines anderen Pferdes. Ich reiße den Kopf herum und sehe, wie ein riesiges, nachtschwarzes –

Am liebsten würde ich schreien vor Erleichterung. Rye trabt lässig hinter uns her und als er zu uns aufschließt, entdeckt ihn auch Thunder. Meine Stute scheut und wirft mich fast ab, aber ich halte sie unter Kontrolle. Schwarzer Rauch steigt neben uns auf, während ich Thunder in einiger Entfernung an einem Baum festbinde, und als ich damit fertig bin, steht Rye in einem seiner weißen Shirts und einer schwarzen Jeans neben mir, einen Arm lässig auf der Hüfte aufgestützt, den anderen lässt er einfach hängen. Er grinst mich an und seine Augen lächeln so aufrichtig, dass ich für einen Moment vergesse zu atmen.

»Du bist zurück«, sagt er und ich gehe einen Schritt auf ihn zu.

»Es tut mir leid, dass ich dich allein lassen musste, ich ... Es gab ein Problem mit meinem Dad.«

Das Lächeln in seinen Augen bleibt, aber sein Grinsen wird schmaler. »Und jetzt hast du beschlossen, dass du glücklich sein musst und nicht dein Dad?«

Ich schüttle den Kopf und beiße mir auf die Unterlippe. »So einfach ist das leider nicht. Trotzdem hab ich mir Sorgen gemacht. Und na ja ...«

»Und ich bin einfach unwiderstehlich?« Das Grinsen schwillt wieder an und bringt mich um den Verstand. Ich beschließe, nicht auf seine Frage einzugehen, denn er hat leider recht. Er *ist* verdammt noch mal unwiderstehlich und ganz und gar umwerfend und es macht keinen Spaß, sich in seiner Gegenwart immer beherrschen zu müssen.

»Diese anderen Kelpies ... was wollten die von dir?«

Wie ein Jojo schießen seine Mundwinkel nach unten. »Sie sind nicht besonders glücklich darüber, dass ich mich mit dir treffe.«

»Dann würden sie sich mit meinem Dad gut verstehen.«

Rye schmunzelt. »Du hast mir gefehlt, Kenzy. Ich hatte ganz vergessen, wie einsam es ohne dich ist.«

»Du hast mir auch gefehlt«, hauche ich so leise, dass der Wind meine Worte verschluckt. Aber Rye versteht mich trotzdem. Ich schaue ihm direkt in die Augen und er erwidert meinen Blick. Wie können seine Augen so dunkel sein und gleichzeitig so viel Licht aussenden?

»Haben dich die anderen Kelpies bedroht? Wer sind die überhaupt?«

Rye seufzt. »Ich hatte dir doch erzählt, dass es ab und zu Gruppen von Kelpies gibt. Das ist eine davon. Carron, der selbst ernannte Anführer der Gruppe, folgt mir schon länger, schon seit Leven noch gelebt hat. Er denkt, er hätte das Sagen, dabei hat das keiner von uns, außer die Natur, die uns geschaffen hat.«

»Was will dieser Carron von dir? Und kann er dir etwas antun?«

»Er verachtet einfach alle von uns, die keine blutrünstigen Monster sein wollen. Carron möchte ... sagen wir, er möchte eine Einheit, eine Einstellung, die alle Kelpies mit ihm teilen. Er möchte keine Außenseiter, die das Ansehen seiner Spezies in den Dreck ziehen. Wenn es nach ihm und seinen Freunden geht, müssen Kelpies nach außen hin die gefürchteten Bestien sein, für die uns sowieso alle halten. Also eigentlich hat er alles, was er will.«

»Warum spielt er sich dann so auf? Keiner denkt, dass ihr zahme Haustiere seid.«

»Außer du vielleicht.« Rye grinst mich an und ich schüttle lachend den Kopf.

»Na ja, erstens ist das Carron wohl herzlich egal, weil es ihm einfach Spaß macht, andere, wie mich, herumzuschubsen. Und zweitens weiß Carron rein gar nichts über euch Menschen. Er verlässt die Flüsse nie, verwandelt sich auch nie in Menschengestalt.«

»Mhm«, nuschele ich und überlege. Die eine Frage, die mir am meisten auf der Seele brennt, hat er mir noch nicht beantwortet, also stelle ich sie noch einmal. »Und kann er dir etwas tun?«

»Natürlich kann er das, aber solange man sich von ihm fernhält und ihn nicht provoziert, belässt er es bisher meistens bei Drohungen und Beschimpfungen. Ich traue ihm alles zu, auch, dass er mich und dich, das ist das

Schlimmere, angreift. Es gibt niemanden, der mich davon abhalten kann, mich mit dir zu treffen. Nicht einmal Carron. Trotzdem müssen wir vorsichtig sein, Kenzy. Solange ich bei dir bin, wenn er sich am Fluss zeigt, wird dir nichts passieren. Dafür sorge ich. In Ordnung?«

»In Ordnung.« Ich nicke, verschweige ihm aber, dass ich mich weniger um meine Sicherheit sorge. Immerhin würde ich mich einfach aus dem Staub machen, sobald ich Carron und seine Kumpels hier antreffe. Wenn ich ihnen nicht zu nahekomme, greifen sie mich auch nicht an. Aber Rye ... Er ist ständig hier, ganz allein.

»Wie hat Carron dich überhaupt gefunden?«, frage ich.

»Ab und zu macht er sich einen Spaß daraus, mich aufzuspüren. Das können wir, uns gegenseitig spüren. Allerdings nur, wenn wir auf irgendeine Art und Weise mit demselben Fluss verbunden sind.«

»Du meinst, wenn ihr zufällig im selben Fluss schwimmt?«

Rye lacht. »Wenn du es so nennen willst, ja.«

Er wendet den Blick ab und fixiert einen Strauch, der in den tosenden Fluss ragt und nur von seiner starken Wurzel am Platz gehalten wird. »Genug von Carron und seinem grässlichen Gefolge. Erzähl mir lieber, was du so gemacht hast.«

Dass er nicht über seine Artgenossen reden möchte, verstärkt meine Sorge nur. Dennoch bohre ich nicht weiter nach, sondern erzähle ihm stattdessen im Schnelldurchlauf, was ich in Glasgow erlebt habe. Er hört gespannt zu und unterbricht mich nicht. In seinen Augen steht diese flammende Neugier, die sich in ihm ausbreitet wie ein Buschfeuer, wenn ich von meinem Leben erzähle, das für ihn die reinste Attraktion darstellen muss.

Als ich fertig bin, schweigen wir eine Weile. Mittlerweile haben wir uns in den schützenden Wald verzogen und ich habe Thunder mitgenommen, damit man sie nicht vom Weg aus sehen kann.

»Ich würde alles dafür geben, normal zu sein«, sagt Rye irgendwann und bricht damit das Schweigen. Ich sehe die altbekannte Traurigkeit in seinem Blick, der auf einen dicken Käfer am Waldboden gerichtet ist.

»Niemand ist normal«, entgegne ich. Ich weiß genau, was er meint, aber ich kann ihn nicht trösten und es zerreißt mich.

»Wenigstens kein Monster wie ich«, sagt er und dreht den Käfer, der umgekippt ist und wild mit den Beinchen zappelt, mit seinem kleinen Finger so sanft auf die richtige Seite, dass seine Aussage zu einem einzigen Paradox wird. In mir brodelt etwas, eine Mischung aus Mut und Wut und Mitgefühl und sämtlichen Emotionen, die ich nicht ausmachen kann. Ich lasse allen freien Lauf und rücke näher an Rye heran. Er will zurückweichen, doch meine Hand legt sich reflexartig auf seinen Oberschenkel. »Bleib«, sage ich und rücke zu ihm vor, sodass sich unsere Knie berühren. Ein Prickeln breitet sich in mir aus, wohlige Wärme schwappt von seinem Körper auf meinen über.

»Du bist vielleicht nicht menschlich. Aber du bist auch kein Monster. Ich habe keine Angst vor dir, Rye. Wann geht das endlich in deinen Kopf?«

»Wahrscheinlich nie.« Ich fixiere seine Augen und unsere Blicke treffen sich, verkeilen sich ineinander. Langsam, ganz vorsichtig, als wäre er aus Glas, berühre ich seine Hand und mein Puls überschlägt sich. Ich sehe an seinem Blick, wie Panik in Rye aufsteigt, dennoch zieht er seine Hand nicht weg. Während wir uns weiterhin schweigend in die Augen schauen, spüre ich irgendwann, wie er seine Handfläche ein Stück öffnet und seine Finger zwischen meine schiebt. Das Prickeln, das gerade abgeebbt war, explodiert in meinem Körper und breitet sich von den Zehenspitzen bis zum Scheitel aus. Ich kann Ryes Angst förmlich riechen, gleichzeitig, scheint er es auch zu genießen, denn er lächelt, wenn auch schief und unsicher.

»Hast du jetzt das Bedürfnis, mich umzubringen?«, wiederhole ich meine Frage vom letzten Mal. Ryes Lächeln wird breiter, verwandelt sich in ein Grinsen. »Nein, trotzdem habe ich verfluchte Angst. Und gleichzeitig will ich nie wieder aufstehen. Ich habe noch nie ... Na ja, ich habe eigentlich noch nie jemanden so berührt.«

»Es gibt für alles ein erstes Mal«, sage ich schmunzelnd und genieße das Gefühl seiner warmen Finger zwischen meinen. Seinen Puls zu spüren, ist unbeschreiblich.

»Ich muss dir was sagen, Kenzy.« Plötzlich ist das Grinsen in seinem Gesicht weggewischt und auch seine Augen lächeln nicht mehr. Nicht einmal mehr die Angst ist darin zu lesen, nur noch seine übliche Schwere und irgendetwas Finsteres, das ich nicht ganz ausmachen kann.

»Ich habe seit vier Jahren nicht getötet.«

Mir stockt der Atem. Diesen Teil seiner Existenz verdränge ich, so gut ich kann. Ich hatte nicht damit gerechnet, dass er es so direkt ansprechen wird.

»Du hast also noch ein ganzes Jahr«, sage ich und versuche, mir selbst damit Hoffnung zu machen. Obwohl ich natürlich weiß, dass es für dieses Problem keine Lösung geben wird.

»Ein Jahr geht schnell vorbei. Ich werde für eine Weile fortgehen müssen. Wenn es soweit ist, möchte ich allein sein. Verstehst du das?«

»Ja. Natürlich, das verstehe ich.« Ich schlucke.

»Du bist wirklich einzigartig, Mackenzie Edwards. Ein sehr einzigartiger Mensch.« Er lächelt, Dankbarkeit strahlt mir aus seinen Augen entgegen.

»Und du bist ein sehr einzigartiges Kelpie.«

Er nickt nur und lächelt noch breiter. Ich müsste längst wieder zurück bei Mum sein, damit sie keinen Verdacht schöpft, aber in diesem Moment möchte ich Rye noch nicht allein lassen.

»Wir werden eine Lösung finden«, sage ich, ohne selbst daran zu glauben. Was für eine Lösung soll das schon sein? Wenn er nicht tötet, stirbt er. Wenn er sich weiterhin mit mir trifft, wer weiß, was dieser Carron dann mit ihm anstellt? Eine Stimme tief in mir weiß, dass wir, langfristig gesehen, getrennte Wege gehen werden. Aber in diesem Moment, in dem meine Finger seine umschließen und ich seinen Atem auf meinem Gesicht spüre und alles in mir kribbelt ... In diesem Moment bin ich dazu nicht bereit. Auch wenn ich ahne, dass wir direkt auf eine Katastrophe zusteuern.

Kapitel 16

»Stille Wasser sind bei dir echt tief, weißt du das?«, fragt Phoebe und spritzt mit ihrem Fuß Meerwasser in meine Richtung. Reflexartig drehe ich mich weg.

»Wie meinst du das denn jetzt wieder?« Die Sonne steht nur noch tief am Himmel und gibt der Wasseroberfläche des rauschenden Meeres einen orangefarbenen Anstrich. Der Strand ist erstaunlich leer für die Urlaubssaison, dennoch haben wir uns ein abgelegenes Stück ausgesucht und tragen unsere Schuhe in den Händen, während wir barfuß durch knöcheltiefes Wasser waten.

»Na ja, du tust so ruhig und unschuldig, dabei bist du ein ganz schöner Rebell. Du müsstest das echt mehr rauslassen, du kannst dich nicht für immer vor dir selbst verstecken. Bei dir ist innen viel mehr, als du nach außen zeigst. Ach keine Ahnung, ich bin kein Poet.«

Ich pruste los. »Das bist du wirklich nicht, aber ich verstehe, was du meinst.«

»Und ihr habt wirklich nur Händchen gehalten?«

»Pheebs, wie oft noch! Wir daten uns nicht, das zwischen uns gab es noch nie, deshalb hat es keinen Namen.«

Phoebe weicht einer riesigen Alge aus und verliert dabei fast das Gleichgewicht. »Du bist eindeutig verliebt. Egal, was es ist und wie es heißt. Sonst könntest du ihn ziehen lassen, damit er jemanden verspeisen kann und seine Ruhe vor diesem Carron hat. Ende der Geschichte, leugne es nicht!« Mahnend hebt sie ihren Zeigefinger und starrt mich gekünstelt nieder.

Seufzend lege ich meinen Kopf in den Nacken und verdrehe die Augen. »Na schön, was wenn ich ein bisschen verliebt bin? Spielt das eine Rolle?«

»Spielt das eine –« Phoebe schlägt die Hände über dem Kopf zusammen und entlässt einen seltsamen Pfeiflaut aus ihrem Mund. »Spielt das eine Rolle, fragt sie. Und *ob* das eine Rolle spielt, du bist in ein Pferd verliebt! In ein Pferd, das Menschen essen muss, damit es überleben kann, das von einem Institut und einem anderen Menschenfresserpferd gejagt wird und –«

»Okay, okay! Musst du immer so direkt sein?« Ich weiß, dass sie es nicht böse meint, sie lacht sogar dabei, aber mir ist nicht nach Lachen zumute.

»Tut mir leid, Süße. Ich will dich nur vor dem großen Herzschmerz bewahren.« Sie drückt mich forsch an sich und ihre verrutschte Muschelkette presst sich unangenehm in meine Rippen, sodass ich sie schneller wieder loslasse, als mir lieb ist.

»Irgendwann werde ich ihn gehen lassen müssen, ja. Aber ich will ihn jetzt nicht direkt von mir stoßen. Es kann doch kein Zufall sein, dass wir uns begegnet sind. Vielleicht ... na ja, vielleicht ist er endlich das, worauf ich so lange gewartet habe, weißt du? Mein großer Knall im Leben sozusagen.«

Phoebe setzt ihr nachdenkliches Gesicht auf, während sie sich nach einer großen Muschel bückt, die die Strömung gegen ihre Zehen gespült hat. »Ich weiß nicht, Kenzy. Manchmal passieren Zufälle und dann sollte man nicht zu viel hineininterpretieren.« Sie hält sich die tropfende Muschel vors Gesicht und mustert sie.

»Nein, das glaube ich einfach nicht. Nicht bei so was Großem.«

»Okay, beantworte mir eine Frage, unabhängig von deinen Gefühlen für ihn. Was versprichst du dir davon? Ich meine, was denkst du, dass dieser Zufall bezwecken könnte? Außer ein paar netten Treffen, die irgendwann enden müssen.«

Während ihrer Fragenflut hat Phoebe ihre Muschel an ihrem Shirt trocken gerieben und lässt sie jetzt in die Tasche ihrer Shorts gleiten.

»Das war mehr als eine Frage«, ist das Erste, was ich herausbekomme, »kannst du dich für eine entscheiden?« Sie verpasst mir eine Kopfnuss. »Au!«, kreische ich auf und spritze mit meinem Fuß Wasser in ihre Richtung. Eine wilde Wasserschlacht beginnt, die keine von uns beiden so richtig gewinnt. Schließlich sind wir beide total durchnässt und lassen uns erschöpft in den Sand plumpsen. Die letzten Sonnenstrahlen kitzeln unsere Wangen, während mich der Wind frösteln lässt, vor allem in den nassen Klamotten.

»Ich kann deine Fragen jetzt beantworten«, sage ich irgendwann und drehe meinen Kopf zu Phoebe, die meinen Blick erwidert.

»Rye ist kein Monster, er ist nicht so wie Kelpies immer dargestellt werden. Er leidet darunter, dass er so sein muss, Pheebs. Es macht ihn fertig. Ich glaube einfach, dass ihn mir mein Schicksal oder der Zufall oder was auch immer geschickt hat, damit das endlich mehr Leute begreifen.«

»Das heißt, du willst der Welt zeigen, dass es auch gute Kelpies gibt und ihn dafür benutzen?«

»Das heißt, ich will den Menschen zeigen, dass es verdammt noch mal nicht nur schwarz und weiß gibt auf dieser Welt, auch was Kelpies betrifft. Und dass man diese Wesen mit Respekt behandeln muss. Außerdem will ich einfach mal glücklich sein. Etwas für mich haben, mein eigenes Glück. Ich will endlich anfangen, richtig zu leben und mit ihm ... Mit ihm ist das möglich. Er ist nicht so wie alle anderen Männer. Er sieht mehr in mir als Marcus und Jonathan. Und ich sehe mehr in ihm.«

Phoebe dreht den Kopf wieder dem Himmel zu. »Okay.«

»Okay?«, frage ich.

»Ja, das kann ich als Antwort akzeptieren. Das macht ein bisschen Sinn. Und ich finde es toll, dass du dich mehr verwirklichen willst. Auch wenn das eine seltsame Art ist, aber auch das ist okay.« Ich muss kichern und sie stimmt mit ein.

»Und wie genau willst du das anstellen?«, fragt Phoebe irgendwann. Augenblicklich verschwindet mein Hochgefühl. Darüber hatte ich noch nicht nachgedacht, auf einmal erscheint mir mein Vorhaben unmöglich.

»Ich weiß nicht, ich kann ihn jedenfalls nicht öffentlich vorstellen. Dann kommen sie alle mit ihren Mistgabeln an und schleppen ihn zum Institut.«

»Oder sie töten ihn.« Zur Strafe für ihre unendliche Direktheit kassiert Phoebe eine Schippe Sand auf den Bauch und kreischt auf. Als sie sich beruhigt hat, stehen wir auf und laufen in Richtung des Parkplatzes, da uns langsam kalt wird. So gut es geht, klopfen wir uns den Sand aus der Kleidung und schütteln unsere Haare aus, wozu Phoebe ausnahmsweise ihren Fischgrätenzopf öffnet.

Der Parkplatz rückt immer näher und nachdem mir Phoebe minutenlang von irgendeinem Pärchen an der Uni berichtet hat, von dem beide Parteien gleichzeitig eine Affäre hatten, ruft sie auf einmal mitten im Satz: »Ich hab's!«

»Du hast was?«, frage ich und ziehe die Augenbrauen hoch.

»Was ist mit Videos?«

»Was für Videos?«

Sie dreht sich zu mir und schüttelt mich an den Schultern. »Mensch, Kenzy, denk nach. Wie kannst du den Menschen zeigen, dass Rye einer von den Guten ist, ohne ihn direkt vorzuführen?«

Ich muss mich daran erinnern, den Mund zu schließen. »Du hast recht, das ist genial! Ich drehe einfach ein paar Videos von uns und stelle sie ins Netz!«

»Woah, langsam mit den wilden Pferden. Bevor du irgendwas ins Netz stellst, sprechen wir uns noch mal, ist das klar? Das Internet ist ein düsterer, gefährlicher Ort, der dir ganz schnell mit deiner eigenen Waffe ins Bein schießen kann, Süße. Vergiss das nicht. Ansonsten eine gute Idee.«

»Du bist die Beste«, sage ich und drücke Phoebe an mich. »Ich werde dich vermissen, wenn du morgen wieder fährst.«

»Ich weiß«, sagt Phoebe und drückt mir schon wieder ihre Muschelkette gegen die Brust. Ich werde sie wirklich vermissen. Gleichzeitig überwiegt die Euphorie über meinen frisch gesponnenen Plan. Egal, was kommt, ich werde in die Welt rufen, dass Rye keine Bestie ist. Und die Welt wird mir zuhören.

Kapitel 17

Nur ganz kurz habe ich mich in dieser Woche mit Rye getroffen, Montagmorgen, um ihm von meinem Plan zu erzählen. Nach einem anfänglichen Zögern hat er sich sogar darauf gefreut. »Vielleicht können wir wirklich etwas bewegen«, lautete seine Antwort und zauberte mir damit ein Lächeln aufs Gesicht. Um bei meinen Eltern keinen Verdacht zu wecken, haben wir beschlossen, uns erst wieder am Samstagmorgen zu sehen, wenn ich ihn am Parkplatz einsammele und wir uns auf einen Kurztrip der besonderen Art begeben. Meiner Familie habe ich eine weitere Lüge aufgetischt, doch seit sie mich letztes Mal so schrecklich behandelt haben, plagt mich mein schlechtes Gewissen etwas weniger. Mit Rye würden sie mich kaum ein Wochenende verbringen lassen, also musste eine plausible Notlüge her und die haben sie bekommen. Irgendwann, wenn meine Videos im Kasten sind, werde ich ihnen den wahren Grund meiner Reise beichten – mein Magen verkrampft sich schon beim Gedanken daran.

Es ist endlich Freitagabend, morgen früh um halb sechs geht es los und mein Rucksack ist längst gepackt. Jeder Tag hat gefühlt eine halbe Woche gedauert und ich habe mich ununterbrochen gefragt, was Rye wohl gerade macht und ob er wieder von Carron und seinen Marionetten bedroht wird. Andererseits lassen sie ihn jetzt vielleicht in Frieden, wenn wir uns nur sporadisch treffen.

»Kann ich mal Ketchup?«, reißt mich Maeve mit ihrer einwandfreien Teenager-Grammatik aus meinen Gedanken an Rye und unseren anstehenden Kurztrip. Dad hat uns Fish and Chips von unserem Lieblingsrestaurant im nächstgelegenen Dorf mitgebracht und wir lassen es uns schmecken, wobei Maeve den Fisch wie immer verschmäht und sich nur auf die Pommes konzentriert.

»Wie war eigentlich euer Mathetest?«, fragt Mum mit halb vollem Mund. Ich habe längst den Überblick über Maeves Schulleben verloren, nicke aber und tue so, als wolle ich es auch wissen. Dad macht sich nicht die Mühe. »Welcher Mathetest?«

Maeve rollt mit den Augen. »Ihr nervt. Beide. Wisst ihr das?« Sie grinst dabei und meint es wie immer nicht böse, dennoch vermisse ich die Zeiten, als sie noch klein und süß war. Kein pubertäres Meckertier. »Mathe war leicht, Cassidy hat bei mir abgeschrieben, dann hab ich meinen Zopf aufgemacht und meine Haare vors Blatt hängen lassen. Soll sie mal selbst lernen, die blöde –«

»Maeve!«, schimpft Mum, während sie eine Gräte zwischen ihren Zähnen hervorpult.

Meine kleine Schwester zuckt nur mit den Achseln. »Was, stimmt doch! Die tut nie was und kommt immer mit Spicken durch.«

»Mum wollte dich nur vor dem Fluchen bewahren«, sage ich und kann mir ein Schmunzeln nicht verkneifen.

»Ganz genau.« Mum schaufelt sich noch eine Gabel Pommes auf den Teller.

»Was war denn das Thema?«, will Dad wissen und das ist der Moment, in dem ich abschalte. Mathe hat mich nie besonders interessiert, auch wenn ich meistens passable Noten schaffte. Statt zuzuhören, konzentriere ich mich auf die Portion auf meinem Teller. Vor Nervosität kriege ich einfach nichts herunter. Aber ich muss aufessen, als wäre alles in Ordnung, Mum hat eine Antenne für meine Gefühlsschwankungen. Ich kann nicht riskieren, dass unser Kurztrip ins Wasser fällt, also zwinge ich mir Bissen für Bissen hinunter.

»Mackenzie?«, höre ich irgendwann Mums Stimme und schrecke hoch. Da sie die Vokale in meinem Namen gefährlich lang zieht, vermute ich, dass sie mich nicht das erste Mal gerufen hat.

»Ja?«

»Denkst du an das Pferd?«, fragt Maeve und mir bleibt mein Bissen im Hals stecken. Mit einem Mal sinkt die Temperatur am Tisch um mehrere Grade und Dad schaut mich erwartungsvoll an, während sich Mum verlegen räuspert.

»Ich denke an die Route für morgen«, ist das Erste, das mir einfällt und Erleichterung macht sich am Tisch breit.

»Wo wohnt Mildred noch gleich?«, fragt Mum und ich nenne ihr genau den Ort, an den ich morgen tatsächlich aufbreche. Nur eben nicht, um meine alte Schulfreundin Mildred zu besuchen, zu der ich längst keinen Kontakt mehr habe, weil sie sich nach unserem Abschluss in eine arrogante Kuh verwandelt hat. Was meine Eltern zum Glück nicht wissen, weil ich meistens eher introvertiert bin und solche Entwicklungen lieber in mich hineinfresse.

»In Dalry«, nuschele ich kauend.

»Dalry?«, fragt Dad. »Was macht sie denn da?«

»Sie arbeitet im Krankenhaus.« Ich habe keine Ahnung, was Mildred heute arbeitet, geschweige denn, wo sie wohnt. Nach unserem Abschluss ist sie jedenfalls ein Jahr ins Ausland als Au-pair und seitdem haben wir uns nicht gesprochen. Dad nickt nur und bald lenkt Maeve das

Thema wieder auf sich und ihr unglaublich kompliziertes Teenagerleben.

Am nächsten Morgen schleiche ich wie abgemacht um kurz nach fünf Uhr mit meinem Rucksack und einer Tüte voll Lebensmittel, die ich extra noch besorgt habe, zum Auto und starte mit klopfendem Herzen den Motor. Während der Fahrt bis zum Wanderparkplatz, an dem ich mit Rye verabredet bin, kaue ich pausenlos auf meiner Unterlippe. Als ich das Auto parke und den Motor abschalte, habe ich mir die Haut darauf blutig und wund gebissen. Plötzlich tritt eine Gestalt aus dem dichten Nebel direkt vor meine Autotür und ich erschrecke so sehr, dass ich aus meinem Sitz springe und mir den Kopf an der Decke anstoße. Draußen höre ich, wie Rye einen Lachanfall bekommt.

»Entschuldige«, prustet er, als ich die Tür öffne.

»Steig ein, bevor ich es mir anders überlege«, scherze ich. Er steigt auf der Beifahrerseite ein und schlägt die Tür zu.

»Soll ich –« Er stockt in seinem Satz und deutet mit dem Zeigefinger auf die Rückbank.

»Hinten sitzen? Nein, wir fahren extra so früh los, damit wir Bill nicht zufällig treffen. Glaub mir, der schnarcht noch. Außerdem, wie sieht das denn aus, wenn ich dich auf die Rückbank verbanne, ich bin doch kein Taxi.«

Rye zögert. »Ich meinte eher …«

»Mein Gott, Rye, du wirst mich schon nicht aufessen.« Eine tiefe Falte zieht sich über seine Stirn, aber gleichzeitig müssen wir beide lachen.

»Okay, dann los«, sage ich und lenke das Auto über den Parkplatz zurück zur Hauptstraße.

»Und wohin genau fahren wir? Ich bin noch nie in einem Auto gefahren. Das fühlt sich irgendwie komisch an, so wackelig.«

»Das ist nur hier auf dem Parkplatz so«, antworte ich und muss schmunzeln über seine nur logische Unerfahrenheit in alltäglichen Dingen. »Wir fahren nach Dalry.«

»Dalry, das ist doch ...«

Ich biege auf die Hauptstraße ab und sehe im Augenwinkel, wie Rye sich augenblicklich entspannt, als der Untergrund weniger holprig wird. »Ganz genau«, sage ich und spritze Scheibenwasser auf die Windschutzscheibe, um die Hinterlassenschaften eines Vogels loszuwerden. Ryes Augen weiten sich wie die eines Kleinkinds, wenn es zum ersten Mal ein Eis isst. »Wir fahren in deine Heimat.«

Für die Fahrt habe ich eine kleine Action-Cam, die ich mir von Phoebe ausgeliehen habe, auf dem Armaturenbrett installiert und schalte sie immer wieder für eine Weile an, um aufzunehmen, wie Rye stundenlang neben mir sitzt, ohne mir etwas zu tun. Im Gegenteil, wir lachen ständig und einmal hält er sogar kurz meine Hand und streichelt sie sanft, woraufhin ich vor positivem Erstaunen beinahe über eine rote Ampel fahre. Irgendwann knurrt mein Magen so sehr, dass wir an einer Tankstelle halten und ich mir Frühstück hole. Ich überrede Rye, mit mir in den Laden zu kommen und filme heimlich mit meinem Handy. Wie ein Hund, der sein Herrchen verloren hat, schlendert er völlig deplatziert durch die Regalreihen, in denen sich Schokolade, Kekse, Chips und Bonbons türmen, und studiert die Sandwichverpackungen im Kühlregal so eingehend, als müsste er danach einen Test darüber schreiben. Stumm in mich hinein kichernd halte ich alles mit meiner Kamera fest.

»Willst du nichts?«, frage ich ihn irgendwann, als ich mir ein Croissant und einen Cappuccino bestellt habe, der gerade aus der Maschine in einen Pappbecher tropft.

»Nein, ich ... Also, ich ...« Ich weiß, dass er nicht wirklich isst, weil er auf seine dämonische Art und Weise am Leben bleibt, solange er alle paar Jahre einen Menschen frisst. Aber wenn er als Pferd aus reiner Langeweile grast, kann er auch richtige Lebensmittel probieren. Genau für diese Zwecke habe ich eigentlich die Tüte in den Kofferraum gepackt, aber die möchte ich mir für einen anderen Anlass aufheben.

»Wenigstens etwas zu trinken?«

Überfordert von der neuen Situation nickt Rye und ich bestelle noch einen zweiten Cappuccino. Obwohl wir nicht mehr die einzigen in dem kleinen Tankstellen-Shop sind, macht Rye keine Anstalten, irgendjemanden anzufallen, was ich natürlich nicht erwartet hatte.

Während der zweite Cappuccino in einen weiteren Pappbecher tropft, nutze ich die Zeit, um Rye genauer zu mustern. Heute hat er sich richtig in Schale geworfen. Ein dunkelgrüner Wollpullover, unter dem lässig, doch elegant, ein weißes Hemd hervorkommt, schmiegt sich an seinen Oberkörper, während sein menschlicher Dämonen-Adonis-Po in einer schwarzen Jeans steckt. Abgerundet wird sein Look durch sportliche Sneaker. So wie er jetzt dasteht, die Hände in den Hosentaschen, was er sich bestimmt irgendwo abgeschaut hat, die Augen so neugierig und wach, in seinen schicken, neu aussehenden Klamotten, könnte er glatt einem Katalog für Männermode entsprungen sein.

Zurück im Auto warten wir, bis der Kaffee ein wenig abgekühlt ist. Rye hält seinen Becher so unbeholfen fest, dass ich ihn am liebsten in den Arm nehmen würde. Ich schalte die Action-Cam an, als er kurz aus dem Fenster schaut. Wenn er nicht weiß, dass er gefilmt wird, wirkt alles noch authentischer.

»Okay, der ist nur noch lauwarm, jetzt können wir probieren.«

Erstaunt betrachtet er die winzige Öffnung im Deckel des Pappbechers. Um ihm vorzumachen, wie man daraus trinkt, führe ich ihn als Erstes zum Mund und mache einen kleinen Schluck. Für Tankstellenkaffee ist der Cappuccino nicht schlecht. Langsam und so vorsichtig, als wäre sein Becher aus hauchdünnem Glas, führt auch Rye sein Trinkgefäß an die Lippen und kippt es in Zeitlupe in den richtigen Winkel, in dem die Flüssigkeit durch die Öffnung fließen kann. Er kann kaum etwas erwischt haben, da verzieht er schon das Gesicht zu einer Grimasse, senkt den Becher und hustet.

»Das ist ja widerlich!«, ruft er und ich lache laut los. »So was trinkt ihr freiwillig?«

»Du musst dich nur dran gewöhnen, irgendwann schmeckt es. Und vor allem macht es wach. Es ist sozusagen unsere morgendliche Wunderwaffe.«

Er antwortet stumm, indem er eine Augenbraue nach oben zieht.

»Hier«, sage ich und strecke ihm mein Croissant hin. »Das vertreibt den Geschmack.«

Ich wedle mit dem duftenden Gebäck vor seiner Nase herum, bis er davon abbeißt, ohne es mir aus der Hand zu nehmen. Augenblicklich erhellen sich seine Gesichtszüge und er mampft genüsslich. »Hättest du mir das nicht gleich geben können?«

Lachend beiße ich selbst davon ab und gieße noch einen Schluck Kaffee hinterher, bevor ich das Auto wieder zurück auf die Straße lenke und wir unsere Fahrt fortsetzen. Wir verstehen uns so gut, dass ich ab und zu vergesse, dass neben mir kein gewöhnlicher Mensch sitzt. Die Kamera läuft mittlerweile durch und ich hasse mich jetzt schon dafür, das Material später schneiden zu müssen. Gleichzeitig freue ich mich auf all die tollen Momente, die für immer eingefangen sein werden. Zwei Stunden später setze ich Rye mitten im Nirgendwo an seinem Heimatfluss ab und parke anschließend das Auto ein paar hundert Meter weiter auf dem Parkplatz eines winzigen Hotels, in dem ich im Vorfeld ein Einzelzimmer für mich reserviert habe. Rye hat darauf bestanden, die Nacht auf den Feldern in Pferdegestalt zu verbringen, und wir hätten ihn ohne Papiere ohnehin nicht in einem Hotel unterbringen können. Als ich meine Sachen ins Hotel trage und mich zur Rezeption begebe, sind all meine Sorgen der letzten Tage restlos verschwunden. Schon die Anreise mit Rye war so schön, dass ich es gar nicht erwarten kann, mit ihm zwei Tage völlig ungestört zu verbringen. Von Weitem kann ich ihn noch ausmachen, als ich die Tür öffne, die ins Hotel führt. Er winkt und ich bin mir sicher, dass er dabei so unbeschwert lacht wie ich.

Kapitel 18

Als ich den kleinen Hang hinunterkomme, an dem ich Rye verabschiedet habe, um ins Hotel einzuchecken, sehe ich ihn auf einem Stein am Ufer des seichten Flusses sitzen. Sein sanfter Blick ruht auf dem Wasser, das ihn erschaffen hat, und streichelt die Natur um ihn herum geradezu. Er bemerkt mich nicht und ich zücke leise meine Kamera und filme einen Moment das Geschehen, ein Abbild von Frieden, Ruhe und Unschuld. Wie der Wind an seinen Locken zupft und sie ihm um die kantigen Wangenknochen pustet, seine dunklen Augen dabei ein einzigartiges Leuchten ausstrahlen, stellt mir die feinen Härchen auf den Armen auf. Nachdem ich ihn bestimmt fünf Minuten stumm beobachtet habe, gebe ich mich durch ein Räuspern zu erkennen und beende die Aufnahme.

»Du bist ja schon hier«, stellt er fröhlich fest und kommt auf mich zu.

»Ja, erstaunlicherweise ist in dem Hotel nicht besonders viel los.« Damit bringe ich ihn zum Lachen. »Kann Carron uns hier finden? Sollen wir lieber weg vom Fluss?« Der Gedanke kommt mir gerade erst, aber er stimmt mich besorgt.

»Solange ich nicht ins Wasser gehe, kann er mich nicht finden. Und selbst wenn, der Rye ist nicht gerade ein großer Fluss, dorthin verirren sich die wenigsten Kelpies.«

»Okay, gut«, sage ich und atme erleichtert auf. Als Rye sieht, was ich alles mit mir herumschleppe, nimmt er mir das Stativ und die Tüte mit den Lebensmitteln ab.

»Was hast du vor?«, fragt er und mustert meine Mitbringsel verdächtig. Ich zucke nur mit den Achseln. »Wirst du gleich sehen. Hier, breite die mal aus«, sage ich und werfe ihm die Picknickdecke zu, die ich in weiser Voraussicht ins Auto geschmissen habe. Er braucht einen Moment, um zu verstehen, da er offensichtlich noch nie eine Picknickdecke benutzt hat. Während er die Decke für uns ausbreitet, so sorgfältig, dass ich mir ein lautes Lachen verkneifen muss, stelle ich die Kamera auf mein Stativ und lasse die erste Aufnahme laufen, ohne Rye Bescheid zu sagen. Gemeinsam legen wir vier schwere Steine vom Flussbett auf die Ecken der Decke, damit der Wind sie nicht hoch wehen kann, dann mache ich mich daran, unseren Proviant auszubreiten. Meine Ausbeute aus dem Supermarkt, die ich gestern noch freudig eingekauft habe, reicht von Weintrauben und Pfirsichen über Cracker und Chips bis hin zu Scones, die es leider nur noch mit Rosinen gab, Shortbread und Fruchtgummis. Dazu habe ich neben Wasser auch Cola zum Trinken gekauft, weil ich irgendwie fand, ein Kelpie sollte auf jeden Fall Cola probieren.

»Du musst ziemlich hungrig sein«, kommentiert Rye meine Ausbeute.

»Ich bin auch hungrig, aber das sind nur Snacks, die machen nicht richtig satt. Die habe ich hauptsächlich für dich gekauft. Damit du alles mal probieren kannst.«

Er schweigt und schaut gerührt auf mein Picknick. »Wirklich? Für mich? Obwohl ich gar nicht richtig esse?«

»Wer Gras essen kann, der kann auch Süßigkeiten essen. Ein Leben ohne Zucker ist trostlos. Also los, setz dich.«

Selbst nach fast fünf Stunden Autofahrt in meinem Kleinwagen hält er es für nötig, sich im größtmöglichen Abstand, den meine Decke bietet, zu mir zu positionieren. Für den Moment lasse ich ihn, hauptsächlich, damit meine späteren Zuschauer sehen, wie rücksichtsvoll und vorsichtig er sich verhält. Dabei weiß ich längst, dass ich so viel Distanz mittlerweile nicht mehr möchte. Auch wenn ich weiterhin meine Vorsicht und Vernunft nicht vergesse.

»Okay, womit möchtest du anfangen?«, frage ich und deute auf die vielen Lebensmittel vor uns. Ryes Blick sieht so verloren aus, dass ich lospruste.

»Schmeckt irgendwas so ähnlich wie das Croissant heute Morgen? Das war lecker.«

»Oh, ich sehe schon, der Herr hat guten Geschmack. Hm, also ich würde sagen, wir machen mal die Kekse und die Scones auf. Das ist auch Gebäck, nur nicht so fettig wie das Croissant.« Während ich die Packung mit den Scones aufreiße, macht er sich am Karton und der Plastikverpackung des Shortbread zu schaffen. Etwa gleichzeitig haben wir beide das erste Gebäckteilchen in den Fingern.

»Dann mal los«, sage ich und er beißt skeptisch von seinem ersten Keks ab. Kleine Krümel rieseln über seinen Pulli, den man heute beim recht kühlen Wind und den dicken Wolken auch braucht.

»Das ist trockener als Staub«, stellt er fest und kaut hüstelnd auf seinem Shortbread herum. »Aber es ist in Ordnung. Ich hoffe allerdings, du hast noch was Besseres dabei.« Er zwinkert mir zu und ich ziehe scharf die Luft ein, um mich zusammenzureißen.

»Hier«, sage ich und strecke ihm den Scone hin, von dem ich gerade abgebissen habe, »probier das. Mein absolutes Lieblingsgebäck.«

Er nimmt es mir aus der Hand und betrachtet es wie ein seltsames Artefakt. »Weißt du, irgendwoher wissen wir ja über eure Welt Bescheid. Aber ich habe das alles noch nie gesehen, geschweige denn davon abgebissen. Das ist ... Also, ich meine ... Danke. Das macht Spaß.« Er strahlt mich an wie die Sommersonne, die heute fehlt, und mir wird ganz warm vor Freude.

»Die Scones gab es nur noch mit Rosinen, also beurteile sie bitte nicht danach! Rosinen sind eklig.« Ich muss ihn einfach warnen.

Angespannt warte ich auf seine Reaktion, als er ein Stückchen abbeißt. Sein Gesicht ist der Inbegriff eines Pokerface und ich halte die Spannung kaum aus. Scones sind mein Lebensinhalt, er *muss* sie einfach mögen. Irgendwann pult er eine Rosine aus dem Gebäck. »Die Dinger sind Rosinen, richtig?«, fragt er und ich nicke eifrig.

»Also ohne die wäre es echt langweilig. Die sind super.« Mir klappt der Mund auf und ich starre ihn an, als wäre er nicht von diesem Planeten, so wie er mir seine widerliche Rosine vor die Nase hält.

»Dein Ernst?«, bringe ich heraus und klinge dabei wie Maeve, wenn ich wieder die aktuellen Trends verschlafen habe.

»Klar. Okay, was gibt's als nächstes? Bisher war nicht so der Hit dabei.«

Sanft schlage ich ihm gegen die Schulter, ohne zu realisieren, was ich tue. Einen kurzen Moment schauen wir uns beide geschockt an, erwarten fast, dass er zornig reagiert, warum auch immer. Warten darauf, ob das Kelpie in ihm wütend wird, aber es passiert nichts. Irgendwann fängt er an, herzhaft zu lachen, und ich stimme mit ein.

»Dafür musst du jetzt die sauren Fruchtgummis probieren! Wie kann man keine Scones mögen?«, empöre ich mich und öffne die Tüte. Die Videos, die man oft im Internet sieht, von Babys, die eine Zitrone ablutschen und das Gesicht verziehen, sind kein Vergleich zu der Grimasse, die Rye schneidet, als er in sein Fruchtgummi beißt. Seine Augen verengen sich zu Schlitzen, seine Mundwinkel verkrümmen sich, purer Ekel steht ihm ins Gesicht geschrieben. Schließlich spuckt er sein abgebissenes Stück ins Gras und wischt sich den Mund ab.

»Okay«, sagt er, noch immer mit Grimasse im Gesicht, »einigen wir uns darauf, dass Scones diesem Zeug vorzuziehen sind. Das ist ja grausam, wieso tut ihr euch das an? Sogar Kaffee war besser als das.«

Ich halte mir mittlerweile den Bauch vor Lachen. »Das ist nur, weil die so sauer sind. Das bist du nicht gewöhnt.«

»Eindeutig.« Seine Grimasse ist wieder einem schiefen Lächeln gewichen.

»Hier«, sage ich und öffne eine Cola-Dose für ihn, »trink was.« Ich halte sie ihm auffordernd hin und er nimmt sie mir skeptisch ab. »Ich habe davon gehört. Es soll keine besonders tollen Inhaltsstoffe haben.«

»Natürlich nicht, das ist pures Gift. Nichts, was hier herumliegt, hat die besten Inhaltsstoffe. Aber heute ist Cheat-day. Hau rein!« Darauf reagiert er mit einem verwirrten Blick, trotzdem hält er sich wacker die Cola-Dose vor den Mund. Einen Moment hat er Probleme damit, sie sich so an die Lippen zu führen, dass nichts daneben geht. Vorsichtig nimmt er einen Schluck und setzt sein Pokerface auf. Er scheint zu überlegen, ob es ihm schmeckt oder nicht.

»Das ist seltsam.« Mehr hat er nicht dazu zu sagen?

»Wie, seltsam?«

»Na ja, das –« Er wird jäh unterbrochen, weil er aufstoßen muss. Der kleine Laut, der ihm dabei entkommt, bringt uns beide zum Lachen. Ich kriege mich kaum mehr ein, weil er so liebenswert dabei aussieht, wie er das erste Mal in seinem Leben von Kohlensäure aufstoßen muss. Für ihn muss das eine kleine Sensation sein.

»Das kannst du wieder haben«, sagt er schließlich und gibt mir die Dose zurück.

Eine Weile lang sitzen wir nebeneinander auf der Picknickdecke und ich stopfe Rye mit Süßigkeiten und Snacks voll. Ob Kelpies wohl schlecht werden kann? Wenn ja, wird er heute nicht gut schlafen. Irgendwann legen wir uns hin und schauen in den wolkenbedeckten Himmel. Dass es noch nicht geregnet hat, grenzt an ein Wunder. Früher oder später wird es passieren, aber noch ist alles trocken, auch wenn es langsam kalt und düster wird. Wir schweigen und genießen einfach den Moment, vollgefressen, aber glücklich, miteinander Zeit zu verbringen. Fernab von Bill und meinen Eltern, die uns entdecken könnten und sofort das Institut rufen, oder Schlimmeres. Wenn uns hier jemand so liegen sieht, denkt er höchstens, wir wären Spinner, weil wir uns dabei filmen.

Dieser Ort ist so verlassen, wie ich es mir gewünscht habe. Die Gegend um Dalry ist nicht besonders touristisch, es gibt schönere Fleckchen in diesem Land. Und hier ist kein Weg weit und breit, wir sind einfach den Hang hinuntergeklettert, um uns am Fluss niederzulassen. Das leise Plätschern des *Water of Rye*, der sich ein Stückchen weiter unten durch das Tal schlängelt, untermalt die friedliche Szene perfekt.

Unsere Hände liegen nebeneinander auf der Decke und nähern sich immer weiter an, trotzdem brauchen wir gefühlt Ewigkeiten, bis sich unsere Finger schließlich ineinander verkeilen. Die Wärme, die von Rye ausgeht, breitet sich langsam in meinem Körper aus.

»Meinst du, es wird funktionieren?«, fragt Rye und unsere Köpfe drehen sich zueinander.

»Was? Der Plan mit den Videos?«

»Ich weiß, dass es funktionieren wird.«

»Das wäre wirklich schön. Aber wenn nicht ... Dann will ich nicht, dass du dich schlecht fühlst, Kenzy. Du tust so viel für mich. Du kannst nichts dafür, wie die Menschen mich sehen.«

Meine Gefühle für ihn überrollen mich wie eine Lawine und ich springe auf, um die Kamera auszuschalten, nur um mich wieder neben ihn zu legen, aber diesmal so nahe, dass sich nicht nur unsere Hände berühren. Ich spüre, wie sich unsere Körper aneinanderschmiegen und noch viel mehr der wohligen Wärme überkommt mich, sodass mir schon fast heiß wird.

Und mit einem Mal wage ich es, ich möchte nicht länger vorsichtig sein. Mit einem Ruck stütze ich mich auf, beuge mich zu Rye hinunter und lege meine Lippen zart auf seine. Er schmeckt nach einer süßen Mischung aus Cola und Fruchtgummis und einer feinen Butternote von den Scones. Mein Körper kribbelt, als wäre alles eingeschlafen und doch bin ich so wach wie nie. Ryes Lippen sind rau vom Wind, dem er Tag und Nacht ausgesetzt ist, ansonsten sind sie weich wie ein Kissen.

Ruhig liegt Rye unter mir, wagt es nicht, sich zu bewegen, hat die Hände zu Fäusten geballt, weil er sich noch immer nicht selbst traut. Aber ich weiß, dass er mir nicht wehtun würde, ich spüre es einfach. Noch einen Moment lasse ich meine Lippen auf seinen ruhen und genieße den Augenblick, in dem Rye meinen Kuss zärtlich erwidert. Dann lasse ich langsam von ihm ab, meine Gliedmaßen können sich bei all den Glücksgefühlen keine Sekunde länger aufrecht halten, so sehr zittern sie. Ich lege mich neben ihn und warte, bis mich die Welle aus Endorphinen, die in meinem Körper überschwappt, nicht mehr unter Wasser drückt. Als ich wieder richtig Luft holen kann, drehe ich meinen Kopf zu Rye, dessen Hände immer noch Fäuste sind.

Meine Hand wandert über die Decke zu seiner und umschließt seine Faust so lange, bis er sich sichtlich entspannt. Unsere Blicke verkeilen sich ineinander, keiner blinzelt, nichts und niemand ist in diesem Moment mit uns auf dieser Welt. Da sind nur wir, an diesem plätschernden Wasser, auf dieser eher kratzigen Picknickdecke und über uns kündigen dunkle Wolken den Regen an, aber es kümmert uns nicht, ob wir nass werden.

»Ich habe noch nie …«, sagt Rye und stockt. Seine Stimme ist brüchig und ein wenig heiser, als hätten wir stundenlang in einem rauchigen Klub geknutscht.

»Du hast noch nie jemanden geküsst, ich weiß.« Ich lächle ihn an und er lächelt zurück.

»Das auch … Ich wollte sagen, ich habe mich noch nie so gut gefühlt. Vielleicht bin ich doch kein Monster.«

Damit bringt er mich zum Lachen. »Und wenn, dann bist du wenigstens eines, das gut küssen kann.«

Er grinst mich an, mit einem Funkeln in den düsteren Augen, dem ich mich niemals entziehen könnte. »Mhm«, nuschelt er und streichelt mit seiner freien Hand über meine Wange, wobei er sich ziemlich verrenken muss. »Völlig unwiderstehlich.«

Kapitel 19

»Du hast *was*?«, schreit mir Phoebe durchs Telefon entgegen. Ehrlich, warum kann sie nie in normaler Lautstärke telefonieren? Ich sitze im Schlafanzug auf dem Bett in meinem Hotelzimmer, meine Haare nass vom Duschen.

»Es ist einfach so passiert, wir –«

»Nein, ich meine, warum zum Teufel hast du die Kamera vorher ausgemacht?«

»Was? *Das* ist für dich der entscheidende Punkt?«

»Vergiss es, sprich weiter. Erzähl mir *alles*. Jedes schmutzige Detail. Hat er nach Pferd gerochen?«

»Pheebs!«

»Mich interessiert das, okay! Ich habe Fragen.«

Ich seufze und lasse mich auf das Doppelbett fallen. Nach dem heutigen Tag und dem Gespräch, das mir jetzt bevorsteht, muss ich später definitiv irgendein alkoholhaltiges Getränk aus der Minibar aufmachen.

»Er hat nicht nach Pferd gerochen. Nächste Frage.«

Sie kichert durch die Leitung und ich kichere ein wenig mit, auch wenn ich dabei den Kopf über meine verrückte Freundin schüttle. Nachdem ich ihr den ganzen Tag inklusive Kuss im kleinsten Detail erzählt habe und sie meinen Bericht ab und zu durch ein Quietschen, Kreischen oder Aufstöhnen kommentiert hat, stellt sie noch einmal ihre wichtigste Frage. »Und warum hast du das nicht aufgenommen? Hallo, das ist ja bitte der ultimative Beweis für alle, dass er ein gutes Kelpie ist? Ansonsten wärst du jetzt in seinem Magen.«

Ich überlege kurz, weil das Ausschalten der Kamera ebenso eine Affekthandlung war und ich selbst nicht mehr richtig einordnen kann, warum ich es getan habe.

»Na ja, weil ... das ist privat. Es gibt immer noch gewisse Grenzen.«

Auch an Phoebes Ende der Leitung ist es kurz still. »Weißt du, das verstehe ich sogar. Und es ist auch vernünftig von dir. Aber warum bist du immer so *verdammt* vernünftig? Du hättest es ja rausschneiden können. Hast du gar nicht daran gedacht, dass deine arme beste Freundin es vielleicht gerne sehen würde, wenn du ein verfluchtes *Kelpie* küsst? Ich meine, echt mal, Kenzy. Das ist next Level.«

Sie sagt es belustigt statt beleidigt, weil sie natürlich nur die Hälfte ernst meint, der Rest ist Blödelei. Genau dafür liebe ich sie.

»Bin ich dann jetzt cool?«, frage ich.

»Ich bitte dich. Du warst schon immer die Coolste!«

Bei dieser Aussage kann ich nicht anders, als weiter zu lachen. Einerseits, weil sie offensichtlich lügt und andererseits, weil ich es süß von ihr finde. »Klar, das fanden unsere Klassenkameraden damals auch. Die supercoole Kenzy.«

Phoebe grunzt ins Telefon. »Ja, unsere tollen Klassenkameraden beurteilten Coolness danach, wer die größte Klappe und die kürzesten Klamotten hat. Im Fernsehen heißt das *personality*. In meiner Welt heißt das Oberflächlichkeit.«

»Wo du recht hast ... Apropos Klassenkameraden, weißt du eigentlich, was aus Mildred geworden ist?« Irgendwie interessiert mich das wirklich, auch wenn sie mich damals verletzt hat, als ich für sie und ihre Träume von der großen weiten Welt nicht mehr genug war.

»Ich dachte, du besuchst sie grade?« Ich kann förmlich sehen, wie Phoebe hinter ihrem Hörer eine ironische Grimasse zieht. »Auswendig weiß ich es nicht, Moment, ich hab sie auf Instagram, warte kurz.«

»Du bist unmöglich!«

»Entschuldigung, ich dachte, du wolltest es wissen? Ah, da ist sie ja. Scheint so, als wäre sie gerade in Australien. Nein, warte, das ist ein altes Foto ... Jetzt ist sie in London und studiert Schauspiel. Na, das passt ja perfekt.«

Eine Weile unterhalten wir uns über alltägliche Dinge und natürlich hat Phoebe auch den neuesten Klatsch und Tratsch in Sachen Pärchen an der Uni und ihren eigenen Kerlen auf Lager, die sie in letzter Zeit gedatet hat. Als wir fertig telefoniert haben, hole ich mir tatsächlich ein Bier aus der Minibar, setze mich damit aufs Bett und klappe den Laptop auf. Die Aufnahmen der Kamera habe ich vorher bereits auf den Laptop gezogen und sehe mir jetzt noch mal alles im Schnelldurchlauf an. Auch wenn wir uns am Anfang jeder Aufnahme, in dem Moment, in dem uns noch bewusst war, dass wir gefilmt werden, etwas steif verhalten, wirkt nichts daran gestellt. Je länger die Kamera läuft, desto lockerer werden wir und irgendwann vergessen wir sie ganz. Wer auf diesen Aufnahmen nicht erkennt, dass Rye eine gute Seele ist, der *will* es schlichtweg nicht sehen, weil es einfacher ist, auf seiner Abneigung zu beharren, als umzudenken und sich einzugestehen, dass man in Schwarz und Weiß gedacht hat.

Meine Gefühle fahren Achterbahn, als ich mich schließlich ins Bett lege und das Licht ausmache. Jedes Mal, wenn die Achterbahn nach unten rauscht, wird mir ganz flau im Magen und ich möchte kreischen. Irgendwann bin ich so müde von meinem gedanklichen Auf und Ab, dass ich in einen traumreichen Schlaf falle, in dem Rye dicht an meiner Seite ist.

Es ist noch vor sieben Uhr früh, als mich die ersten Sonnenstrahlen, die durch die Vorhänge hereinlugen, aus dem Schlaf kitzeln. Ein paar Minuten lang versuche ich, wenigstens vor mich hin zu dösen, aber es gelingt mir nicht. Mein ganzer Körper kribbelt vor Aufregung und meine Endorphine schubsen mich aus dem Bett. Heute habe ich etwas Besonderes vor, etwas potenziell Gefährliches und sicherlich auch ein wenig Dummes.

Letztendlich gebe ich den Kampf gegen die Ungeduld auf und springe aus dem Bett direkt unter die Dusche. Eine Viertelstunde später sitze ich mit feuchten Haaren in einem Sommerkleid, das mir garantiert zu kalt sein wird, weil draußen erneut dunkle Wolken aufziehen, im Frühstücksraum und stärke mich mit einem Scone mit Marmelade und einer Schüssel Joghurt mit Früchten. Gedankenverloren rühre ich in meinem Cappuccino und starre durch das Fenster, hinter dessen Scheibe sich wilde Natur offenbart. Was Rye wohl gerade macht? Ob er schon in Menschengestalt auf mich wartet oder sich noch als schwarzer Hengst die Mähne vom Wind zerzausen lässt?

Mein Kleid, auf dem sich gelbe Ringelblumen auf einem kupferroten Hintergrund kräuseln, weht um meine Beine, als ich etwas später mit meiner Handtasche unter dem Arm und der Kamera in der Hand das Hotel verlasse. Zum Glück habe ich noch eine Strickjacke dabei und mir eine Strumpfhose unter das Kleid gezogen, ansonsten würde ich wirklich frieren. Mit klopfendem Herzen gehe ich den Hang hinunter und halte Ausschau nach Rye. Ich muss ihn nicht lange suchen, denn er kommt mir bereits in Menschengestalt entgegen, als hätte er seit Stunden auf mich gewartet. Auch heute hat er sich schick gemacht. Ein lässiger weißer Hoodie rahmt seinen Oberkörper perfekt ein, eine hellblaue Jeans legt ein Stück seiner Haut frei, da sie in diesem löchrigen Stil gestaltet ist, dessen Namen ich jedes Mal sofort wieder vergesse, sobald Maeve ihn ausspricht. Graue Sneaker runden seinen Look ab, aber ich habe ohnehin nur Augen für sein Gesicht, dessen Ausdruck mir vermittelt, dass er mich heute Nacht vermisst hat. Ein schiefes Grinsen liegt auf seinen Lippen und ich beiße mir in die Wange, um mich im Griff zu halten.

Als wir uns direkt gegenüberstehen, umarmen wir uns zaghaft.

»Guten Morgen, Kenzy«, flüstert er in mein Ohr und meine Nackenhaare stellen sich auf. »Hast du gut geschlafen?«

Ich nicke, mehr bringe ich nicht zustande. Dann nehme ich seine Hand und ziehe ihn den Hang nach oben auf den Bordstein.

»Wo gehen wir hin?«, will er wissen, wobei er meine Hand nicht loslässt. Wie ein Pärchen schlendern wir den Bordstein entlang, Händchen haltend und mit Herzen in den Augen.

»In die Stadt. Shoppen. Es ist verkaufsoffener Sonntag.« Ich schaue zu ihm nach oben und sehe, wie er eine Grimasse schneidet.

»Hältst du das für eine gute Idee? Ich kenne mich damit nicht aus.«

»Genau deshalb halte ich das für eine wunderbare Idee.«

Er bleibt stehen und in seinem Gesicht lese ich, dass er sich ernsthaft Sorgen macht. »Und wenn mich jemand erkennt? Oder wenn ... Wenn ich jemandem wehtue?«

Mit meiner freien Hand streichle ich über seine Wange. Dann schlinge ich sie um seinen Nacken, drücke ihn sanft zu mir herunter und hauche ihm einen Kuss auf die Lippen.

»Vertraust du mir?«, frage ich und lasse ihn wieder los. Seine Wangen färben sich rosa und ich kann mir ein Schmunzeln nicht verkneifen.

»Dir schon, nur mir vertraue ich nicht.«

»Das reicht erst mal. Also los, das wird lustig.« Zwar folgt er mir mit gewissem Widerwillen, aber an der Art, wie sich sein Gesichtsausdruck wieder aufhellt, weiß ich, dass wir trotz seiner Bedenken Spaß haben werden.

Dalry ist ein überschaubares Städtchen. Für mein Vorhaben, einem dämonischen Gestaltwandler das Stadtleben näherzubringen, ist die Größe dieses Ortes genau richtig. Alles, was eine Stadt zu bieten hat, hat Dalry in sehr abgespeckter Version. Hier kann Rye perfekt einen ersten Eindruck bekommen von unserem Alltag, ohne überfordert zu sein. So zumindest in der Theorie.

In der Praxis läuft Rye so verkrampft neben mir her, dass wir kaum vorankommen. Seine Hand krallt sich in meine, als wir immer weiter ins Zentrum vordringen, in dem Autos dicht an uns vorbeirauschen und sich Menschen auf dem Bordstein drängeln. Auch wenn ich aus den Highlands noch weniger gewohnt bin, wirkt die Einkaufsstraße für mich ruhig, für ihn dagegen ist das hier eine einzige Reizüberflutung.

»Wo willst du zuerst rein?«, frage ich und zeige mit meinem Finger auf die einzelnen Geschäfte, die sich links und rechts die kerzengerade Straße entlangziehen.

Rye sieht sich um und wirkt dabei so verloren, dass ich ihn am liebsten in den Arm nehmen würde. Wie ein Schulkind am ersten Schultag weiß er nicht wohin.

»Lass uns da rüber«, sage ich, um ihm die Entscheidung abzunehmen, und steuere mit ihm an der Hand über die Straße auf einen Klamottenladen zu, in dem gerade recht wenig los zu sein scheint, soweit man es von außen beurteilen kann.

Innen sind wir fast die einzigen Kunden und ich merke, wie sich Rye entspannt. Die Klimaanlage trocknet die Schweißperlen auf seiner Stirn, die leise dahinplätschernde Hintergrundmusik beruhigt seine Sinne und Klamotten sind etwas Gewohntes, da er sie jeden Tag an seinen Leib zaubert.

»Was hältst du von dem?«, frage ich und halte ihm einen knallroten Sommerrock vor die Nase, den Maeve bestimmt den absoluten Wahnsinn fände. Rye dagegen verzieht das Gesicht. »Das ist nicht dein Stil.«

Ich muss lachen, denn er kennt mich schon so gut, um beurteilen zu können, dass ich mir aus Mode nichts mache. Maeve dagegen versucht es immer wieder und hält mir regelmäßig eine Standpauke, dass ich »so ja wohl nicht rausgehen« könne.

»Hier, der ist besser«, sagt Rye und nimmt einen bordeauxroten Rock mit Plisseefalten von der Kleiderstange. Ich nehme ihn meiner Shoppingbegleitung ab und halte ihn mir an die Hüfte, von wo aus er wie fließendes Wasser bis zum Boden gleitet.

»Der gefällt mir. Komm«, fordere ich ihn auf und zerre ihn mit bis zur Umkleidekabine, wo ich ihm den Vorhang vor der Nase zuziehe. Ich brauche eine gefühlte Ewigkeit, um mir mein Kleid auszuziehen, da es im Nacken einen Knopf hat, den ich nur schwer aufbekomme. Als ich in

BH und Rock dastehe, da ich kein anderes Oberteil dabeihabe, ziehe ich das Kleid wieder an, friemle den Knopf zu und ziehe den Rock einfach über den Rock des Kleides.

»Na Kumpel, hier fehlt eindeutig der Männerstuhl, was?«, höre ich draußen einen anderen Mann zu Rye sagen. Dass Männer meist als Begleitung beim Shoppen dabei sind und sich dann oft auf dem obligatorischen, scheinbar für Männer aufgestellten, Stuhl niederlassen, kann Rye unmöglich wissen. Angespannt lausche ich, wie er reagiert.

»Ja, ganz eindeutig. Der Männerstuhl«, höre ich Rye nuscheln und muss mir die Hand vor den Mund halten, um nicht laut loszulachen. Ich reiße mich zusammen, öffne den Vorhang und präsentiere mich in meinem Outfit. Ryes Gesichtszüge werden so weich wie Watte und seine Mundwinkel wandern nach oben.

»Du siehst toll aus«, sagt er und mir wird warm ums Herz.

Kurz darauf verlassen wir das Geschäft, den erstandenen Rock, der sogar im Sale war, im Schlepptau. Als Nächstes schleife ich Rye in einen kleinen Supermarkt und zeige ihm alles Mögliche, was er teilweise kennt und benennen kann, jedoch nie in echt gesehen geschweige denn gegessen hat. Abgesehen von unserem kleinen Picknick gestern.

»Können wir da rein gehen?«, fragt Rye zurück auf der Hauptstraße und zeigt mit dem Finger auf einen Buchladen.

»Ja klar.« Ich bin überrascht, dass er ausgerechnet nach Büchern schauen möchte, gleichzeitig freue ich mich darüber. Es gibt nichts Schöneres als Freunde, mit denen man sich über Bücher austauschen kann. Außerdem ist belesen sowieso das neue sexy.

»Meinst du, sie haben ein Exemplar von *Moby Dick* da?« Als er die Verwunderung in meinem Gesicht sieht, schaut Rye verlegen auf seine Schuhe.

»Warum willst du ausgerechnet *Moby Dick*? Aber ja, ich denke schon.«

Ein Strahlen erhellt sein Gesicht und er zuckt mit den Achseln. »Ich weiß nicht, es ist das einzige Buch, das ich so richtig ... kenne. Ich habe mal einer Frau zugehört, die ihrer Tochter am Ufer daraus vorgelesen hat. Seitdem fasziniert mich die Geschichte.«

Eine Frage liegt mir auf den Lippen, doch ich traue mich nicht sie zu stellen. »Ich kann ein bisschen lesen«, errät Rye meine Gedanken. »Habe ich mir über die Jahre beigebracht. Menschen werfen so viel Müll weg, so viele Touristenführer, Flyer, Broschüren ... Und dann die vielen Schilder in der Natur. Oder Straßenschilder. Wenn mir langweilig ist, also quasi jeden Tag, versuche ich zu lesen. Mittlerweile bin ich echt gut darin.«

Er grinst vor Stolz.

»Na dann los«, sage ich und wir betreten die Buchhandlung, nur um sie keine fünf Minuten später mit einer wunderschönen Ausgabe des Buches wieder zu verlassen.

»Kannst du es für mich aufbewahren?«

Ich lache und stecke das Buch in die Tasche, in der mein Rock liegt. »Natürlich.«

Es ist mittlerweile Mittagszeit und mein Magen macht sich durch ein Knurren bemerkbar, also machen wir uns auf den Weg in ein Café. Der Geruch von Kaffeebohnen gemischt mit dem Duft der herzhaften Speisen, die hier auch serviert werden, liegt in der Luft. Im Gegensatz zu den Geschäften ist hier die Hölle los. Der einzige freie Tisch ist ausgerechnet in der Mitte des Raumes statt irgendwo am Rand.

Ist das okay?, versuche ich, Rye mit meinem Blick zu fragen und er nickt kaum merklich, obwohl er sichtlich verkrampft. Wir setzen uns also und die Kellnerin fragt uns direkt, ob wir schon Getränke bestellen wollen.

»Für mich eine Cola, bitte«, antworte ich und als Rye nichts sagt, schiebe ich noch »und ein stilles Wasser für meine Begleitung« hinterher. Die junge Frau nickt lächelnd und schwingt ihre Schürze zurück in Richtung der Theke, hinter der sie die Getränke vorbereitet.

»Du bist bestimmt nicht scharf auf eine weitere Cola«, sage ich und erinnere mich dabei an seine erste Erfahrung von gestern. Er gibt sein Bestes, mir ein Lächeln zurückzuschicken, aber er hat die Hände zu Fäusten geballt und sie auf seine zitternden Beine gelegt. Sein Kiefer mahlt.

»Rye?«, frage ich. »Wir müssen nicht bleiben.« Um uns herum schwirrt es wie in einem Bienenstock. Der Innenraum des Cafés ist so groß wie unser Wohnzimmer, nur dass hier nicht vier Leute ein- und ausgehen, sondern die dicht an dicht gedrängten Tische mit Gästen beladen sind. Das Stimmengewirr hallt in meinen Ohren: plappernde Kinder, ein schreiendes Baby, das Klappern der Gläser und Tassen vorne an der Theke, das Rattern der Kaffeemaschine, Klimpern von Tellern und Besteck, lautes Gequassel von zwei schrillen Damen am Nebentisch ... Und jedes Mal, wenn jemand zur Tür ein und ausgeht, klingelt ein Glöckchen und das Rauschen der Autos auf der Hauptstraße dringt herein. Rye hebt den Kopf noch ein Stück höher, damit er mir in die Augen sehen kann. »Nein, du musst essen. Du hast Hunger.«

»Ich kann mir auch ein Sandwich im Supermarkt holen. Hier ist zu viel los.«

Etwas wie Zorn stiehlt sich in seine Augen. »Ich werde schon niemanden fressen.«

Sein Zorn richtet sich nicht gegen mich, sondern gegen sich selbst, das weiß ich. Trotzdem gibt er mir einen Stich in die Magengegend. Die Kellnerin serviert unsere Getränke und ich nuschele ein »Danke«. Die eiskalte Cola kühlt meinen Rachen und die Kohlensäure strömt blubbernde Erfrischung durch meinen Körper. Rye nippt an seinem Wasser und starrt wieder auf seine Hände, die weiterhin zu Fäusten geballt auf seinen Beinen liegen. Was habe ich mir dabei gedacht? Das ist viel zu viel Trubel für jemanden, der noch nie unter Menschen war. Nur Phoebe mit ihrer grenzenlosen Energie würde sich hier wohlfühlen.

Eine andere Kellnerin, die aussieht, als wäre sie nicht viel älter als Maeve, schiebt sich zwischen den Tischen durch und streift mit ihrer Hüfte Ryes Schulter.

»Oh, sorry!«, entschuldigt sie sich und balanciert mit einem Tablett mit zwei Kaffeetassen und zwei Tellern mit Sandwiches an uns vorbei. Ryes Knie beben so sehr, dass er mit einem davon von unten gegen die Tischplatte stößt. Wasser schwappt aus seinem noch vollen Glas, aus meiner Cola ist schon genug getrunken, sodass ich verschont bleibe.

»Ich ... Ich kann nicht«, stammelt Rye und steht so ruckartig auf, dass er erneut gegen den Tisch rumpelt und sich ein weiterer Schwall Wasser ergießt. Die Hände an den Kopf gepresst drängelt er sich aus dem Café und rennt die Straße entlang.

Einen Moment bin ich zu geschockt, um zu reagieren. Dann nehme ich schnell einen großen Schluck aus meiner Cola, friemle einen Geldschein aus meinem Geldbeutel, den ich auf dem Tisch liegen lasse und haste hinter Rye her. Da er vorher nach links gelaufen ist, renne ich in diese Richtung und stelle erleichtert fest, dass er nicht weit gekommen ist. In einiger Entfernung kann ich seine Lockenmähne ausmachen. Er sitzt in einem kleinen Park, in dem gerade niemand unterwegs ist. Als ich näherkomme, erkenne ich, dass er eher kauert. Wie ein Häuflein Elend hat er die Arme um die angewinkelten Beine geschlungen und drückt sie sich gegen den zitternden und schwitzenden Körper. Er schaut mich mit Schatten unter den Augen und einer Mischung aus Wut, Enttäuschung und Selbsthass im Blick an.

»Es tut mir so leid, Kenzy. Ich hatte Angst, dass ich es nicht kontrollieren kann. Da waren so viele ...«

Ich lege ihm beruhigend die Hand auf die Schulter und drücke ihm einen sanften Kuss auf die Stirn. »Mir tut es auch leid. Ich hätte wissen müssen, dass das zu viel auf einmal ist.«

Er lässt seine Beine los und setzt sich ein wenig aufrechter hin. Ich nehme ihn in den Arm und wir schweigen eine Weile, während er sich beruhigt.

»Aber«, sagt er irgendwann, »was isst du denn jetzt?«

Mein Lachen taut das Eis in seinen Augen.

Kapitel 20

Es ist mitten am Nachmittag, als wir zurück zum Hotel kommen. Die restliche Zeit haben wir damit verbracht, durch das beschauliche Städtchen zu schlendern, ich habe Rye die Kirche gezeigt, wir waren noch eine Weile im Park. Und ich habe mir im Café ein Sandwich zum Mitnehmen geholt, vorher wollte Rye keine Ruhe geben. Jetzt stehen wir zusammen vor meinem Auto, ausgecheckt habe ich bereits nach dem Frühstück, und Rye schaut mich aus seinen dunklen Strahleaugen an.

»Ist es okay, wenn ich selbst zurückgehe?«, fragt er verlegen. »Also, ich werde wohl eher galoppieren.« Er zwinkert mir zu und bringt mich zum Lachen.

»Ja, klar. Aber warum? Wird dir beim Autofahren schlecht? Oder bist du meine Gesellschaft schon leid?«, necke ich ihn.

Jetzt lacht er. »Das wird nie passieren. Also zumindest letzteres. Autofahren wird nie mein Hobby. Ich muss nur mal wieder richtig den Wind spüren, richtig frei sein. Wenn du verstehst, was ich meine. Wir sind so viel Gesellschaft nicht gewohnt.«

Mein Lachen verwandelt sich in ein Schmunzeln. »Natürlich. Dann sehen wir uns in den nächsten Tagen, wenn du zurück bist?«

»Ich beeile mich.«

»Pass auf dich auf.« Das Necken ist vorbei, diesen Satz meine ich verdammt ernst. In meinem Kopf schlagen die Sorgen Purzelbäume, wenn ich daran denke, dass ihn das Institut oder die bösen Kelpies erwischen könnten. Er will sich schon umdrehen und gehen, da kommt mir ein Gedanke und ich halte ihn auf. »Warte!« Aus meinem Rucksack krame ich meine Kamera und schließe zu ihm auf.

»Darf ich es filmen? Wie du dich verwandelst?«

Zuerst zögert er. »Okay. Wenn das die Leute interessiert.«

»Glaub mir, das interessiert sie.«

Kurz darauf sind wir unten am Fluss, wo uns der Hang und das Dickicht vor neugierigen Blicken schützen. Bevor ich die Kamera einschalte, nimmt Rye noch einmal meine Hand und drückt sie kurz. »Danke, Kenzy. Ich hatte noch nie so eine schöne Zeit wie mit dir.«

Mein Herz stolpert und die Zeit scheint stillzustehen. Wie sehr ich mir wünsche, diesen Moment einfach einfrieren zu können und immer wieder aufzutauen, wenn ich mich nach ihm sehne. Wer weiß, wie lange wir das noch durchziehen können.

»Sie vergeht nur viel zu schnell«, sage ich und stelle mich mit Kamera in Position, da ich fürchte, mir könnten gleich Tränen in die Augen schießen. Rye geht ein Stück weiter bis zum Flussbett.

Kaum habe ich die Aufnahme gestartet, wird er von schwarzem Rauch eingehüllt, bis sich der Nebel lichtet und ihn in seiner majestätischen Pferdegestalt freigibt. Er schüttelt seine Mähne und nickt mit seinem Pferdekopf in meine Richtung. Dann dreht er sich um und trabt durch das seichte Wasser seines Ursprungsflusses davon.

Beim Abendessen schweifen meine Gedanken ständig ab und ich erlebe die zwei Tage mit Rye in meinem Kopf immer wieder aufs Neue. Es fällt mir schwer, mich auf das Gespräch am Tisch zu konzentrieren, vor allem, weil ich ständig irgendetwas zu meinem Wochenendtrip gefragt werde. Um nicht aufzufliegen, berichte ich gerade so viel, dass alle zufrieden sind. Dabei entferne ich mich nur so weit von der Wahrheit, wie ich es muss. Ich erzähle von unserem Picknick und von unserem Shoppingtrip, spare dabei lediglich Ryes Panikattacke im Café aus und ersetze Rye allgemein durch Mildred. Die Nacht über habe ich natürlich nicht im Hotel geschlafen, sondern bei Mildred in der WG, die ich absichtlich nicht beschreibe. Abends haben wir Filme geschaut und Mikrowellen-Popcorn gefuttert, das reicht meiner Familie als Erklärung, wie wir uns die Zeit vertrieben haben. Erst als Maeve nach Fotos fragt, komme ich ins Schwitzen.

»Hab keine gemacht«, nuschele ich in meinen Pie, »wir haben uns ewig nicht gesehen, da hockt man nicht am Handy, sondern genießt die Zeit.«

Maeve verdreht die Augen und stöhnt auf. »Wieso bist du nur so ... *altmodisch*? Ich wollte wissen, wie Mildred mittlerweile aussieht!«, empört sie sich und jetzt verdreht Dad die Augen. »Das Wichtigste ist, dass ihr Spaß hattet.«

»Obwohl ich auch neugierig war, wie sich Mildred verändert hat«, sagt Mum.

Fast verdrehe ich selbst die Augen, um die Kette fortzuführen. »Maeve findet sie sicher auch auf Social Media, die kleine Stalkerin.«

Prompt zückt Maeve ihr Handy und hämmert mit ihren langen, rot lackierten Fingernägeln auf ihr Display, was stakkatoartige Klackgeräusche verursacht. Sekunden später reißt sie überrascht die Augen auf.

»Die sieht ja richtig gut aus, voll das Model!«

Ich reiße ihr das Handy aus der Hand, weil es mich selbst auf einmal brennend interessiert. Ich habe Mühe, mein Gesicht neutral zu halten bei der jungen Business-Lady, die mir von den Fotos entgegenstrahlt. Früher war sie wie ich. Natürlich, keine Lust auf Make-up, lieber den Wind in den Haaren als Haarspray. Jetzt ist sie ein Püppchen der Großstadt. Aber ein sehr elegantes Püppchen. Sie sieht großartig aus. Maeve entreißt mir mit einem bösen Blick ihr Handy und studiert Mildreds Profil eingehend. »Sie hat London als Ort angegeben und Schauspielerin als Beruf«, sagt sie stirnrunzelnd. Ich verschlucke mich fast an meinem Essen. Wie blöd war mein Vorschlag, sie auf Social Media zu suchen? So verrate ich mich noch.

»Ja, weil sie bald nach London zieht. Und Schauspiel studiert. Ist noch ganz frisch, hat sich gerade erst ergeben.«

»Auf ihren Fotos sieht es aber nicht so frisch aus, die ist schon ewig in London.«

Kann meine kleine Schwester nicht einfach ein Physik-Nerd sein, der sich für nichts anderes interessiert als irgendwelche Formeln?

»Das ist das Internet, Maeve. Social Media. Da kann jeder sein, was er will. Sie war eben schon oft in London und hat Fotos gesammelt. Und jetzt hör auf, meine Freundin zu stalken.«

Maeve zieht eine Grimasse und macht eine fragende Handbewegung. »Hä, das war doch dein Vorschlag.«

»Jetzt vertragt euch und du leg das Handy weg beim Essen«, sagt Dad und damit ist Ruhe. Zum Glück lenkt

Maeve das Thema danach auf Dinge aus ihrem wahnsinnig interessanten Schulleben und ich kann mich zurücklehnen und wieder an Rye denken.

Die nächsten Tage vergehen so langsam, dass ich mich oft genug wundere, ob unsere Uhren kaputt gegangen sind, während ich weg war. Meine Gedanken schweifen immer wieder zu unserer Zeit in Dalry und mein Alltag – die morgendlichen Ausritte mit Thunder, Spaziergänge mit Chocolate und meine Arbeit in den Lodges – kommt mir langweiliger vor denn je. Ständig frage ich mich, wie lange Rye wohl brauchen wird? Nimmt er den direkten Weg oder macht er ab und zu Halt und bleibt an einem Ort, der ihm besonders gefällt? Dass er mir nicht gesagt hat, wann er zurück sein wird, macht mich wahnsinnig. Mit jedem Tag, den ich ihn nicht am Fluss treffe, wächst meine Sorge, er könnte dem Institut in die Finger geraten sein oder die bösen Kelpies könnten ihm etwas angetan haben. Wenigstens habe ich die Gewissheit, dass ich ersteres in den Nachrichten verfolgen könnte und da diese schon seit Wochen von keinem gefangenen Kelpie mehr berichtet haben, gehe ich davon aus, dass es ihm gut geht – zumindest, was das RIK angeht.

All meine Freizeit verbringe ich damit, die Stunden an Videomaterial durchzusehen und so zusammenzuschneiden, dass ein emotionaler Clip entsteht, den ich mit passender Musik unterlege. Ständig ordne ich die Sequenzen neu an, verschiebe einzelne Clips so lange, bis ich keine Ahnung mehr habe, wo sie tatsächlich hinpassen. Alles an diesem Video muss perfekt sein. Während ich daran arbeite, schließe ich meine Zimmertür ab, damit niemand – allen voran Maeve – hereinplatzen kann.

Einmal rüttelt es an meiner Tür und Maeves Stimme dringt durch das Holz. »Spinnst du? Seit wann sperrst du dich ein?«

»Was willst du?«, maule ich zurück. Ich bin sowieso schon gestresst von der Video-Geschichte, die mich unheimlich nervös macht. Sie macht es nicht besser.

»Nichts, aber was soll das? Hast du Geheimnisse?«

Seufzend speichere ich meinen Fortschritt, schließe mein Schnittprogramm, vergewissere mich, dass auch sonst nichts Verdächtiges mehr auf meinem Desktop geöffnet ist, und stampfe zur Tür, die ich mit einem Ruck aufschließe. Bei all dem Selbstverwirklichungskram, den ich endlich anpacken will, sollte ich als Erstes eine eigene Bleibe finden. Es wird allerhöchste Zeit.

»Ich wollte einfach meine Ruhe haben. Ist das so schlimm?«, sage ich und stoße beinahe mit Maeve zusammen, die mit ihrer Nase direkt an der Tür klebte. Sie schlüpft an mir vorbei und drängt sich in den Raum, wo sie mit verschränkten Armen stehenbleibt und alles inspiziert wie ein Kommissar auf Spurensuche.

»Langweilig«, sagt sie irgendwann, wahrscheinlich deshalb, weil sie keinerlei Anzeichen geheimer Aktivitäten erkennen kann.

»Was hast du denn erwartet?«, frage ich. Sie zuckt mit den Achseln. »Keine Ahnung. Ich dachte, du schaust dir vielleicht unanständige Sachen an oder so.«

»Unanständige Sachen?« Ich seufze und verdrehe die Augen. »Raus mit dir.«

Ich packe sie an den Schultern und schiebe sie aus dem Zimmer. Murrend geht sie zurück in ihr eigenes und ich blähe die Backen mit Luft auf, die ich danach erleichtert ausstoße.

Am fünften Tag wartet er auf mich. An der Stelle, an der ich ihn vor ein paar Wochen beim Baden erwischt habe. Diesmal sitzt er angezogen – zurück in den Highlands beschränkt er sich wieder auf sein weißes Shirt – auf einem Felsen am Flussufer und wirft Steine ins Wasser. Mein Herz hüpft und stolpert, als ich ihn von Weitem erkenne und ich fange an zu rennen, Chocolate kann kaum mithalten. Nicht, weil er nicht mindestens genauso schnell rennen könnte wie ich, sondern eher, weil er der gemütlichste Hund der Welt ist außerhalb der Jagd. Kurz bevor ich mit offenen Armen bei ihm ankomme, bemerkt mich Rye, und steht abrupt auf, um mich aufzufangen. Er riecht nach der Weite der schottischen Landschaft – nach Gras, Wind und Erde – und in seinen Haaren hängt der Geruch des Flusswassers. Ich vergrabe mein Gesicht an seiner Brust und gebe mich seiner Umarmung vollkommen hin.

»Du bist zurück«, flüstere ich und er hebt mein Kinn mit seinem Zeigefinger so an, dass sich unsere Lippen treffen können. Alles ist perfekt in diesem Moment, die Zeit bleibt stehen. Es ist verrückt, wie wir uns vor wenigen Wochen noch nicht einmal getraut haben, uns in gebührendem Sicherheitsabstand anzunähern. Und jetzt stehe ich hier in seiner Umarmung und erwidere seinen Kuss, als ob es nie anders gewesen wäre. Als ob nichts zwischen uns stehen würde, das uns irgendwann auseinanderreißen wird.

Nachdem sich unsere Lippen wieder gelöst haben, ruht mein Kopf an seinem Hals und er legt seinen Kopf auf meinen. Dabei hält er mich weiterhin fest, seine Arme so stark und gleichzeitig darauf bedacht, mich nicht einzuengen, mir Luft zum Atmen zu lassen und sich selbst daran zu erinnern, dass er mir wehtun könnte, wenn er es zulassen würde.

Wir bemerken das ältere Touristenpaar beinahe nicht, das mit Rucksäcken bepackt, Regenjacken um die Hüften gebunden und dicken Wanderschuhen den Weg entlangläuft. Der Mann hat eine Spiegelreflexkamera um den Hals hängen.

»Junge Liebe«, nuschelt der Mann im Vorbeigehen und seine Frau sieht uns entzückt an, als wären wir zwei Teenies auf ihrem ersten Date.

»Was sie wohl sagen würden, wenn sie wüssten …«, flüstert Rye mir ins Ohr. Ich hebe meinen Kopf, damit ich ihn anschauen kann. »Dann würden sie rennen. Und vielleicht vorher noch ein Foto machen.«

»Komm, lass uns ein wenig in Deckung gehen«, sagt Rye und zieht mich an der Hand über den Fluss, den wir trocken überqueren können, indem wir über Felsen und kleinere Steine klettern. Chocolate lasse ich von der Leine, damit er auf die andere Seite schwimmen kann. Die Strömung ist an dieser Stelle nicht stark, sodass er sich am anderen Ufer zufrieden von seiner kleinen Baderunde das Fell ausschüttelt.

Vor mir eröffnet sich Wald, überall wachsen Farne und wilder Efeu. Rye zieht mich ein Stück weiter hinein, damit wir vom Weg aus nicht mehr zu sehen sind. Das Moos unter unseren Füßen ist feucht vom Regen der letzten Tage, vollgesogen wie ein Schwamm. Es schmatzt bei jedem Schritt.

»Das ist mein neuer Lieblingsplatz«, sagt er, als wir an einem riesigen hohlen Baumstamm ankommen. Man muss den Koloss, aus welchen Gründen auch immer, vor Jahren gefällt haben. Der Stamm ist beinahe vollständig bemoost, nur die Öffnung oben, in die ich meinen ganzen Arm hineinstecken könnte, ist freigelegt. Ameisen und Käfer bahnen sich ihre Wege am Stamm entlang.

»Hier sitze ich gerne und lausche der Natur. Außerdem kann mich Carron hier garantiert nicht finden, weit weg vom Fluss«, sagt Rye und zeigt auf einen Flecken Erde unter einem großen Baum, an dem irgendeine Pflanze hinaufragt, deren Blätterdach optimalen Schutz vor Regen bietet. Wir setzen uns darunter, Chocolate legt sich faul neben meine Füße. Einen Moment mache ich es wie Rye und lausche der Symphonie der Natur in ihren schönsten Tönen. Vogelgezwitscher dringt an meine Ohren, das Rascheln von Blättern im Wind und das entfernte Rauschen des Flusses. Ansonsten ist alles ganz ruhig. Aus dieser Position unter dem Blätterdach haben wir alles im Blick und sind trotzdem geschützt. Ich kann verstehen, warum es Rye hier so gut gefällt.

»Es ist wunderschön hier«, sage ich und drehe mich zu ihm. Im selben Moment fällt mir ein, dass ich etwas für ihn mitgebracht habe. »Ich habe dein Buch dabei!«, rufe ich voller Euphorie und krame in dem kleinen Rucksack, den ich seit Tagen mit mir herumschleppe.

»Danke!« Er strahlt übers ganze Gesicht, als er es mir abnimmt und beginnt, darin zu blättern. Kleine Illustrationen vom weißen Wal Moby Dick, von Ahab dem versessenen Kapitän auf seinem Schiff Pequod und von Ishmael, dem weisen Protagonisten und Erzähler. Aus meinem Rucksack hole ich noch eine Plastiktüte, die ich extra dazugelegt hatte. »Hier, damit es auch trocken bleibt.«

»Du denkst einfach an alles.« Er nimmt mir die Tüte ab, wickelt das Buch darin ein und läuft zu dem hohlen Baumstamm, wo er es sorgfältig in der Einkerbung verstaut und mit ein wenig Moos bedeckt, damit es niemand erkennen und klauen kann. Selbst wenn sich hier niemand her verirrt, sicher ist sicher.

»Wie findest du mein Bücherregal?«, fragt er mich, während er sich wieder neben mich setzt. Ich lächle ihn an. »Es ist perfekt.«

»Ich muss dir noch was zeigen«, sage ich und zücke mein Handy. »Das Video ist fertig.«

Er rückt ein Stück näher zu mir, damit er alles genau sehen kann auf dem kleinen Display, das bereits die ersten Bilder von uns zeigt. Wir sitzen nebeneinander im Auto und ich singe zu einem Lied mit, das er nicht kennt, weshalb er unsicher in seinem Sitz wippt. Er probiert das saure Fruchtgummi und verzieht das Gesicht, er beißt im Auto von meinem Croissant ab, wir gehen Hand in Hand durch Dalry und lächeln in die Kamera. Es geht immer so weiter, knappe drei Minuten lang und die Szenen wärmen mein Herz. Mit einem Blick auf Rye weiß ich, dass es ihm genauso geht. Tränen schimmern in seinen Augen.

»Das ... ich ...«, stammelt er, als das Video zu Ende ist. Eine der Tränen löst sich aus seinem Auge und rinnt seine Wange hinunter. Schnell wischt er sie weg. »Das ist wunderschön, Kenzy.«

»Siehst du jetzt endlich, dass du alles andere als ein Monster bist?«

Ein Lächeln stiehlt sich auf seine Lippen, aber es liegt die altbekannte bleierne Schwere darauf, gegen die seine Mundwinkel ankämpfen müssen, wenn sie weiter nach oben wollen.

»Ja«, sagt er, »das sehe ich dank dir. Und das werden hoffentlich auch viele andere Leute sehen. Nur ändert es nichts daran, dass ich zum Töten erschaffen wurde.«

»Es ändert eine ganze Menge.« Auch, wenn ich weiß, was ihn bedrückt. Er kann eben nicht aus seiner Haut. Er wird sein Leben nie so leben können wie ich.

»Hast du es deinen Eltern schon gezeigt?«

Ich verstaue mein Handy wieder in meinem Rucksack. »Nein, ich wollte es zuerst dir zeigen.« Er nickt, Verständnis im Blick. »Ehrlich gesagt habe ich Angst, dass sie nicht so reagieren, wie wir es uns vorstellen.«

Ryes Hand legt sich sanft auf meine. »Ich fürchte, sie werden so oder so keine Luftsprünge machen. So wie du von ihnen erzählst, sind sie in ihrer Meinung recht festgefahren, zumindest dein Dad. Genau deshalb glaube ich nicht, dass er sich einfach so umstimmen lassen wird. Auch nicht mit diesem Video.«

Die Erkenntnis, dass er recht hat, trifft mich wie ein Schlag in die Magengrube. »Also denkst du, ich soll es ihm gar nicht zeigen? Aber dann war alles umsonst!«

»Nein, nein.« Er schüttelt energisch den Kopf. »Es ist wichtig, dass du das Video deinen Eltern und deiner Schwester zeigst. Und irgendwann auch noch mehr Leuten. Du sollst nur nicht denken, dass alle gut auf das Video reagieren werden. Ich möchte nicht, dass du verletzt wirst.«

Es war von Anfang an klar, dass ich verletzt werden würde, wenn ich mich mit einem Kelpie einlasse, aber das sage ich ihm nicht. Außerdem wurde ich längst verletzt durch die Worte meines Vaters, auch wenn ich sie nach seiner emotionalen Beichte vom Tod seines Sohnes, meines Halbbruders, gut verstehen kann.

»Das Video ist verdammt wichtig, Kenzy. *Du* bist verdammt wichtig. Denn es braucht auf dieser Welt viel mehr Menschen wie dich, die den Anfang machen. Anderen die Augen öffnen.«

Plötzlich wird mir klar, woher meine Sorge eigentlich kommt. »Es ist okay, wenn ich verletzt werde. Mich wird schließlich keiner erschießen wegen meiner Meinung. Aber was ist, wenn sie sich gegen dich richten?«

»Weißt du, es hat schon immer Jahre gedauert, bis eine Gesellschaft sich ändern kann, und meistens braucht es dazu Opfer. Die Leute schlagen sich immer zuerst die Köpfe ein, bevor ein paar dieser Köpfe beginnen, zu verstehen. So habe ich das in meinen Beobachtungen bisher jedenfalls wahrgenommen. Ich habe schon sehr viel Zeit auf dieser Welt verbracht und dabei gelernt, dass ihr Menschen euch seit jeher dagegen sträubt dazuzulernen.«

Ich nehme mir einen Moment Zeit, um über seine Worte nachzudenken, und komme zu dem traurigen Ergebnis, dass er recht hat. Immerhin existieren Dinge wie Rassismus und Antisemitismus seit Jahrhunderten und noch immer werden dunkelhäutige Menschen auf offener Straße ermordet, noch immer greifen rechtsextremistische Gruppen Juden an und das sind nur zwei schreckliche Beispiele, die mir spontan einfallen. Da draußen lauert Hass hinter jeder Ecke. Jeder Krieg, der deswegen schon geführt wurde, jedes der Millionen Menschenleben scheint einen feuchten Dreck wert zu sein, wenn man sich überlegt, wie wenig sich verändert hat. Dennoch gibt es so viele, die gegen den Hass stehen, sich dagegen auflehnen und ich habe die Hoffnung, dass es viel mehr Liebende, Kämpfende sind als die, die hassen. Und dieser Funke Hoffnung keimt in mir auf, sollte ich das Video irgendwann in die Welt entlassen. Ich muss den ersten Schritt machen, genau wie Rye sagt. Denn wer sollte es sonst tun?

»Es braucht verdammt viel Mut, für eine Sache einzustehen, Kenzy.« Rye holt mich zurück ins Hier und Jetzt, da ich schon wieder meilenweit abschweife. »Und du bist mutig genug. Ich weiß das. Wir stehen das gemeinsam durch, okay? Am Ende wird es sich lohnen.«

»Okay«, ist alles, was ich herausbringe. »Okay«, sage ich noch mal, diesmal bestimmter und dann packt mich Entschlossenheit und ich stehe auf, um mich auf den Heimweg zu begeben.

Eine halbe Stunde später stelle ich meinen Laptop auf den Esstisch und meine Familie schaut mich erwartungsvoll an.

»Ich muss euch etwas zeigen«, verkünde ich mit zitternder Stimme. Und dann drücke ich auf Play.

Kapitel 21

»Sag mir, dass das nicht dieses *Biest* ist«, presst Dad aus zusammengebissenen Zähnen hervor, schon in den ersten zwanzig Sekunden des Videos.

»Das ist das *Kelpie*?«, kreischt Maeve und Mum schlägt sich nur die Hand vor den Mund, ihre Augen geweitet vor Schock. Ich weiß nicht, womit ich gerechnet hatte, aber ihre Reaktionen verletzen mich trotzdem.

»Schaut es euch bitte an«, nuschele ich und zwinge mich, den Kopf nicht zu senken, sondern meinen Blick resolut auf dem Bildschirm zu lassen.

»Du warst gar nicht in Dalry, oder?«, fragt Dad und so kalt, wie er die Worte formuliert, würde es mich nicht wundern, wenn seine Zunge gefroren wäre.

»Doch«, wehre ich mich, »ich habe alles genau so gemacht, wie ich es euch erzählt habe. Nur nicht mit Mildred, sondern mit Rye.«

Die Szenen spielen weiterhin vor all unseren Augen ab, die Musik dazu klingt in unseren Ohren, doch es konzentriert sich längst keiner mehr darauf.

»Und ich dachte, du hättest tatsächlich dazugelernt. Wie konnte ich mich so in meiner eigenen Tochter täuschen?«

»Seamus«, murmelt Mum und legt ihre Hand auf seinen Arm, aber er schüttelt sie ab. Er ist so wütend, dass er mir Angst macht. Meine Unterlippe zittert, ich weiß nicht, was ich ihm antworten soll. Auf dem Bildschirm flackert die Szene auf, in der wir Hand in Hand durch Dalry spazieren, und das gibt Dad den Rest. Er schlägt seine flache Hand auf die Tischplatte, so fest, dass Chocolate von dem Knall erschreckt und sich jaulend in der Ecke verkriecht.

»Mach es aus!«, brüllt er mir ins Gesicht. Es braucht all meine Kraft und Beherrschung, dass ich nicht zusammenzucke. Ganz ruhig drücke ich die Pause-Taste auf meinem Laptop und die Musik verstummt, das Bild von uns beiden in Dalry friert ein.

»Mach es aus. Mach das Bild weg«, knurrt Dad.

»Nein«, sage ich, womit ich mich selbst überrasche.

»Bitte, Kenzy«, sagt Mum. Erst jetzt sehe ich, dass sie weint und dass ihre Hände zittern. Maeve hat völlig ihre Stimme verloren. Sie steht mit ein wenig Abstand neben mir und weiß offensichtlich nicht, wie sie reagieren soll. Ihr Gesichtsausdruck sieht gequält aus und sie kann weder mich noch Dad direkt anschauen.

»Seht ihr denn nicht, dass Rye nicht böse ist? Er ist ganz normal, er –«

»Er ist nicht normal, verdammt! Wieso geht das nicht in deinen Kopf?« Dad setzt sich an den Esstisch und vergräbt das Gesicht in seiner Hand. Er reibt sich angestrengt die Stirn.

»Wenn du wirklich denkst, dass du mit diesem widerlichen Dämon irgendeine Beziehung haben könntest, dann bist du selbst nicht normal, Kenzy. Hat er dich etwa angefasst?« Er sagt es so leise, dass er mir mehr Angst macht, als wenn er brüllt.

»Dad, nein! So ist es nicht. Darum geht es überhaupt nicht. Ich wollte euch nur zeigen, dass Rye –«

»Hör auf, ihm einen Namen zu geben!« Jetzt schreit er wieder und diesmal zucke ich zusammen, weil ich nicht darauf vorbereitet war. Was ist so schlimm an einem Namen?

»Ich habe ihm den Namen nicht gegeben, er heißt so. Ihr müsst es nicht toll finden, aber könnt ihr wenigstens zugeben, dass er nicht wie ein böses Monster wirkt? Er würde mir niemals wehtun.«

Mum macht ein glucksendes Geräusch, als wolle sie ein Schluchzen unterdrücken. »Es mag so wirken, Kenzy. Aber er tötet Menschen.«

»Weil er es muss!«, schluchze ich. »Weil er sonst stirbt! Wie viele Menschen auf dieser Welt töten andere Menschen aus ganz anderen Gründen und vor Menschen soll ich mich auch nicht generell fernhalten, oder?«

Dad schnaubt und schüttelt den Kopf, den er immer noch in seiner Hand verborgen hat. »Menschen werden nicht geboren, um Böses zu tun!«

»Kelpies auch nicht! Nicht alle sind so!« Jetzt schreie ich selbst, vor Verzweiflung und Wut über ihre Ignoranz. Wieso sehen sie nicht, dass Rye gut ist?

»Es reicht.« Dad hat wieder diesen bedrohlich leisen Tonfall angeschlagen. Er steht auf und verschwindet ohne ein weiteres Wort im Keller. Keiner von uns spricht ein Wort, oder schaut sich in die Augen, während er weg ist. Alle drei starren wir betreten auf irgendeinen Punkt im Raum oder am Boden und unsere Brustkörbe heben und senken sich viel zu schnell, viel zu unregelmäßig. Wir wissen alle, was Dad im Keller aufbewahrt. Als er kurz darauf mit seinem Jagdgewehr im Schlepptau die Treppen wieder hochkommt und anfängt, sich die Jagdschuhe zuzubinden, werden meine schlimmsten Ängste bestätigt.

»Was hast du vor, Dad?« Meine Stimme ist kaum mehr als ein Flüstern. Dad antwortet nicht. Mum geht auf ihn zu und versucht wieder, auf ihn einzureden. »Seamus, bitte. Ruf einfach das Institut an, was tust du denn? Das ist viel zu gefährlich, du musst ihn nicht gleich töten!«

»Doch, genau das muss ich. Bevor er meine Tochter töten kann. Es bleibt keine Zeit, auf das Institut zu warten. Ich dachte, du hättest dazugelernt, Mackenzie, dachte, das war nur eine kurze dumme Phase«, wendet er sich jetzt direkt an mich. »Ich habe dir sogar meinen größten Schmerz offenbart, aber es interessiert dich nicht. Kaum drehe ich mich um, schmeißt du dich ihm wieder an den Hals. Und daran wird sich nichts ändern, das beweist dieses Video. Du hast es nicht anders gewollt.«

Damit dreht er sich weg, ruft nach Chocolate, der sich ihm folgsam anschließt, und stampft zur Tür hinaus.

»Dad, bitte! Dad, komm zurück! Bitte!« All mein Flehen hilft nichts, das weiß ich und trotzdem kann ich nicht aufhören zu schreien. Es ist mir scheißegal, was die Feriengäste denken. Sein Wagen prescht über den Kies und fährt mit quietschenden Reifen davon. Und mit ihm jegliche Hoffnung, dass sich mit diesem verdammten Video alles zum Besseren wenden könnte.

Mums Versuche, mit mir zu reden, habe ich erfolgreich zerschmettert, indem ich hinter meiner verschlossenen Zimmertür laute Musik aufgedreht habe. Nur Maeve ist so penetrant, dass ich sie irgendwann reinlasse. Sie setzt sich zu mir auf mein Bett. Ihre Augen sind zwar nicht so rot verquollen wie meine, doch auch sie hat geweint. Es bricht mir das Herz, dass meine Familie meinetwegen so viel Kummer hat.

»Es tut mir leid«, sagt Maeve.

»Ich weiß. Mir tut es auch leid.«

»Dad wird ihn nicht erwischen.« Ich weiß, dass sie es nur gut meint, aber ihre Worte trösten mich kein bisschen.

»Selbst wenn er es nicht tut, wird es damit nicht vorbei sein.«

Sie legt ihren Kopf auf meine Schulter und ich stütze meinen gegen ihren. »Ich weiß nicht, was ich davon halten soll. Und ich habe mich nicht getraut, was zu sagen. Dad war so wütend ...«

»Das verstehe ich. Du musst dich da nicht einmischen, alles gut. Aber ich kenne Rye mittlerweile sehr gut und ich weiß einfach, dass er mehr ist als ein wildes Biest, das die meisten in seiner Spezies sehen. Er hasst es, andere zu töten. Glaubst du mir das?«

Maeve hebt ihren Kopf wieder an, damit sie mich direkt ansehen kann. »Ja. Das glaube ich dir, Big Mac.«

Mit ihrem Spitznamen bringt sie mich zum Schmunzeln.

»Hast du ihn geküsst?«, will sie wissen, in ihren Augen auf einmal ihre altbekannte Sensationsgier, die mir tatsächlich ein kleines Lachen entlockt.

»Mehrmals. Wehe, du sagst das Mum und Dad!«

Ihr Mund steht weit offen, während sie den Kopf schüttelt. »Wie war es?«, flüstert sie.

»Es ist wunderschön.« Frische Tränen steigen in mir auf beim Gedanken daran, dass ich Rye vielleicht nie mehr wiedersehen werde.

»Ich muss jetzt ein bisschen allein sein, okay?«

Maeve sieht kurz enttäuscht aus, ehe sie nickt. »Ja, okay.«

Kaum ist sie aus dem Zimmer verschwunden, sperre ich die Tür hinter mir zu und zücke mein Handy. Ich schicke Phoebe das Video, dann rufe ich sie an. Es ist ein Wunder, dass sie um diese Zeit überhaupt zu Hause ist und nicht irgendwo in einem Pub sitzt oder beim Sport ist.

»Moment, Süße«, geht sie ans Telefon. »Ich muss das Video zuerst anschauen, bevor wir reden können.«

Beim Warten wippe ich nervös mit den Knien.

»Also ich kann sehr gut verstehen, warum du dich in den Kerl verliebt hast. Ehrlich, wie heiß sind diese Kelpies? Vielleicht suche ich mir auch eins. Hat er coole Kumpels?«

Normalerweise würde ich jetzt lachen, heute entkommt mir nur ein leiser Schluchzer.

»Sorry, das war nicht so gemeint, Süße, hey! Nicht weinen. Das Video ist wunderschön, wirklich. Es ist einfach unmöglich, dass dieser Kerl dir etwas antun könnte. Er ist wirklich ein gutes Kelpie, unfassbar. Es gibt sie echt.«

Ich reiße mich zusammen, schlucke die neuen Tränen hinunter und erzähle Phoebe alles, was in den letzten Stunden passiert ist.

»Scheiße, Kenzy, du musst ihm hinterher!«, ist das Erste, was sie danach zu sagen hat.

»Wie denn, Dad hat ein Gewehr, woher soll ich wissen, wo er sucht? Es ist schon dunkel draußen. Außerdem würde mich Mum niemals gehen lassen.«

»Du sollst auch nicht die Haustür benutzen.«

Natürlich! Warum ist mir das nicht eingefallen? Früher hat sich Phoebe oft nachts in mein Zimmer geschlichen, indem sie draußen die Pflanzenleiter an der Hausrückwand hochgeklettert ist. Ab und zu habe auch ich mich zu ihr geschlichen. Man muss vorsichtig sein, die Leiter ist schon ein wenig morsch, aber selbst wenn man fällt, wachsen unten Büsche und Gestrüpp, die einen auffangen.

»Ich muss los«, sage ich und krame aus meinem Schrank meine alten Turnschuhe und meine Regenjacke.

»Sei vorsichtig, Kenzy!«, warnt mich Phoebe. »Ich hoffe, du findest Rye zuerst. Er hat es nicht verdient zu sterben.«

Der Kloß in meinem Hals schwillt auf Pfirsichgröße an, aber die Verzweiflung hat an dieser Stelle ein Ende und wird durch wilde Entschlossenheit ersetzt. Ich schmeiße eine Taschenlampe in meinen Rucksack und schultere ihn, dann öffne ich mein Fenster und klettere vorsichtig hinaus auf die Leiter. Kurz schwanke ich, fange mich wieder und ziehe mit einer Hand mein Fenster von außen so weit zu, dass nur ein Spalt offenbleibt. Wenn Rye noch da ist, wo ich ihn zurückgelassen habe, habe ich gute Karten, ihn vor Dad zu finden. Und das werde ich auch.

Kapitel 22

Die ewigen Schatten dieser Nacht greifen nach mir, während ich nicht den üblichen Kiesweg entlanglaufe, sondern mich im Schutz der Bäume bewege. Meine zitternde Hand umklammert die Taschenlampe, die ich mitgenommen habe, aber ich traue mich nicht, sie einzuschalten. Wenn Dad in der Nähe ist, wird er mich sehen und dann ist alles vorbei. Ich weiß, dass er nicht noch ein Kind verlieren kann, ich verstehe das. Und es tut mir immer noch unendlich weh, dass er mit diesem Schmerz leben musste. Doch sein Schmerz hat ihn blind gemacht, kalt und blind und besessen. Bis heute hat er weder eine Erklärung noch einen Schuldigen für den Tod seines Sohnes, aber bei mir hat er Rye, der potenziell gefährlich sein könnte und auf den er all seine Wut entladen kann. Es ist, als hätte Dad endlich den lang ersehnten Sündenbock für alles Schlechte in seiner Welt gefunden und er sieht nicht, dass dabei auch *ich* zum Opfer seines Wahns werde. Bei all meinem Verständnis für seine Situation und egal, wie sehr ich ihn immer lieben werde ... Wenn er Rye erschießt, werde ich ihm das nicht verzeihen.

Aber so weit darf es nicht kommen.

Ich schrecke auf, als hinter mir ein Ast knackt, und ducke mich schnell hinter den nächsten Busch. Vielleicht war es ein Tier, oder ... Ich halte inne, denn plötzlich höre ich Schritte, klar und deutlich. Sie kommen vom Kiesweg.

Um diese Zeit können sie nur Dad gehören, es ist völlig ausgeschlossen, dass sich jemand anders hier herumtreibt. Ich riskiere einen Blick über den Rand des Busches und erstarre. Es ist nicht Dad. Höchstens einen Meter vor mir steht Bill, sein Gewehr im Anschlag.

All meine Geräusche kommen mir viel zu laut vor. Wie kann es sein, dass Bill mich nicht hört? Ich presse meine Hand auf meinen Mund, aber ich atme viel zu schnell, stoßweise und keuchend. Bills Kopf dreht sich in alle Richtungen, auch er nutzt nur den Mond als Lichtquelle, um nicht entdeckt zu werden. Sein letzter Blick schweift durch den Wald und ich ducke mich so schnell, dass mein Knie knackt. Hat er das Geräusch gehört? Ich halte die Luft an, während ich hinter dem Busch kauere, und wage es nicht, mich zu rühren. Erst, als ich höre, dass Bill seinen Gang fortsetzt, lasse ich gequält die angestaute Luft aus meinen Lungen und luge hinter meinem Versteck hervor. Bis zu der Stelle, an der Rye mit mir den Fluss überquert hat, können es keine hundert Meter mehr sein, denn ich sehe bereits den großen Felsen, über den wir ans andere Ufer geklettert sind.

Erschöpft lasse ich mich auf den Waldboden sinken und lehne mich an einen Baum an. Es ist stockfinster hier am Boden, umgeben von Gestrüpp und Bäumen, sodass Bill mich unmöglich erkennen kann. Ist mein Dad auch hier, oder haben sie sich aufgeteilt? Haben sie am Ende sogar noch mehr Männer mobilisiert? Oder direkt das Institut mit ins Boot geholt? Ich möchte gar nicht daran denken, ansonsten drehe ich durch. Wenn ich Rye finden will – und ich bin mir sicher, dass er an seinem Lieblingsplatz sitzt, dort, wo wir das Buch versteckt haben – muss ich den Fluss überqueren. Und ich darf dabei weder laut sein noch meine Taschenlampe einschalten. Wenn ich hineinfalle – Ich werde nicht fallen. Die Uhr auf meinem Handy zeigt 22:55 Uhr. Ich warte fast eine Viertelstunde, bis ich mir sicher bin, dass Bill weitergezogen ist. Dann nehme ich all meinen Mut zusammen und schleiche aus meinem Versteck.

Der Mond ist auf meiner Seite, er lässt den Fluss schimmern wie ein mit Diamanten besetztes schwarzes Seidentuch. Es fällt mir nicht schwer, die Steine auszumachen, über die ich klettern muss, aber sie sind rutschig und ich verliere mehrmals die Balance. In den Fluss hängende Äste retten mich und ich hangle mich an ihnen voran, bis ich den großen Felsen erreiche, über den ich auf den Waldboden des anderen Ufers steigen kann. Dort angekommen lasse ich mich vom nächstbesten Schatten verschlucken und warte. Meine Sinne sind in voller Alarmbereitschaft, aber ich sehe nur den Fluss vor mir und die Bäume am anderen Ufer, die sich im Wind bewegen. Ihre Schatten wandern über den Boden, von links nach rechts und wieder zurück.

Ich atme tief durch und setze meinen Weg fort. Auf dieser Seite des Flusses ist der Wald so dicht, dass das Mondlicht wenig Chance hat, durch die dicken Baumkronen zu dringen, und ich stolpere prompt über eine Wurzel. Ein stechender Schmerz schießt durch mein Handgelenk, mit dem ich versucht habe, mich abzufangen und das dabei auf einem Tannenzapfen gelandet und weggerutscht ist. Kaum hörbar entlasse ich einen Fluch in die kalte Nachtluft und schalte meine Taschenlampe auf der dunkelsten Stufe ein. Weil mir selbst das zu hell erscheint, dimme ich das Licht, indem ich den Stoff meines T-Shirts unter Pullover und Jacke hervorkrame und darüber stülpe. Der Lichtkegel ist jetzt gerade so hell, dass ich einigermaßen ausmachen kann, wohin meine Füße treten und ich bete innerlich, dass Dad und Bill nur am anderen Ufer nach Rye suchen und nicht hier.

Mein Puls überschlägt sich, als ich mich Ryes Platz nähere. Wenn er nicht hier ist, habe ich kaum eine Chance, ihn zu finden. Zumindest nicht vor den anderen. Doch ich bin kaum um die Ecke gebogen, da sehe ich einen Schemen unter dem Blätterdach an einem Baumstamm lehnen.

»Kenzy?«, fragt Rye verwundert und seine Stimme ist in der nächtlichen Stille so laut, dass ich Angst habe, man hört ihn den halben Fluss entlang.

»Schhh«, ich lege den Zeigefinger auf meine Lippen. »Wir müssen leise sein.« Sein Kopf dreht sich in alle Richtungen, plötzlich in Alarmbereitschaft.

»Wieso bist du nachts nicht in Pferdegestalt?«, flüstere ich. Seltsamerweise interessiert mich das in dieser Situation wirklich brennend.

Rye kichert leise. »Weil Pferde keine Bücher festhalten können.«

Erst jetzt fällt mir auf, dass er seine Ausgabe von *Moby Dick* in der Hand hält, einen Finger zwischen die Seiten gelegt, die er wahrscheinlich gerade gelesen hat.

»Was machst du so spät hier? Also, nicht dass ich mich nicht freue ...« In der Dunkelheit kann ich sein Grinsen nur erahnen.

»Wir müssen hier weg. Ich habe meiner Familie die Videos gezeigt und jetzt sucht mein Dad nach dir und Bill und wer weiß, wer noch alles.« Scheinbar kann man selbst meinem Flüstern anhören, wie aufgewühlt ich bin. Rye zieht mich sanft zu sich heran und hält mich fest. »Hey, beruhige dich. Wir haben doch besprochen, dass es nicht so einfach wird. Aber wir schaffen das. Sie finden mich hier nicht, alles gut.«

So sehr ich seine Umarmung genieße, stoße ich mich von ihm weg und schaue ihm eindringlich in die Augen, die so dunkel sind, dass sie eins werden mit dem schwarzen Schleier der Nacht. »Nein, es ist nicht alles gut, Rye, du musst raus aus diesem Wald, weg von diesem Fluss! Sie sind bewaffnet, sie wollen dich umbringen!«

Er senkt den Kopf und schweigt einen Moment.

»Es war richtig, was du getan hast, Kenzy. Irgendwann wird es etwas Positives bewirken«, sagt er dann.

»Ich hoffe es«, sage ich und packe ihn gleichzeitig am Arm. »Kommst du jetzt bitte mit mir, damit sie dich nicht finden?«

»Aber wo soll ich denn hin?«

Wir müssen endlich vorankommen. Auch wenn mir beim Gedanken daran, mit ihm den Fluss zu überqueren und den mittlerweile an die Dunkelheit gewöhnten Augen von Dad und Bill schutzlos ausgeliefert zu sein, übel wird. Wir müssen es versuchen.

»Ich habe eine Idee, vertrau mir.« Abrupt zieht mich Rye zurück. Ich spüre seinen heißen Atem auf mir und möchte mich am liebsten die restliche Nacht in seiner Umarmung verlieren.

»Komm hier entlang, ich kenne einen anderen Weg aus dem Wald heraus. Dann müssen wir nicht über den Fluss.«

Er muss mich nicht zweimal bitten und ich folge ihm durch die dichten Baumreihen, immer wachsam, immer auf der Hut, aber in diesem Teil des Waldes scheint nichts Böses zu lauern. Rye hält sein Buch in der Hand und in der anderen greift er ab und zu nach meiner, wenn es der Platz im Wald zulässt, dass wir ein kurzes Stück nebeneinander gehen können. Gefühlt laufen wir eine Stunde, bis wir das Ende des Waldes erreichen, doch die Uhr auf meinem Handy sagt, dass wir bloß zwanzig Minuten unterwegs waren. Eine Straße schlängelt sich vor unseren Augen dahin, verschwindet rechts in einer Kurve. Ich brauche einen Moment, um zu begreifen, dass wir uns am Ortseingang zum Nachbardorf befinden und atme zum ersten Mal seit Stunden richtig tief und befreit durch. Wir haben es fast geschafft, zumindest für heute Nacht. Was danach kommt, weiß ich nicht.

Eine Viertelstunde später steigen wir am Ortsrand in ein Taxi ein, das zum Glück in der Gegend war. Es ist nicht einfach, in den Highlands so spät noch auf die Schnelle ein Taxi zu ergattern, aber das Schicksal scheint auf unserer Seite zu sein. Ich bitte den Fahrer uns nach Tain zu einem Pub zu bringen, in dem ich vor Jahren einmal mit Phoebe war.

»Du willst mit mir in ein Pub?«, fragt Rye, seine Stimme gesenkt. In seinem Ausdruck lese ich Verwirrung, Panik und einen Hauch von Belustigung.

»Vertrau mir. Wir müssen da nicht lange bleiben. Aber fürs Erste müssen wir untertauchen. In Tain kenne ich keinen, also werde weder ich auffallen noch du. Ich habe eine Regenjacke an und einen Rucksack, wir werden als Touristenpärchen durchgehen.«

Er nickt nur und sieht zum Fenster hinaus. Die Fahrt über sprechen wir nicht, halten nur unsere Hände. Zwanzig Minuten später halten wir direkt vor dem Pub und ich zahle ein kleines Vermögen für die Fahrt.

Im Pub ist noch viel los, vermutlich tummeln sich hauptsächlich Touristen hier, doch um diese Zeit werden auch Einheimische darunter sein, die sich noch ein Bier oder einen Whisky gönnen und nett zusammensitzen. Ein Ed Sheeran-Verschnitt gibt in der hintersten Ecke auf einem Barhocker seine Songs zum Besten. Wir ergattern einen Tisch am Fenster, an dem gerade ein älteres Paar bezahlt hat. Hier vorne haben wir halbwegs unsere Ruhe, trotzdem ist es stickig, laut und eng.

»Ist es okay für dich, wenn wir eine Weile hierbleiben?«, frage ich, weil ich mich an das Café in Dalry erinnere und gleichzeitig sehe, wie Ryes Hände anfangen zu zittern.

»Ja, ich schaffe das. Das hier ist besser als im Café. Keine Sorge.« Er klingt überzeugt und bringt sogar ein ziemlich authentisches Lächeln zustande.

»Gut. Bitte sag mir, wenn es dir zu viel wird.«

Meine Lungen fühlen sich wund und ausgebrannt an nach all der Aufregung in den letzten Stunden, meine Augen sind wahrscheinlich immer noch geschwollen vom Weinen, aber in diesem Moment könnte ich nicht glücklicher und gleichzeitig nicht verzweifelter sein. Für heute habe ich Rye gerettet, doch was ist mit Morgen? Übermorgen? In zwei Wochen? Wenn er in unserer Gegend bleibt, werde ich ihn nicht beschützen können. Was bedeutet das für uns? Mir wird schon wieder übel bei dem Gedanken, dass die einzige Lösung uns trennen wird. Und das so viel früher, als ich gehofft hatte.

»Hey.« Rye reißt mich aus meinen Gedanken, als er nach meiner Hand greift, die ich auf den Tisch gestützt habe. »Du hast das Richtige getan, Kenzy. Wirklich. Irgendwann werden sie es begreifen.«

Ich möchte ihm so gerne glauben.

Kapitel 23

Um Mitternacht hört der Musiker auf zu spielen und die meisten Leute bezahlen ihre letzten Drinks und gehen. Wir bleiben sitzen und genießen die Ruhe, die einkehrt, auch wenn die Musik schön war. Vor mir steht ein leeres Glas Cola, Rye hat sein Wasser mittlerweile auch ausgetrunken.

»Ich brauche definitiv noch etwas Stärkeres«, sage ich. In mir tobt ein Sturm aus Emotionen, Fragen und unbefriedigenden Antworten, der mich nach Betäubung verlangen lässt. Kurz darauf stellt der Kellner ein Glas Whisky vor mir ab und ich begleiche direkt unsere Rechnung, damit wir uns danach auch auf den Weg machen können. Mittlerweile sind wir die letzten Gäste und der Kellner und der Barkeeper sehen so aus, als wären sie wirklich reif für den Feierabend.

»Hier, probier. Aber am besten nur nippen, wenn dir Cola schon zu viel ist.« Lachend strecke ich Rye das Glas hin. Er nimmt es mir mit einer ordentlichen Portion Skepsis ab und hält es sich unter die Nase. Schon vom Riechen bekommt er einen Hustenanfall, was beim zuschauenden Barkeeper wiederum in einem Lachanfall endet. Rye gibt mir peinlich berührt das Glas zurück. »Das kannst du allein trinken, danke.«

Kichernd setze ich mir das Glas an die Lippen und leere den Whisky in einem Zug, was Rye mit hochgezogenen Augenbrauen und der Barkeeper mit Applaus quittiert.

»Okay, lass uns verschwinden.« Ich stehe auf, ziehe meine Jacke an und wir verlassen zusammen das Pub. Die kalte Nachtluft schneidet in meine vom Whisky geröteten Wangen. Vereinzelt sind noch Menschen auf den engen Bordsteinen unterwegs, die meisten angetrunken, ansonsten sind Tains Straßen leer. Wir schlendern ein wenig dahin, ohne ein wirkliches Ziel zu haben.

Am Bahnhof Tains, an dem in dieser Nacht wohl kein Zug mehr halten wird, überqueren wir die Schienen über eine rostige Fußgängerbrücke, die unter unseren Füßen quietscht und ein wenig schwankt. Auf der anderen Seite erwartet uns ein Feld und dahinter das Meer, das sich bereits durch den Salzgehalt in der Luft und das Rauschen der Wellen ankündigt. Wir laufen schweigend auf das rauschende Nass zu und als wir es erreichen, halten wir inne.

»Ich muss zurück«, sage ich nach einem Moment der Ruhe. »Aber du kannst nicht mitkommen. Er wird nicht aufhören, dich zu suchen. Ich könnte dir Geld geben und dann kaufst du dir morgen früh ein Zugticket und fährst irgendwohin und –«

»Kenzy«, unterbricht mich Rye, dreht sich zu mir und nimmt meine Hände. »Ich werde mit dir zurückgehen. Das hier, die Stadt, die Zivilisation, Zugfahren und das alles, das ist nicht meine Welt. Das weißt du.«

Natürlich weiß ich das, trotzdem will ich nicht akzeptieren, dass Rye nicht so ist wie ich. Dass meine Welt nicht seine Welt sein kann, egal, wie sehr wir uns das wünschen.

»Okay, dann fährst du eben nicht Zug. Trotzdem musst du dich in Sicherheit bringen!«

Rye löst sich von meinen Händen und nimmt mich stattdessen in den Arm. »Ich bin nirgendwo in Sicherheit. Ich werde mich versteckt halten, das verspreche ich dir. Aber ich bin lieber in deiner Nähe in Gefahr als irgendwo anders.«

Ich weiß nicht, was ich darauf antworten soll, also lege ich stattdessen schweigend den Kopf an seine Brust. Es ist egoistisch von mir, nicht zu protestieren, selbst wenn ich insgeheim nicht bereit bin, mich von ihm zu verabschieden. Nicht so überstürzt. Nicht mitten in der Nacht, nach einer Flucht, ohne noch wenigstens einen entspannten, schönen Tag miteinander verbracht zu haben. Doch wenn ihn das sein Leben kostet, wird mir die Luft zum Atmen genommen werden. Egal, wie ich es drehe und wende, es wäre besser, ihn direkt gehen zu lassen. Stattdessen gehen wir zurück in den Ort, um ein Taxi zu rufen. Bis es kommt, hole ich Geld an einem Automaten, da ich von der Herfahrt und dem Pub pleite bin. Auch auf der Rückfahrt schweigen wir. Meine Augen werden so schwer vor Müdigkeit und Sorgen, dass ich für eine Weile einschlafe. Wir lassen uns bis zum Ortsrand des Nachbarortes bringen und warten, bis das Taxi weitergefahren ist. Dann schlüpfen wir durch die Baumreihen und lassen uns vom Wald verschlucken.

Es ist beeindruckend, wie sich Rye hier orientieren kann. Ohne ihn würde ich nie zurück zu seinem Versteck gelangen. Auch wenn ich mir nicht vorstellen kann, dass Dad und Bill noch unterwegs sind, verhalten wir uns wachsam und zucken bei jedem Knacken zusammen, aber es sind nur Tiere, die unseren Weg kreuzen. Als wir bei Ryes Versteck ankommen, zeigt mir das Display meines

Handys die Zeit an: Es ist bereits nach ein Uhr morgens und ich habe das Gefühl, noch nie so müde gewesen zu sein, auch wenn ich oft schon weitaus länger wach war.

Aus meinem Rucksack ziehe ich Ryes Buch und wir verstauen es wieder in dem hohlen Baumstamm.

»Bist du sicher, dass du hierbleiben willst?«, flüstere ich und Rye nickt.

»Ganz sicher. Mir wird nichts passieren, versprochen.«

»Du solltest nichts versprechen, das du vielleicht nicht halten kannst.« Meine Stimme ist nur ein Hauch, den der Wind sofort davonträgt, und ich wundere mich, dass mich Rye überhaupt versteht. Er drückt mir einen Kuss auf die Stirn und zieht mich mit sich.

»Ich bringe dich zum Fluss, nicht, dass du verloren gehst.«

Eigentlich möchte ich nicht, dass er mich begleitet. Am Fluss ist es für ihn am gefährlichsten. Ich möchte, dass er unter dem Blätterdach an seinem Lieblingsbaum sitzen bleibt, bis die Sache geklärt ist. Wenn sie das überhaupt jemals sein sollte. Andererseits würde ich mich tatsächlich verlaufen ohne ihn.

Es dauert nicht lange, bis wir den Fluss erreichen, der so friedlich im Mondlicht liegt, dass ich beinahe vergesse, warum ich heute Nacht hier bin. Hinter der letzten Reihe Büsche kauern wir eine Weile, um nach Dad, Bill oder dem Institut Ausschau zu halten.

»Es ist niemand mehr hier«, sagt Rye irgendwann. »Ich bringe dich rüber.«

Bevor ich widersprechen kann, hat er mich bereits hochgehoben und zum Fluss getragen. Er watet mit mir durch das leise rauschende Wasser, wobei seine Beine bis zu den Oberschenkeln darin versinken. Auf der anderen Seite setzt er mich wieder ab, mein Herz hämmert gegen meinen Brustkorb, aus Angst, es könne uns jemand erwischen. Noch ein letztes Mal umarme ich ihn, nachdem er mich abgesetzt hat, und halte ihn so fest, dass meine Muskeln verkrampfen. Ich präge mir alles ein, seinen Geruch, sein Aussehen im Mondlicht, wie sich seine Locken unter meinen Fingern anfühlen, sein Brustkorb unter meiner Wange ... Zu sehr fürchte ich mich davor, es könnte das letzte Mal sein und ich hätte für immer nur die Erinnerung an ihn.

»Geh weg da, Mackenzie.« Dads Stimme zerschneidet die Luft. Langsam drehe ich mich um und da steht er, sein Gewehr auf uns gerichtet, aber ich verdecke sein Ziel.

»Dad«, ist das Einzige, was mir über die Lippen kommt und es ist so leise, dass er es auf die Distanz wahrscheinlich nicht versteht.

»Hierher, Bill!«, brüllt er mit über die Schulter geneigtem Kopf und prompt sind Schritte zu hören. Meine Arme klammern sich um Rye, der hinter mir wie zur Salzsäule erstarrt ist. Ich verdecke ihn, so gut ich kann, aber er überragt mich in der Größe um eine Kopflänge. Auf die Entfernung und in dieser Dunkelheit würden allerdings weder Dad noch Bill es wagen, auf Rye zu schießen, solange ich vor ihm stehe, das weiß ich. Egal, wie gut sie jagen, das hier ist nicht ihr übliches Rebhuhn.

Bill steht mittlerweile neben Dad, nur ein Stück weiter vorne, als würde er ihm bedeuten wollen, dass lieber er den Schuss abfeuern sollte.

»Dad, bitte. Er hat nichts getan. Er kann nichts dafür, dass er nicht wie du und ich geboren wurde.« Meine Stimme ist ein Flehen, ein Wimmern.

»Geh von ihm weg, Mackenzie«, sagt Dad und seine Stimme ist kein Flehen. Seine Stimme ist ein Befehl.

»Ich würde Ihrer Tochter niemals wehtun, Mister Edwards«, sagt Rye. Ich umklammere ihn noch fester.

»Bitte, Dad, er hat recht, du musst ihm glauben.« Ich habe keine Kraft mehr in mir, ich bin müde und verzweifelt und traurig und wütend. Mein Dad richtet ein verdammtes Gewehr auf mich und meinen Freund und ich kann rein gar nichts dagegen tun. Tränen rinnen meine Wangen hinab, im selben beständigen Rhythmus, in dem auch das Wasser den Fluss hinabfließt.

»Bill, bring sie weg«, befiehlt Dad seinem Freund. Bill zögert. »Seamus, ich glaube, er würde ihr wirklich nichts tun. Vielleicht sollten wir –«

»Mach schon!«

»Dad! Nein!«, ich kreische, als Bill zu mir aufschließt und mich am Arm packt. »Nein, lass mich los, lass mich, nein!« Aber Bill ist stärker als ich.

Wie ein Krimineller, den man bei einem Banküberfall erwischt, hebt Rye die Hände über den Kopf. »Mister Edwards, ich verstehe Ihre Angst. Ich würde Mackenzie niemals wehtun. Wir sind nicht alle gleich. Kein Volk dieser Welt ist das. Nicht einmal das der Kelpies.«

Ich zappele, so fest ich kann, und versuche vergeblich, Bill ins Schienbein zu treten.

»Seamus, vielleicht sollten wir ihn einfach an das Institut übergeben. Er hätte uns längst angegriffen, wenn er lügen würde. Er hätte Kenzy längst angegriffen.«

Niemals hätte ich gedacht, dass ausgerechnet Bill sich auf meine Seite stellen würde.

»Ich bin nicht Christopher, Dad. Ich weiß, dass du Angst hast, aber du wirst mich nicht verlieren. Nicht so. Nicht wegen Rye.« Als ich Christophers Namen erwähne, fängt Dads Hand zu zittern an und mit ihr das Gewehr.

Ich meine, im Mondlicht auch auf seinen Wangen eine Träne glitzern zu sehen.

»Wenn ich jetzt mein Gewehr senke, wirst du in diesem Fluss verschwinden und dich nie wieder hier blicken lassen, ist das klar?«, sagt Dad zu Rye, der weiterhin seine Hände über dem Kopf hält. Seine Stimme ist immer noch ein Befehl, doch diesmal schwingt etwas anderes darin mit. Etwas wie Empathie? Haben die Videos tatsächlich etwas bewirkt?

»Ich verspreche es.« Ryes Antwort fühlt sich kälter an als die Nachtluft auf meiner Haut und beschwört neue Tränen herauf. Natürlich ist es das einzig Richtige, was er in dieser Situation sagen kann. Und ich weiß, dass es auch das einzig Richtige ist, das er *tun* kann. Ich werde ihn nie wiedersehen, aber wenigstens wird er leben.

Mit erhobenen Händen tippelt Rye in Richtung Fluss und erst als er mit beiden Beinen im Wasser steht, senkt Dad seine Waffe.

»Ich muss mich jetzt verwandeln, ansonsten kann ich nicht im Fluss verschwinden«, sagt Rye und wirft mir einen Blick zu, der mich von innen zerreißt. Müssen wir uns wirklich auf diese Weise verabschieden? Mit einem Mal bin ich unglaublich froh darüber, ihn eben so lange umarmt zu haben.

Dad nickt und Bill hält mich weiterhin fest, nur nicht mehr so kräftig wie vorher. Schwarzer Rauch wirbelt über dem Fluss auf, vermischt sich mit den Schatten der Nacht und gibt schließlich den schwarzen Hengst mit der lockigen Mähne frei, den ich vor so vielen Wochen am Fluss entdeckt habe. Ich möchte hinsehen, wie er in den Fluss steigt, aber ich kann nicht. Es schmerzt zu sehr, also starre ich auf das Wasser ein paar Meter vor mir. Und da entdecke ich sie. Drei Pferdeköpfe ragen aus der Strömung und nach und nach schält sich auch der Rest der Körper an die Oberfläche. Ich bin mir ganz sicher, dass es die bösen Kelpies sind, die Rye damals an der Badestelle bedroht haben. Schneller, als ich es begreifen kann, sind sie komplett aufgetaucht und rasen auf Dad zu, der ihnen am nächsten steht.

»Dad, pass auf, hinter dir!«, brülle ich – zu spät. Das Anführer-Kelpie hat ihn bereits erreicht und bevor Dad irgendwie reagieren kann, hat es ihm mit einem seiner gigantischen Hufe sein Gewehr aus der Hand geschlagen.

»Dad!« Mein Schrei gellt durch die Nacht und Bill lässt mich los, um sein Gewehr zu zücken, Rye steigt im Wasser auf und schnellt auf seine bösartigen Kameraden zu, keiner von ihnen kann die Katastrophe abwenden. Dad geht stöhnend zu Boden, sein Arm muss gebrochen sein und es entsteht ein vollkommenes Durcheinander. Die Chance ist viel zu groß, dass Bill Dad trifft, und trotzdem versucht er verzweifelt, auf das größte Kelpie zu zielen, das sich auf ihn stürzt. Während Rye im Fluss mit dem dritten Kelpie kämpft – Hufe preschen aus dem Wasser, verzerrte Pferdemäuler schnappen nach einander, Wasser spritzt auf, wiehernde Schreie sind zu hören und ich bilde mir ein, zu sehen, wie Ryes Angreifer seine Zähne in sein Fleisch schlägt – rennt das Zweite auf Bill und mich zu und diesmal kann Bill rechtzeitig reagieren. Sein Schuss trifft das Kelpie direkt in den Hals und es geht jaulend zu Boden, wo es liegenbleibt und sich nicht mehr bewegt.

»Wo ist Dad?«, frage ich hysterisch und folge Bills Blick, was ich im selben Moment bereue. Das Anführer-Kelpie, dessen Namen ich in diesem Schockmoment nicht mehr weiß, zerrt Dad gerade unter Wasser. Er rührt sich nicht, sein Arm hängt seltsam verdreht von seinem Körper weg und Blut rinnt ihm über das Gesicht, über den Bauch, gefühlt über den ganzen Leib.

»Dad, Dad!« Ich brülle, bis ich heiser bin, aber kein Brüllen dieser Welt kann Dad noch helfen. Bill hält mich zurück, als ich zu ihm rennen will. Das Kelpie hat ihn bereits unter Wasser gezogen. Von einer Sekunde auf die andere ist es mit Dad untergetaucht und der heftigste Schmerz, den ich jemals gefühlt habe, durchfährt mich mit der Gewissheit: Was die finsteren Wasser sich nehmen, das geben sie niemals wieder her.

Kapitel 24

Bills Schüsse verfehlen das dritte Kelpie, das sich von Rye gelöst hat, aber er jagt es damit in die Flucht. Mit einem Sprung verschwindet es im Wasser und ist nicht mehr zu sehen. Schwarzes Blut sickert aus sämtlichen Wunden an Ryes Pferdekörper, ich erkenne es in der Dunkelheit nur daran, dass es im Mondlicht nicht wie sein Fell schimmert, sondern das Licht reflektiert. Taumelnd steht Rye im Fluss und weiß nicht, was er tun soll. Bill hebt sein Gewehr und will die Gunst der Stunde nutzen, rasende Wut im Blick.

Ein Reflex reißt mich vor seine Waffe.

»Hast du nicht gesehen, was sie getan haben, du dummes Ding?«, schreit er mich an und eine Flut aus Tränen schießt meine Wangen hinunter. Ich weiß nicht, was ich gesehen habe, und es kann nicht real sein, es kann nicht, es ...

»Geh!«, brülle ich in Ryes Richtung und bewege mich keinen Millimeter von Bills Gewehr weg. Er ist so wütend, dass ich ihm zutrauen würde, mich mit zu erschießen, aber in diesem Moment wäre es mir egal. Ich drehe den Kopf zu Rye, weil er keine Anstalten macht, sich von mir und Bill wegzubewegen. Hindert ihn die Schwere seiner Verletzungen daran, oder will er mich nicht allein lassen? »Los, lauf schon! Geh!«

Meine Stimme bricht, weil der Kloß in meinem Hals mich nicht sprechen lässt. Trotzdem erfüllt sie krächzend die Nachtluft und schließlich setzt sich Rye in Bewegung. Er fällt mehr ins Wasser, als dass er sich freiwillig hineingleiten lässt, doch der finstere Fluss verschluckt ihn und Bill senkt sein Gewehr. Ich möchte aufatmen, da fällt mir wieder ein, dass ich zwar Rye gerettet habe – wenn er nicht seinen Verletzungen erliegt – dafür ist Dad tot. Und als mich dieser Gedanke so unvermittelt hart trifft, kann ich mich nicht mehr auf den Beinen halten und werde in Bills Armen ohnmächtig.

Ich wache in meinem Bett auf, Licht dringt durch meine Vorhänge herein, unten im Haus höre ich Stimmen, die ich nicht zuordnen kann. Es sind nur Wortfetzen, die mir nichts bringen, ich kann das Puzzle nicht zusammensetzen. Und plötzlich fällt mir wieder ein, was gestern Nacht passiert ist. Wie bin ich hierhergekommen? Wer hat Mum und Maeve informiert, wie haben sie reagiert? Können sie mir jemals wieder in die Augen schauen? Ich setze mich im Bett auf und überlege, was ich tun soll, aber mein Kreislauf beschließt für mich, dass ich erst mal gar nichts tun werde. Der Raum verschwimmt vor meinen Augen, alles dreht sich und ich lasse mich zurück in mein Kissen sinken, schließe die Augen und warte, bis der Schwindel abebbt. Stundenlang liege ich so da. Oder sind es nur Minuten? Ich weiß es nicht. Ich kann mich nicht bewegen. Alles in mir ist taub, gebrochen, zersplittert in tausend kleine Scherben, die sich nicht mehr zusammensetzen lassen. Ich fühle nichts und trotzdem tut mir alles weh.

Irgendwann kommt Mum in mein Zimmer, das Gesicht angeschwollen und rot vom Weinen. Sie setzt sich auf meine Bettkante und stellt eine Tasse Kamillentee und einen Teller mit Zwieback auf meinen Nachttisch. Ich weiß nicht, was ich sagen soll, also fange ich einfach an zu weinen. Sie so zu sehen, die Spuren der Trauer auf ihrem Gesicht ...

»Es tut mir leid, Mum, es tut mir so leid«, schluchze ich und klammere mich an ihrem Pullover fest, weil sie keine Anstalten macht, mich zu umarmen. »Es ist alles meine Schuld, es tut mir so leid.«

Jetzt schüttelt sie den Kopf, sieht mir aber weiterhin nicht in die Augen. »Du hast deinen Vater nicht umgebracht, Mackenzie.«

Natürlich habe ich ihn nicht umgebracht, doch wenn ich nicht so verdammt stur gewesen wäre, wenn ich mich einfach nicht mehr mit Rye getroffen hätte, wenn ich diese verfluchten Videos nicht gemacht hätte, dann wäre er noch hier und würde mit Chocolate rausgehen wie jeden Morgen, würde sich über Maeves zu kurze Röcke aufregen, zur Falknerei gehen ...

Mum streichelt mir den Rücken, während ich in ihren Pulli schluchze, dann steht sie abrupt auf, wischt sich selbst eine Träne aus dem Augenwinkel und wendet sich zum Gehen. »Trink deinen Tee und iss etwas, du brauchst deine Kraft. Es gibt jetzt viel zu organisieren.«

Bevor ich über Mums plötzlichen, beinahe herzlosen Aufbruch traurig sein kann, betritt Maeve das Zimmer. Sie ist noch im Schlafanzug mit zerzausten Haaren. Wahrscheinlich hat man sie nachts so aus dem Bett geholt und seitdem hat sie sich nicht umgezogen oder im Bad frisch gemacht.

»Wie bin ich hierhergekommen?« Seltsamerweise ist das die einzige Frage, die ich direkt stellen möchte. Vielleicht möchte mein Unterbewusstsein mich damit vom eigentlichen Thema ablenken.

»Bill hat dich hergebracht. Der Notarzt wollte dich mitnehmen, aber Bill meinte, er soll dir nur was zum Schlafen geben. Er wollte nicht, dass du im Krankenhaus aufwachst.«

Auch Maeve setzt sich auf meine Bettkante und ich schaffe es endlich, mich aufzurichten, ohne dass sich alles dreht. Ich lehne mich an der Wand an und nippe am lauwarmen Tee.

»Haben sie ... Hat man ihn ...« Ich kann nicht ausdrücken, wonach ich fragen möchte, die Worte kommen mir nicht über die Lippen. Maeve versteht meine Frage trotzdem und schüttelt den Kopf. »Sie haben die ganze Nacht gesucht, das Institut und andere Leute, Taucher und so. Er ist weg, Kenzy. Sie sind immer weg ... Kelpie-Opfer wurden noch nie gefunden.«

Sie scheint ihre Tränen bereits aufgebraucht zu haben, denn sie sagt es ganz nüchtern, weil sie bereits die Nacht über Zeit hatte, sich damit zu beschäftigen. Weil sie alles mitbekommen hat, all die fremden Leute, die hier waren und all die schrecklichen Nachrichten brachten. Ich will gar nicht wissen, was hier los war. Vielleicht wäre ich sogar lieber im Krankenhaus aufgewacht, dann hätte ich mich nicht direkt mit allem hier konfrontieren müssen. Aber früher oder später hätte ich zurückkommen müssen.

»Wie ist es passiert?«, reißt mich Maeve aus meinen Gedanken.

»Hat Bill nicht schon alles erzählt?«

Komischerweise knurrt mein Magen, obwohl ich keinerlei Appetit habe, trotzdem zwinge ich mir einen Bissen des Zwiebacks herunter.

»Ich wollte es von dir hören. Bill weiß auch nicht, warum du überhaupt mit ihm da warst.«

»Ich wollte ihn warnen.« Meine Kehle ist zu trocken, ich kann nicht weitersprechen. Schon wieder stechen Tränen in meinen Augen. Werden sie jemals versiegen? Oder werde ich jedes Mal, wenn ich in Zukunft an Dad denke, nur noch weinen können?

»Und dann? Bill hat gesagt, es waren mehrere Kelpies. Hat Rye sie gekannt? Hat er sie gerufen?«

»Spinnst du?« Ich verschlucke mich an einem Stück Zwieback, huste, nehme einen Schluck Tee und stelle Tasse und Teller zurück auf den Nachttisch. »Rye hätte Dad *niemals* etwas angetan!«

»Woher willst du das wissen? Woher willst du wissen, dass er das nicht alles geplant hat? Du warst doch dabei, du hast gesehen, was sie mit Dad gemacht haben!«

Ich reiße mir die Decke vom Körper, stehe auf und laufe ziellos durch den Raum. Dabei schwanke ich leicht, aber mir wird nicht mehr schwindelig. Letztendlich bleibe ich am Fenster stehen, das in der weitesten Entfernung zum Bett ist, auf dem meine Schwester sitzt, zusammengekrümmt und verheult. Draußen rauscht der Fluss vorbei, Regentropfen prasseln hinein.

»Rye hat sie nicht gerufen, sie haben ihn selbst bedroht. Er hat gegen sie gekämpft und wurde schwer verletzt.« Ich gebe mir Mühe, so gefasst wie möglich zu klingen, obwohl ich bei Maeves Anschuldigungen kaum ruhig bleiben kann.

»Das heißt gar nichts. Selbst wenn er sie nicht gerufen hat, ist und bleibt er doch einer von ihnen. Und sie, wer auch immer *sie* sind, haben Dad gefressen. Vielleicht kannst du ihm das verzeihen, erwarte nur nicht, dass wir das jemals können.«

Mir ist so kalt, dass ich anfange zu zittern. Erst jetzt stelle ich fest, dass ich noch die Klamotten von gestern

Nacht anhabe, und mir wird übel, beim Gedanken daran, welche Tragödie an ihnen haftet.

»Wieso sollte ich das auch erwarten?«, frage ich und drehe mich zu Maeve um, die bereits in der Tür steht. »Man kann niemandem verzeihen, den man von Anfang an verurteilt hat.«

Maeve macht einen Schritt zurück, damit sie mich noch einmal anschauen kann, bevor sie mein Zimmer verlässt. »Ich meinte nicht ihn, sondern dich. Immerhin hast du ihn angeschleppt und konntest ihn nicht loslassen. Egal, ob Rye Dad gefressen hat oder seine Artgenossen, wenn du keine Monster knutschen würdest, wären wir jetzt nicht da, wo wir sind.«

Ihre Worte schleudern mir die Wahrheit so schonungslos ins Gesicht, dass mir mein spärliches Frühstück wieder hochkommt, und ich folge ihr aus dem Zimmer, um mich im Bad zu übergeben. Es ist nicht meine Schuld, es ist auch nicht Ryes Schuld und trotzdem wäre Dad ohne uns noch hier. Wie soll ich mir das selbst jemals verzeihen?

Kapitel 25

Die Trauer und der Schock setzen sich in uns fest wie Parasiten und lassen uns nicht mehr los. Irgendwann weinen wir kaum noch, sondern schleppen uns wie Zombies durch den Tag. Ich weiß nicht, ob ich es mir einbilde, aber Mum spricht kaum mit mir und Maeve geht mir sowieso aus dem Weg. Es sind erst drei Tage vergangen, seit Dad uns für immer verlassen hat, doch es fühlt sich an wie ein Jahr. Einerseits vergehen die Stunden so langsam wie Monate, andererseits verfliegen die Tage, denn unser Haus ist ständig voll mit Freunden, die es nur gut meinen. Ich weiß, dass sie uns ablenken und uns helfen wollen und sie helfen auch, keine Frage. Phoebes Mum kümmert sich um die Feriengäste, während Bill und Molly quasi nicht von Mums Seite weichen und ihr bei all den organisatorischen Dingen helfen. Mums Freundinnen versorgen die Tiere und alle zusammen kochen mittags für uns, wobei immer so viel übrig bleibt, dass wir abends noch etwas davon haben, denn keiner hat Appetit. Es ist schön zu sehen, dass wir so gute Freunde haben, die für uns da sind, gleichzeitig will ich einfach nur allein gelassen werden. Mir die Decke über den Kopf ziehen und nie wieder aufstehen. Alles fällt mir so unendlich schwer und ich kann mir nicht vorstellen, dass es irgendwann anders sein wird. Wie auch? Dad wird nie mehr da sein.

Maeve verbringt die Tage hauptsächlich bei ihrer besten Freundin und ich bin froh, ihr nicht oft unter die Augen treten zu müssen. Gleichzeitig sehne ich mich mehr denn je nach meiner Familie. Nicht nur nach Dad. Sondern nach der Familie, die mir hier noch bleibt und es nicht schafft, in dieser Zeit zusammenzuhalten.

Habe ich wirklich die komplette Familie zerstört, nur weil ich mich verliebt habe? Nur weil ich etwas Gutes tun wollte? Auch Bill verhält sich mir gegenüber seltsam und ich spüre die Vorwürfe in seinen Blicken, auch wenn er es nie offen zugeben würde. Er nimmt mich in den Arm, wenn ich weine, aber er spricht nicht mit mir über die Nacht, er spricht so gut wie gar nicht mit mir. Auch er kann mir nicht verzeihen. Das Schlimmste daran ist, dass ich sie alle verstehen kann. Ich hasse mich selbst dafür und doch kann ich mir nicht die Schuld geben für diese eine Nacht.

Wenn meine Gedanken nicht bei Dad sind, sind sie bei Rye und ich mache mir schreckliche Sorgen um ihn, weil er so schwer verletzt war. Ob er überlebt hat? Ob er leidet? Jedes Mal, wenn die Sorgen um Rye in mir hochkommen, steigt Übelkeit und bitterer Selbsthass in mir auf, weil ich mich fühle, als würde ich Dad enttäuschen und betrügen.

Am vierten Tag halte ich es zu Hause nicht mehr aus und fliehe zur Burg, wobei ich mich wundere, wer hier in Zukunft die Falkenshows übernehmen wird und generell die Falknerei. Seit Dads Tod versorgt Bill die Tiere und ich ertappe mich dabei, wie ich ihn absolut nicht als Dads Nachfolger sehen will. Keiner kann Dad jemals ersetzen. Nicht nur die Tiere, auch das Publikum, alle hier auf der Burg haben ihn geliebt und das zurecht. Selbst am frühen Vormittag wimmelt es im Schlossgarten schon von Touristen, aber ich weiche ihnen so gut es geht aus und schleiche direkt zu den Käfigen. Aufgeregtes Flattern bricht aus, als ich einem Vogel nach dem anderen Hallo sage. Sie wirken aufgebracht, was kein Wunder ist, normalerweise kümmert sich Dad jeden Tag um sie. Wie ein nasser Sack lasse ich mich auf die Erde vor den Käfigen fallen, an einem Punkt, von dem aus ich alle Vögel sehen kann.

»Ich weiß«, sage ich und stochere mit einem Ast in der Erde herum. »Er kommt nicht wieder. Gewöhnt euch dran.« Empörte Laute dringen als Antwort aus den vielen Schnäbeln zu mir. Mein persönlicher Liebling, die Schleiereule Tessa, sitzt auf einem dicken Stock in ihrem Käfig und schlägt mit den Flügeln. Mein Blick fällt auf den Falken Lord, Dads Liebling. Noch vor ein paar Wochen habe ich Dad hier zugeschaut, wie er mit Lord das Publikum beeindruckt hat. Jetzt sitze ich hier im Dreck mit der Gewissheit, dass Dad und Lord nie wieder eine Show zusammen machen werden und ich kann nicht mal mehr weinen. Kein Meer an Tränen wird Dad wieder lebendig machen.

»Ich wusste, dass ich dich hier finde.«

Beinahe kippe ich um vor Schreck, als plötzlich Phoebe neben mir steht.

»Pheebs!«, rufe ich, stehe auf und werfe mich in ihre Arme. Und dann kommen die Tränen wieder, egal, wie sehr ich dagegen ankämpfe. Schluchzend liegen wir uns in den Armen und heulen uns gegenseitig die Schultern nass.

»Es tut mir so leid, dass ich jetzt erst hier bin«, schnieft sie, doch ich schüttle den Kopf.

»Du bist jetzt erst hier, weil ich das so wollte, also hör auf, dich schlecht zu fühlen. Deine Prüfungen waren wichtig.«

»Nicht so wichtig wie du!«

»Du hättest hier sowieso nichts tun können.« Phoebe wischt mir mit ihren Daumen die Tränen aus dem Gesicht. Wir setzen uns wieder auf den Boden und Phoebe zieht mich zu sich. Ich lege meinen Kopf auf ihrer Schulter ab und lehne mich seitlich an ihren Körper. Wir haben zwar mehrmals täglich telefoniert seit der verhängnisvollen Nacht, aber ihre Anwesenheit beruhigt mich viel mehr. Trotzdem habe ich darauf bestanden, dass sie ihre Prüfungen zuerst schreibt.

»Nächstes Jahr hätte Dad hier sein zwanzigjähriges Jubiläum gehabt.« Es fällt mir gerade jetzt erst wieder ein. Phoebe drückt meine Hand so fest, bis es wehtut, dann lässt sie wieder locker. »Ich weiß. Er wird hier nie vergessen werden.«

»Du hast es nicht anders gewollt«, flüstere ich. Phoebe schaut mich verwirrt an. Ich warte mit meiner Erklärung, bis ein Touristenpärchen an uns vorbei spaziert ist.

»Das waren Dads letzte Worte an mich. *Du hast es nicht anders gewollt.*«

Phoebe entlässt einen Seufzer gleichzeitig mit einem Schluchzen. »Scheiße, Kenzy, das hat er nicht so gemeint, das weißt du!«

»Doch er hat es *genau* so gemeint. Und er hatte recht. Warum konnte ich es nicht einfach sein lassen? Wenn ich nicht –«

»Nein!«, unterbricht mich Phoebe und hält mir ihren Zeigefinger an die Lippen. »Ich sage dir das gerne jeden einzelnen Tag deines restlichen Lebens, Mackenzie Edwards, aber du wirst dir *nicht* die Schuld geben. Du bist nicht schuld daran, dass dieses Monsterkelpie deinen Dad getötet hat. Wie hättest du das bitte voraussehen können? Du wolltest nur den Mann retten, in den du dich verliebt hast. Du wolltest deinem Dad nichts Böses.«

»Weißt du, was meine letzten Worte zu ihm waren?« Ich wechsle mit Absicht das Thema, weil sie sowieso nicht lockerlassen würde. Und weil ich ja selbst weiß, dass sie recht hat. Trotzdem sticht die Schuld in mir, reißt notdürftig verarztete Wunden wieder auf, sodass immer frisches Blut nachkommt. Phoebe sieht mich auffordernd an.

»Bitte, Dad, komm zurück.« Doch er wird nicht mehr zurückkommen.

»Er ist immer bei dir, Kenzy. Immer. Auch wenn ihn das nicht wieder lebendig macht ... Solange du an ihn denkst, ist er bei dir. Bei euch allen.«

»Egal wo er ist, er hasst mich.« Ich kann nicht anders, als erneut in Schluchzen auszubrechen und es kümmert mich nicht, ob mich jemand hört. »Ich konnte mich nicht von ihm verabschieden, Pheebs! Wir haben uns gestritten, konnten uns nicht ausstehen, und das soll alles gewesen sein? Ich konnte ihm nicht einmal mehr sagen, dass es mir leidtut und dass ...«

Jetzt wird Phoebe erneut von Schluchzern geschüttelt. Trauer scheint wirklich eine nie versiegende Quelle zu sein.

»Dass ich ihn liebe ...«

Phoebe zieht mich noch enger an sich und gibt mir einen Kuss auf die Stirn. Eine ihrer Tränen tropft auf meinen Kopf, eine andere auf meine Wange.

»Das musstest du ihm nicht sagen. Das weiß er ganz genau, das wusste er immer, jede Sekunde, die er gelebt hat. Und andersherum ebenso. Ganz egal, was mit Rye passiert ist. Er konnte es einfach nicht verstehen, Kenzy. Dafür kannst du nichts und das bedeutet nicht, dass er dich deshalb weniger geliebt hat.«

Ich kann nichts mehr antworten. Alles, was ich sage, fühlt sich nutzlos und falsch an, alles, was ich denke, macht keinen Sinn. Ein Teil von mir weiß, dass das dazugehört und mein Leben trotzdem weitergehen wird. Dass wir das durchstehen werden. Ein anderer Teil, der weitaus größer ist, möchte einfach nur im Erdboden versinken. Denn diese eine verdammte Nacht hat dafür gesorgt, dass nichts jemals wieder so sein wird, wie es einmal war.

Kapitel 26

Am fünften Tag nach dem Vorfall wird Dad beerdigt. Auch wenn sein Körper nicht gefunden werden konnte, die Trauerfeier und anschließende Beisetzung findet dennoch statt. Die Nacht davor wälze ich mich von einer Seite auf die andere. Mir ist übel und mein Kopf dröhnt, meine Gedanken beißen sich an dieser Tragödie fest, unseren letzten Worten, unserem letzten Streit. Als wäre es vor einer Stunde passiert, läuft alles wie ein Film vor meinem inneren Auge ab. Ich wünsche mir nichts mehr, als dass mein Gehirn sich an den letzten schönen Moment mit Dad erinnern würde, aber mir fällt keiner ein. Zumindest nicht in den letzten Tagen vor seinem Tod.

Morgens um halb sechs halte ich es nicht mehr aus und schäle mich verschwitzt aus dem Bett, in dem ich kein Auge zugetan habe. Ich ziehe mir noch nicht mein schwarzes Kleid für die Beerdigung an, sondern entscheide mich für meine Jogginghose und einen Hoodie, dann trotte ich in die Küche hinunter und mache mir eine Tasse Kamillentee, um wenigstens die Übelkeit ein wenig loszuwerden. Draußen wird es langsam hell und der Tag verspricht, ein schöner zu werden, zumindest, was das Wetter angeht. Sollte der Himmel heute nicht mit uns weinen, anstatt uns hämisch ins Gesicht zu grinsen? Als meine Übelkeit dank des Tees ein wenig nachlässt und ich bemerke, dass ich bereits seit über einer Stunde wie ein

Untoter im Wohnzimmer sitze, stelle ich einen Topf auf den Herd und bereite eine große Portion Schoko-Bananen-Porridge zu. Es ist das Lieblingsfrühstück von Mum und Maeve und ich möchte ihnen heute etwas Gutes tun. Zwar schaffe ich es nur, mir drei Löffel davon hinunter zu zwingen, aber mein Magen fühlt sich danach wohlig warm an, auch wenn er noch hungrig zurückbleibt. Heute möchte ich ihn nicht überstrapazieren, je näher sich die Zeiger der Uhr auf die Zehn zubewegen, desto mehr wird meine Übelkeit wieder zunehmen.

Ich brauche dringend frische Luft, also trete ich hinaus in den frischen Sauerstoff des lauen Sommermorgens. Chocolate erhebt sich jaulend aus seinem Körbchen an der Tür und folgt mir hinaus. Er muss Dad genauso vermissen wie wir, schließlich hat sich Dad am meisten um ihn gekümmert. Wer soll jetzt regelmäßig mit ihm jagen gehen? Wird Bill ihn mitnehmen?

»Guten Morgen, Großer.« Ich tätschle ihm den Kopf und streiche über sein glattes Fell. Dann beuge ich mich zu ihm hinunter und umarme ihn, lege meinen Kopf auf seinen und spüre seine Wärme. Als wüsste er ganz genau, dass wir alle leiden, leckt er mir über die Wange. Sogar mein kratzbürstiger Kater Rochester gesellt sich von seinem Stammplatz auf der Bank zu uns und legt mir beide Vorderpfoten auf die Knie. Er reibt sein Köpfchen an meinem Oberschenkel und miaut klagend.

»Er fehlt uns allen«, sage ich, gebe meinen Tieren eine letzte Streicheleinheit und laufe dann mit Chocolate an meiner Seite in Richtung Fluss. Auf dem Schotterweg, der dort entlangführt, erstarre ich. Rye sitzt auf einem der Felsen, auf denen er sich so gerne die Zeit vertreibt, und schaut mich aus großen, traurigen Augen an. Panisch drehe ich den Kopf in alle Richtungen, um mich zu vergewissern, dass wir allein sind. Es ist mittlerweile kurz vor sieben und Mum und Maeve stehen sicher bald auf. Außerdem kommen die meisten unserer Freunde, die sich hier um Gäste und Tiere und nicht zuletzt um uns kümmern, meistens gegen halb acht. Was wenn sie heute früher dran sind? Rye ist viel zu nah am Haus und wenn jemand mitkriegt, dass ich ausgerechnet heute mit ihm rede ... Nicht auszumalen, was dann hier los wäre. Ich mache einen Schritt auf ihn zu und als ich den Mund öffne, überfällt mich eine unbändige Wut auf ihn.

»Hast du sie noch alle, hier einfach so aufzukreuzen? Am Tag der Beerdigung?«, fauche ich ihn an. Rye macht den Mund auf, um zu antworten, aber schließt ihn direkt wieder und sieht mich an, als wäre ich nicht der Mensch, den er kennen und lieben gelernt hat. Der bin ich in diesem Moment auch nicht.

»Ich ... das wusste ich nicht«, stammelt er schließlich. In seinem Blick tun sich Abgründe auf, die mich förmlich in sich einsaugen. Wir schwimmen in einem Strudel aus Enttäuschung, Schock, Trauer und Wut, wobei die Wut eher auf meiner Seite liegt. Seinem Versuch, meine Hand zu nehmen, entziehe ich mich.

»Du kannst nicht hier sein, verflucht noch mal, du kannst nie wieder hier sein, verstehst du das nicht? Wir haben zu viel angerichtet.«

Erst jetzt fällt mir auf, dass sein Oberkörper von tiefen Narben übersät ist, an denen noch getrocknetes Blut klebt. Ich sehe sie im Licht der ersten Sonnenstrahlen durch sein weißes Shirt hindurch. Seine Haltung ist ganz anders als sonst, irgendwie in sich zusammengefallen und wenn er sich bewegt, verzieht er das Gesicht. Ich hätte froh sein sollen, dass er noch lebt, hätte bestürzt sein sollen über die schweren Verletzungen, die er für mich, Dad und Bill auf sich genommen hat. Aber die Gefühle dringen nicht zu mir durch. In diesem Augenblick will ich ihn nur schütteln und anbrüllen.

»Kenzy, ich wollte nur –«

»Geh einfach!« Meine Stimme wird so laut, dass ich selbst davor erschrecke. Noch einmal drehe ich mich in alle Richtungen und lausche, ob uns jemand gehört hat und nach uns ruft, doch es ist gespenstisch still bis auf das Rauschen des Flusses und das übliche Vogelgezwitscher.

»Es tut mir so leid, was passiert ist. Ich hatte keine Ahnung, dass sie noch in der Nähe sind, ich ... Kenzy, niemand hätte das verhindern können.«

Die Wut, die in mir brodelt, kocht über bei diesem Satz. »*Wir* hätten das verhindern können! Wir beide, wenn wir nicht so verdammt naiv gewesen wären. Dieses beschissene Video hat Dad sein Leben gekostet. Du darfst dich hier nie wieder blicken lassen. Ich meine das ernst, Rye. Geh und komm nicht wieder.«

Ich warte nicht auf seine Antwort, sondern drehe mich um und stapfe davon. Als mir noch etwas einfällt, das ich ihm nicht verheimlichen möchte, halte ich kurz inne und drehe mich ein letztes Mal zu ihm um. »Das Institut weiß Bescheid, dass drei Kelpies in der Gegend sind. Bill hat alles gemeldet, logischerweise ... Also hau besser schnell ab.«

Zurück auf dem Pfad, der zum Haus führt, wage ich einen Blick über meine Schulter, aber Rye ist nicht mehr da.

Als mein Opa vor ein paar Jahren starb, war das Gefühl, vor dem Sarg zu sitzen, für mich unerträglich, da ich mir einfach nicht vorstellen konnte, dass darin der Körper des Mannes liegen sollte, den ich so lange gekannt und geliebt hatte. Der sich nun nicht mehr rühren würde, nichts mehr sagen würde, sondern dazu verdammt war, in einer Holzkiste zu verrotten. Jedes Mal, wenn ich mir das Szenario bildlich vorstellte, hatte ich das dringende Bedürfnis, die Kirche fluchtartig zu verlassen, während mir Galle die Kehle herauf und die Tränen die Wangen herunter krochen.

Heute sitzen wir wieder vor einem Sarg, aber er ist leer. Und irgendwie ist das noch schlimmer. Da ist niemand, von dem wir uns verabschieden können. Das Wissen, dass Dad irgendwo im Fluss unter Wasser als Mitternachtssnack verspeist wurde, ist um Welten grausamer.

Ich lasse die Trauerfeier wie in Trance über mich ergehen und wage es nicht, mich zur Seite zu drehen, um Mum und Maeve und all unsere anderen Verwandten und Freunde weinen zu sehen. Dieser Anblick würde auch die letzten intakten Teile meines Herzens in Stücke reißen. Der Pfarrer redet ein halbes Jahrhundert, seine Worte dringen wie durch Watte an meine Ohren. Vorne am Altar steht ein riesiger Blumenkranz neben einem großen eingerahmten Foto von Dad. Ein paar Mal fällt mein Blick darauf, ich wende den Kopf jedes Mal sofort wieder ab. Die Scham in mir und die Schuldgefühle sind viel zu überwältigend. Phoebe sitzt neben mir und hält von Anfang an meine Hand. Als der Gottesdienst endlich vorbei ist und wir uns voneinander lösen, ist sie nass geschwitzt und steif, aber ich bin meiner besten Freundin dankbar für ihren Beistand.

Hinter dem leeren Sarg herzulaufen, kommt mir lächerlich vor. Wir vergraben wirklich eine Kiste voll Luft? Wie soll ich mich Dad an seinem Grab jemals nahe fühlen? Viel näher ist er mir am Fluss, doch der Fluss beschwört keine schönen Erinnerungen herauf. Es muss ein ganzer

Tag vergangen sein, als wir endlich den Gottesdienst, die Gebete am Grab und die Beileidsbekundungen überstanden haben ... Als mein Blick auf den Nachrichtenwagen vor dem Friedhofseingang fällt, zerre ich Mum und Maeve zum Hintereingang. Was bilden sich diese Geier von Journalisten eigentlich ein? Ich weiß, dass Dads Tod die letzten Tage über Schottlands Grenzen hinaus eines der Topthemen in den Nachrichten war, aber wir haben uns keinen einzigen Bericht darüber selbst angesehen oder durchgelesen. Die Sensationsgeilheit der Leute ist einfach nur zum Kotzen. Hat denn niemand auf dieser Welt noch Anstand?

Bis wir in Dads Lieblingspub, in dem wir einen riesigen Tisch für alle Angehörigen und Freunde reserviert haben, unser Essen bekommen, ist der Hunger in mir viel stärker als jegliche Trauer-Übelkeit und ich schlinge meinen Teller Nudeln mit Hühnchen viel zu schnell hinunter. Es war mir schon immer ein Rätsel, wie alle bei einem Leichenschmaus immer so gelöst, locker und sogar lustig sein können. Klar, man kann nicht für immer nur heulen, aber muss man keine Stunde, nachdem ein geliebter Mensch unter die Erde gelegt wurde, schon wieder Witze machen? Ich möchte hier nicht sitzen und so tun als wäre es okay, dass Dad nicht mehr hier ist, denn es ist nicht okay. Immerhin reden Mum und Maeve relativ normal mit mir, auch wenn ich noch nicht das Gefühl habe, als wären wir schon über dem Berg. Dads Tod wird noch lange wie ein unsichtbarer Zaun zwischen uns stehen.

Die letzten unserer Verwandten und Freunde verabschieden sich erst abends um halb zehn. Die ganze Zeit über wurde ich zu übelstem Small Talk gezwungen, wir haben alte Fotoalben durchgeschaut und uns lachend an die schönen Zeiten mit Dad erinnert. In meinem Kopf spielte allerdings weiterhin der Film dieser verhängnisvollen Nacht in Dauerschleife. Als ich endlich nicht meh gute Miene zum bösen Spiel machen muss, falle ich tod müde, ohne Zähne zu putzen, in meinem schwarzen Kleid ins Bett und schlafe zum ersten Mal seit Dads Tod eine ganze Nacht lang durch.

Kapitel 27

Stunden vergehen, Tage vergehen, Wochen vergehen. Der Herbst bringt die bunte Jahreszeit mit sich, doch ich fühle nur, wie die Temperaturen kälter werden. All die Farben um mich herum nehme ich nicht wahr. Dad ist nicht mehr hier, aber die Welt dreht sich weiter, als wäre nichts passiert. Und wir müssen weitermachen, irgendwie. Jeder tut das auf seine Art. Mum stürzt sich in Arbeit, die Pferde poliert sie quasi, bis sie jeden Schönheitswettbewerb gewinnen würden, ansonsten ist sie von früh bis spät in den Lodges beschäftigt. In der zweiten Woche nach der Beerdigung fährt sie bis nach Inverness, um neue Deko zu kaufen und als ich zwei Tage später in eine der Hütten komme, um sie für die neuen Gäste herzurichten, erkenne ich sie kaum wieder. Möbel sind umgestellt, die alte Deko wurde komplett ausgetauscht und es steht nicht nur frisches Brot bereit, sondern auch selbst gebackene Scones und selbst gekochte Orangenmarmelade.

Maeve dagegen geht zwei Wochen lang überhaupt nicht in die Schule und liegt bloß im Bett. Sie traut sich nur heraus, wenn sie Hunger hat und ich bin froh, dass sie wenigstens isst, trotzdem mache ich mir Sorgen um sie. Sie ist sonst so ein Wirbelwind, ständig am Reden und mit mehr Energie als Chocolate auf der Jagd. Seit Dads Tod spricht sie keine zwei Sätze am Tag und lässt auch ihre Freundinnen nicht an sich heran. Jedes Mal, wenn ich Mum darauf anspreche, dass sie vielleicht professionelle Hilfe braucht, blockt Mum ab und sagt irgendetwas wie »Das ist nur eine Phase, jeder trauert auf seine Art« oder »Das wird schon wieder, lass sie einfach in Ruhe, sie braucht nur mehr Zeit«.

Irgendwie könnten wir alle professionelle Hilfe gebrauchen. Mum übt sich in Verdrängung, Maeve übt sich im Selbstmitleid und ich befinde mich jeden Tag in einer anderen Trauerphase, nur die Phase der Akzeptanz lässt auf sich warten. Die morgendlichen Ausritte mit Thunder tun mir zwar gut, machen mir aber keinen richtigen Spaß mehr, nicht so wie früher zumindest. Wenn ich mit Chocolate am Fluss spazieren gehe, überkommt mich Gänsehaut und gleichzeitig wird mir heiß und ich fange an zu zittern. Auf Konfrontation ausgerichtet zwinge ich mich die erste Woche nach der Beerdigung noch, am Fluss entlang zu laufen, bis ich mich beim Gedanken daran, dass Dads Knochen irgendwo in diesem Fluss schwimmen ins Gebüsch übergebe. Danach meide ich die Wege am Wasser komplett.

Rye hat sich seit meinen deutlichen Worten vor der Beerdigung nicht mehr sehen lassen und ich war die letzten drei Wochen sogar froh darüber. Mittlerweile kriecht die Erinnerung an unsere schönen Zeiten, an seine Lippen auf meinen, an seine starken Arme und seine sanfte Art zurück in meine Gedanken. So sehr ich dagegen ankämpfe, ich kann sie nicht abschütteln und so tun, als wäre nichts gewesen. Doch unsere Beziehung, oder was auch immer es war, hat zu Dads Tod geführt. Ein Stich durchfährt mich, jedes Mal, wenn ich an Rye denke, und ein weiterer Stich zuckt durch meinen Körper, wenn ich danach an Dads Tod denke. Diese verdammten Schuldgefühle sind wie eine Lanze, die mich nicht mit einem Stoß aufspießt, sondern sich langsam, Zentimeter für Zentimeter, in mich bohrt. Ich kann sie nicht herausreißen, sonst verblute ich, aber wenn ich sie stecken lasse, werde ich sie für immer spüren. Der Schmerz wird ab jetzt mein ständiger Begleiter sein, so viel ist sicher.

In der vierten Woche ohne Dad schleppt mich Phoebe, die immer noch Semesterferien hat und sie mir zuliebe komplett zu Hause verbringt, für ein paar Tage nach Glasgow. Eigentlich ist das laute, hektische Treiben einer Stadt das Letzte, worauf ich Lust habe, trotzdem muss ich dringend aus meiner Trauerhöhle kriechen. Mum ist immer noch im Arbeitswahn, mittlerweile spricht sie wenigstens mit ihren Freunden über Dad und übt sich nicht länger in Verdrängung, und Maeve verbringt die meiste Zeit bei ihrer besten Freundin, was ich als gutes Zeichen werte, da sie wenigstens wieder unter Menschen geht. Es ist egal, mit wem sie über die Ereignisse redet, wichtig ist, dass sie es tut. Ich habe Phoebe, die sich um mich kümmert und ich bin froh und dankbar, dass es sie gibt. Gleichzeitig spüre ich auch einen Monat nach der verhängnisvollen Nacht Mums Blicke auf mir, die mich durchbohren wie die Lanze der Schuld, auch wenn sie es sicher nicht so meint. Vielleicht bilde ich es mir auch nur ein. Weder sie noch Maeve sprechen mit mir über Dad und wenn ich damit anfange, blocken sie ab. Manchmal habe ich das Gefühl, ich wäre für die beiden auch ein bisschen gestorben, als Dad von uns ging. Aber dieses Gespräch bin ich noch nicht bereit zu führen. Im Moment sind wir alle noch nicht stark genug für eine solche Konfrontation, daher tue ich tagsüber so, als wäre alles normal, und lasse den Tränen abends im Bett freien Lauf.

Glasgow empfängt uns mit Regen. Nicht mit dem feinen Nieselregen, den man zumindest in Schottland lernt zu ignorieren, nein. Daumengroße Tropfen donnern vom Himmel auf uns herunter und wir werden selbst mit zwei Regenschirmen so nass, dass wir uns in Phoebes WG umziehen und uns die Haare föhnen müssen. Phoebes Mitbewohner sind beide im Urlaub, weshalb wir die Wohnung für uns haben und mir fällt auf, dass alles seltsam aufgeräumt ist.

»Macht ihr etwa sauber, bevor ihr wegfahrt?«, frage ich und lasse mich auf das alte quietschende Sofa im kleinen Wohnzimmer fallen. Draußen geben die dunklen Regenwolken noch immer alles, um kein Fleckchen der Stadt trocken zu lassen.

»Mhm«, Phoebe nickt. »Schon komisch, oder? Ausgerechnet, wenn wir sowieso alle weg sind, ist es hier total ordentlich.«

Da das Wetter keine besonderen Aktivitäten draußen zulässt und ich keine Lust auf Menschenmengen habe, im Pub, im Kino oder vergleichbaren öffentlichen Einrichtungen, macht uns Phoebe einen riesigen Teller Pancakes, die wir vor einer grenzwertig dämlichen Hollywood-Komödie verspeisen. Es gelingt mir sogar, nicht ununterbrochen an Dad und Rye zu denken, und irgendwie tut mir Glasgow wirklich gut, auch wenn ich mich schon nach einem Tag ausgelaugt fühle.

Am nächsten Morgen schüttet es immer noch.

»Los, zieh dich an, wir gehen ins Museum«, weckt mich Phoebe um halb neun, einer Uhrzeit, zu der ich eigentlich längst aufgestanden bin und sie noch lange im Bett ist. Zumindest an den wenigen Tagen, an denen sie morgens weder zur Uni muss noch irgendeinen Sport macht.

»Wieso denn das?«, nuschele ich in mein Kissen und mache die Augen wieder zu, aber Phoebe zieht mir die

Bettdecke weg und ich rolle mich mürrisch zusammen. »Hey, was soll das denn? Gib sie zurück!«

»Nope. Du stehst jetzt auf, Frühstück ist fertig, es gibt Scones, und dann ziehst du dich an. Wir gehen heute in mein Lieblingsmuseum. Das wird dir gefallen!«

Sie grinst wie ein Honigkuchenpferd und ich torkle seufzend ins Bad.

Eine Stunde später stehen wir in unseren Regenjacken vor einem Gebäude, das aussieht wie ein dunkler Klotz und dessen Form mich vage an eine EKG-Kurve erinnert.

»Können wir nicht lieber ins Naturkundemuseum gehen?«, frage ich beim Anblick des architektonischen Schmuckstücks, in dem Transportmittel aller Art aus den letzten Jahrhunderten ausgestellt sind. Jeder kennt das Museum, zumindest jeder Schotte, trotzdem habe ich es noch nie besucht.

Phoebe seufzt. »Wir sind *immer* im Naturkundemuseum. Das kennst du schon auswendig!«

Also quetschen wir uns durch tausende Besucher, die meisten mit Kindern, ertragen das Geplapper, das Weinen der Kleinsten und den allgemeinen Geräuschpegel einer riesigen Museumshalle und sehen uns alte Dampfloks, die ersten Straßenbahnen, alte Busse, jede Menge Oldtimer und Modelle alter Schiffe an. Zu meinem eigenen Erstaunen gefällt mir die Ausstellung so gut, dass ich alles um mich herum für ein paar Stunden vergesse, jegliche Trauer, Wut, Schuldgefühle und Kummer. Mein Highlight wartet am anderen Ende der Halle auf mich: Die *Glenlee*, ein Dreimaster aus dem 19. Jahrhundert, der im Fluss Clyde am Kai liegt und in dem sich die Ausstellung fortsetzt.

Am Ende des Tages falle ich glücklich ins Bett, mit einem Lächeln auf den Lippen, zum ersten Mal nach Dads

Tod. Ich war wieder unter Menschen, nach unserem Museumsbesuch haben wir im Pub gegessen, in der WG hat Phoebe versucht, mir ihre Tanz-Choreografie beizubringen, und irgendwann lagen wir nur noch lachend am Boden und haben uns schließlich bis spät in die Nacht mit Mikrowellen-Popcorn und einer Tüte Chips drei Harry Potter-Filme angesehen.

»Danke für den schönen Tag«, sage ich noch zu Phoebe, die sich gerade zu mir ins Bett fallen lässt. Bevor ich ihre Antwort richtig wahrnehmen kann, bin ich schon eingeschlafen.

Kapitel 28

Vier Tage Glasgow liegen hinter uns, als wir am Morgen des fünften Tages wieder in das Auto von Phoebes Mum steigen, das sie uns für unseren Kurztrip geliehen hat, und uns auf den Heimweg machen. Die Zeit mit Phoebe hat mir unglaublich gutgetan. Zum ersten Mal in all den Wochen nach dem Unglück habe ich mich ein kleines bisschen unbeschwert und fröhlich gefühlt. Vielleicht lag es an der Tatsache, dass ich alles Vertraute – mein Zuhause, der Fluss, Dads Geruch, der noch im Haus hängt, Mum und Maeve, die Tiere – für eine Weile hinter mir lassen konnte. So weit weg von allem, was ich mit Dad oder Rye verbinde, war ich wie befreit von meiner Last und den Schuldgefühlen. Hier hat keiner gesehen, wie ich lache und Freude habe. Hier war ich frei von all dem Kummer, der unser Haus und alle Orte, an denen Dad sich bewegt hat, umgibt wie eine Blase. Jetzt sitze ich im Auto auf dem Beifahrersitz, höre Phoebes Lieblings-CD von irgendeiner Punkrock-Band rauf und runter und starre mit grimmigem Gesicht aus dem Fenster. Je näher wir unserem Ziel kommen, desto mehr drücken die altbekannten Sorgen auf meine Brust.

»Ich weiß, dass du noch an ihn denkst«, sagt Phoebe irgendwann, den Blick nicht von der Straße wendend.

»Natürlich denke ich noch an Dad, es ist erst einen Monat her. Ich werde immer an ihn denken.«

Phoebe schüttelt den Kopf und streicht sich mit einer Hand eine Haarsträhne aus dem Gesicht. »Ich spreche von Rye.«

Mein Kopf dreht sich wie von selbst zu Phoebe. Mein Blick fixiert sie nur kurz, denn ich bin nicht stark genug und starre stattdessen auf die plötzlich schwitzigen Hände in meinem Schoß.

»Ich kann ihn nicht vergessen«, sage ich und meine Kehle wird mit jedem Wort trockener. Es hilft nicht, zu schlucken, es ist, als wäre mein Speichel aus Sand.

»Ist doch klar. Ihr liebt euch.« Sie sagt das einfach so. Als hätte das nicht zu einer Katastrophe geführt.

»Nicht mehr«, flüstere ich. Plötzlich wird mir kalt und ich schalte die Sitzheizung an.

»Kenzy, ehrlich. Natürlich liebst du ihn noch. Und er dich sowieso. Bist du dir sicher, dass er nicht mehr in der Gegend ist?«

»Keine Ahnung, ich war ewig nicht mehr am Fluss. Selbst wenn, es geht einfach nicht, okay?«

Phoebe dreht die Musik aus. »Scheiße, du musst endlich damit aufhören, dich selbst zu geißeln. Du kannst weder etwas dafür, dass du dich in Rye verliebt hast, noch dass er sich in dich verliebt hat, noch dass diese anderen verfluchten Kelpies deinen Dad angegriffen haben! Du reißt das alles so völlig aus dem Kontext und machst das, was zwischen dir und Rye ist, pauschal für alles verantwortlich, für den Tod von deinem Dad, aber auch für das Leid von allen anderen. Weil das Problem damit gelöst ist.«

»Weil das Problem damit gelöst ist?«, wiederhole ich fassungslos ihre Worte. »Willst du mich verarschen? Es ist überhaupt nichts gelöst!«

»Doch, klar. Du nimmst die Schuld auf dich, stößt Rye von dir, obwohl er versucht hat, deinen Dad zu retten und somit kann jeder einfach sauer auf dich sein. Du schwörst für immer jeglicher Freude ab und denkst die einzige Lösung ist, dass du jetzt zur Strafe verbitterst. Der Haken ist nur ... so läuft das nicht im Leben.«

Ich will sie anschreien, aber stoppe mich, als mir mit einem Schlag bewusst wird, dass sie recht hat. Anstatt ihr zu laute und unfaire Worte an den Kopf zu werfen, bitte ich sie anzuhalten.

»Anhalten? Wozu? Ich kann hier nicht anhalten, das siehst du doch –«

»Bitte, Pheebs. Irgendwo.«

Sie wirft mir einen sorgenvollen Blick zu, nimmt die nächste Ausfahrt und hält schließlich an einem kleinen Parkplatz am Straßenrand, an dem sich heute Gott sei Dank keine Touristen tummeln, denn die zugehörige Aussichtsplattform gibt nur den Blick auf eine Nebelwand frei. Für mein Vorhaben ist sie dagegen optimal. Ich reiße die Autotür auf und gehe auf die Plattform zu.

»Es tut mir leid, Kenzy, ich ... Das war nicht böse gemeint, ich mache mir nur Sorgen«, stammelt Phoebe, die hinter mir herläuft. Ihrer Stimmlage nach zu urteilen, hat sie Angst, ich würde mich jeden Moment von der Plattform stürzen.

»Du musst dich nicht entschuldigen, ich muss nur eben – Entschuldige.« Damit klammere ich mich am Geländer fest, lehne meinen Oberkörper vor und brülle los. All mein Frust, mein Kummer der letzten Wochen, meine Verzweiflung, all der Schmerz, den ich mir aufgebürdet habe, um mich für meine Liebe zu Rye zu bestrafen, entlädt sich über meine Schreie in den Nebel vor uns. Die weiße Masse fängt mein Leid auf und vergräbt es in sich, nimmt es mir ab und lässt mich heiser und zitternd auf der Plattform stehen, die Hände mittlerweile so fest an das Geländer gekrallt, dass jegliche Farbe aus ihnen gewichen ist. Phoebe stützt mich von hinten und ich lasse mich in ihre Umarmung sacken. Wir werden beide von Schluchzern geschüttelt und liegen uns in den Armen, bis wir uns beruhigt haben. Keiner von uns muss dem anderen etwas erklären, wir müssen uns nicht trösten oder gut zureden. Die Stille zwischen uns trägt meine Schreie weiter und verwandelt sie in Verständnis, in Hoffnung und Zuversicht. Die Nebelwand flüstert mir zu, dass es in Ordnung ist zu trauern und gleichzeitig nach vorn zu schauen, einen Versuch zu starten, irgendwann wieder glücklich zu sein.

Irgendwann, als unsere Tränen getrocknet sind, fängt der Himmel an zu weinen und Phoebe und ich flüchten zurück ins Auto. Die Fahrt ist nicht mehr besonders weit wir sind schon mitten in meinen geliebten Highlands.

»Wirst du ihn suchen?«, fragt Phoebe plötzlich und ich brauche eine Minute, um darüber nachzudenken.

»Ehrlich? Ich weiß es nicht. Einerseits würde ich gerne andererseits ... Mum und Maeve können mich auch so schon nicht mehr leiden. Wie soll ich ihnen jemals erklären, dass ich mich wieder mit Rye treffe? Wenn er überhaupt noch da ist. Ich war ziemlich direkt ...«

»Du weißt, dass das Quatsch ist, oder?« Phoebe muss auf einer der zahlreichen Einbahnstraßen der Highlands in eine Parkbucht ausweichen und kann mich beim Reden anschauen, während sie die drei entgegenkommenden Autos durchlässt.

»Was genau?«

»Deine Mum und deine Schwester trauern genau wie du. Aber sie lieben dich und sind froh, dass dir nicht auch etwas passiert ist!«

Phoebe fährt weiter und ich starre wieder einmal auf meine Hände. »Ja, wahrscheinlich schon. Trotzdem, sie würden mir niemals verzeihen. Ganz abgesehen von Dad.«

»Kenzy ...« Schon wieder muss Phoebe ausweichen und flucht kurz, weil sie dafür ein Stück rückwärts fahren muss. »Dein Dad wollte deinen Freund umbringen, nachdem du dich ihm offenbart hast und ihm supersüße Videos gezeigt hast, die eindeutig bewiesen, wie glücklich ihr zusammen seid. Hast du ihm verziehen?«

Jetzt müssen wir anhalten, weil zwei Schafe vor uns über die Straße laufen. Ich nutze die Zeit, um über meine Antwort nachzudenken, bevor ich sie ausspreche. »Natürlich habe ich ihm verziehen. Er ist mein Dad und ich ... ich liebe ihn. Ich kann gar nicht anders als ihm zu verzeihen.«

»Er hätte anders reagieren können, Kenzy. Aber er hat nun mal das gefühlt, was er gefühlt hat und dem ist er gefolgt. Genauso ist es mit dir und Rye. Du kannst nichts für das, was du fühlst. Klar kannst du versuchen, Rye einfach abzuschreiben und nicht mehr an ihn zu denken, aber wir beide wissen, dass das nicht klappen wird und du nur dein Leben lang unglücklich sein wirst, wenn du nicht noch ein Mal mit ihm gesprochen hast.«

Wir passieren eine der zahlreichen Brücken, die uns in Richtung unserer Heimat über das Wasser trägt. Möwen kreisen über dem Meer, einzelne Frachtschiffe sind am Horizont so klein, dass man sie mit Fliegen auf der Scheibe des Autofensters verwechseln könnte. Wenn man Glück hat, sieht man hier ab und zu Delfine. Einen Moment bin ich abgelenkt vom endlosen Wasser, dann fahren wir wieder auf das Festland. Ich weiß, dass Phoebe recht hat, dennoch brauche ich Zeit, um mir sicher zu sein, was ich tun will. Und wie ich es tun will, ohne schon wieder für Chaos und Drama zu sorgen.

»Er ist dein Dad und er liebt dich und ist stolz auf dich«, sagt Phoebe, als ich schweige. »So oder so. Er würde es verstehen. Er hätte es auch noch verstanden, früher oder später, er hätte nur ein bisschen mehr Zeit gebraucht.«

Ihre Worte entlocken mir ein Lächeln. Mein Dad mag ein ziemlicher Dickkopf gewesen sein und eine ziemlich harte Nuss, die es regelmäßig zu knacken galt. Aber er hätte irgendwann eingesehen, dass Rye kein Monster ist, auch wenn er es sicher nie toll gefunden hätte, welche Gefühle wir füreinander hegen.

»Ich weiß. Danke, Pheebs.« Und damit ist alles gesagt. Phoebe ist klar, dass ihre Worte zu mir durchgedrungen sind und dass ich darüber nachdenken werde.

Zuhause sage ich als erstes Mum Hallo, die ich beim Misten in den Pferdeställen finde, und begrüße bei der Gelegenheit gleich Thunder. Meine Stute ist ganz aufgeregt, weil sie mich vier Tage überhaupt nicht gesehen hat. Auch Mum scheint sich zu freuen, dass ich zurück bin. Sie umarmt mich lange und fest und drückt mir einen Kuss auf die Wange.

»Es ist noch restlicher Pie in der Küche«, ruft sie mir zu, als ich in Richtung Haus verschwinde. Da mein Magen lauter knurrt als Chocolate, wärme ich mir direkt den versprochenen Pie auf und verziehe mich dann in mein Zimmer.

Ziellos klicke ich mich durch eine Reihe von Musikvideos einer Band, die mir Phoebe empfohlen hat und die für meinen Geschmack zu viel Geschrei und zu wenig Kreativität, was ihre Texte anbelangt, mitbringt, aber so vergeht der restliche Nachmittag wenigstens. Irgendwann höre ich Maeve die Treppe hinauf poltern, die prompt meine Zimmertür aufreißt. Statt mich zu begrüßen, hat sie allerdings andere Nachrichten.

»Sie haben eines der Kelpies gefunden, in der Nähe von Evelix! Das RIK, sie haben es gefangen, ich weiß nicht welches, vielleicht ist es das, das … Na ja, du weißt schon.«

Maeve plappert weiter wie ein Wasserfall, doch ich höre ihr nicht mehr zu. Ja, vielleicht ist es Carron, das böse Anführer-Kelpie, das Dad getötet hat. Vielleicht ist es auch Rye. Vielleicht habe ich ihn wirklich für immer verloren.

Kapitel 29

»Welches der Kelpies haben sie gefangen?«, unterbreche ich den Redeschwall meiner Schwester halb schreiend halb keuchend.

»Keine Ahnung, ich kannte sie nicht persönlich«, spottet Maeve, dann stiehlt sich ein Blick von Verständnis und Schock auf ihr Gesicht. »Du hast Angst, dass es dein Liebhaber war. Nach allem, was passiert ist ...« Ihr Atem geht plötzlich noch schneller als ohnehin schon und sie setzt sich auf mein Bett, ohne dabei ihren Blick von mir abzuwenden oder auch nur zu blinzeln. Offensichtlich erwartet sie, dass ich versuche mich herauszureden, klarzustellen, dass es so nicht gemeint war. Aber sie hat ins Schwarze getroffen. Ich *mache* mir Sorgen um meinen Liebhaber, wie sie Rye nennt.

»Maeve, er hat versucht, Dad zu retten. Rye trifft keine Schuld.«

»Achso? Das Monster, das dich verführt hat, ist irgendwie in die Richtung gerannt, in der Dad gestorben ist und deshalb trifft ihn keine Schuld. Du hast offensichtlich den Verstand verloren.«

Maeve will aus dem Zimmer stampfen, doch ich bin mit zwei Schritten bei ihr und schubse sie grob zurück aufs Bett.

»Hast du sie noch alle?«, kreischt sie und versucht wieder aufzustehen aber ich halte sie am Arm fest und setze mich neben sie.

»Denkst du wirklich, dass das für mich alles einfach ist? Dann hast *du* hier den Verstand verloren. Ich habe lange genug die Schuld auf mich genommen. Ich habe Dad nicht umgebracht und wenn du auch nur eine Sekunde daran zweifelst, dass ich nicht alles tun würde, um ihn zurückzuholen, dann kennst du mich wirklich kein bisschen.«

Trotzig beißt sie sich auf die Unterlippe und befreit ihren Arm mit einem Ruck aus meinem Griff. Ich sehe, dass ihre Hände zittern und spüre, wie mein Körper ebenfalls bebt.

»Dass du dich nach allem immer noch nach diesem Kelpie sehnst, das ist absurd. Willst du wissen, wonach das für mich aussieht?« Sie gibt mir keine Zeit, darauf zu antworten, also stemple ich es als rhetorische Frage ab. »Als würdest du dich darüber freuen, dass Dad dich nicht mehr davon abhalten kann, mit deinem Monster rumzuknutschen.«

Reflexartig hebe ich meine Hand, um ihr eine Ohrfeige zu verpassen, balle sie aber zur Faust, kurz bevor ich etwas tue, das ich später bereue, und lasse sie wieder sinken. Tränen der Wut und des Entsetzens schwimmen in meinen Augen und brechen über die Dämme, von wo aus sie auf meine Bettdecke und mein Shirt tropfen.

»Das kannst du nicht ernst meinen«, flüstere ich. Maeves eiserner Blick sagt mir, dass sie jedes einzelne Wort ernst gemeint hat.

»Du hättest es einfach gut sein lassen können«, sagt sie und ich wünsche mir für einen Augenblick, ich hätte ihr doch eine runtergehauen.

»Du meinst also, ich hätte achselzuckend dabei zusehen sollen, wie Dad meinen Freund umbringt?«

»Deinen *Freund*«, spuckt sie mir die Bezeichnung entgegen.

»Sei ehrlich. Hättest du nichts unternommen?«

Wie ein Kleinkind in der Trotzphase nach einem Tobsuchtsanfall sitzt Maeve auf meinem Bett, die Beine übereinandergeschlagen, die Hände vor der Brust verschränkt. Offensichtlich hat sie ihre Sprache verloren, denn sie zuckt nur mit den Schultern und vermeidet den Blickkontakt.

»Sag schon. Hättest du?«, dränge ich sie, weil ich will, dass sie mir verdammt noch mal eine Antwort gibt. Plötzlich wird sie kleinlaut. »Natürlich nicht. Ich verstehe nur nicht, wieso gerade *er*. Wieso kein normaler Mensch? Wieso musstest du dich ausgerechnet mit *ihm* einlassen?«

Ich stehe auf und hole meinen Laptop, den ich mir kurz darauf auf den Schoß lege.

»Ich verlange nicht von dir, dass du meine Gefühle verstehst. Alles, was ich verlange, ist, dass du sie akzeptierst. Ihr alle. Niemand kann etwas dafür, in wen er sich verliebt. Und wenn einem die eigenen Gefühle nicht gut tun, wenn man sich in jemanden verliebt, der einen schlecht behandelt, dann muss man sie bekämpfen und sich davon lösen, ja. Aber Rye hat mich niemals schlecht behandelt, ganz im Gegenteil. Warum sollte ich ihn dafür schlecht behandeln, dass er nicht als Mensch geboren wurde?«

Während ich rede, klappe ich den Laptop auf, fahre ihn hoch und klicke auf das Video, das ich von Rye und mir gemacht habe. Den Ton schalte ich aus, damit wir uns unterhalten können, während es durchläuft.

»Du musst mir das nicht noch mal zeigen«, sagt Maeve, schaut aber trotzdem hin.

»Ein Mal reicht scheinbar nicht, damit du verstehst, dass Rye kein Monster ist, nur weil viele seiner Artgenossen welche sind. Würdest du alle Menschen als gefährliche Bestien bezeichnen, weil sich so viele gegenseitig bekriegen, ausbeuten und verhungern lassen?«

»Das ist was anderes.«

»Nein, ist es nicht. Es ist genau das gleiche.«

Bevor das Video zu Ende ist, steht Maeve auf und geht zur Tür, nur dass sie diesmal nicht stampft, sondern eher schlurft, als hätte ihr unser Gespräch jegliche Energie genommen. Im Türrahmen dreht sie sich noch einmal um. »Es tut mir leid, was ich gesagt habe, Kenzy. Ich weiß, dass es dir auch scheiße geht. Aber ...« Sie senkt ihre Stimme zu einem Flüstern. »Wenn du wirklich so starke Gefühle zu diesem ... zu Rye hast, dann akzeptiere ich das. Irgendwann, wenn ich stark genug bin.«

»Danke, kleine Schwester«, sage ich unter frischen Tränen, als sie aus meinem Zimmer verschwindet. Ich zittere am ganzen Körper, mir ist heiß und gleichzeitig kalt und mein Magen meldet sich mit Übelkeit. Keiner von uns beiden war bereit für eine solche Konfrontation und doch war es nötig, den aufgestauten Emotionen endlich freien Lauf zu lassen. Es wird sicher nicht das letzte Gespräch in diese Richtung gewesen sein, aber es war ein erster Schritt, der Hoffnung macht. Eine Weile liege ich auf meinem Bett, lasse die restlichen Tränen heraus und starre die Wand an. Dann fällt mir plötzlich wieder der Grund für unseren Streit ein.

Ich setze mich so schnell auf, dass mir schwindlig wird, doch ich ignoriere mein Schwanken und stürze zum Schreibtisch, an den ich vorher meinen Laptop zurückgestellt habe. Meine Finger hämmern auf die Tastatur ein und eine Sekunde später spuckt mir meine Suchmaschine alle Artikel und Videos aus, die es bereits über das Kelpie gibt, das das RIK diesmal erwischt hat. Sofort öffne ich eines der Bilder, vergewissere mich, dass es sich dabei nicht um einen älteren Bericht handelt, und muss mir die Hand vor den Mund halten, um nicht laut zu stöhnen vor Erleichterung. Es ist das aschgraue Kelpie, das mit Carron und seinem dunkelbraunen Gefährten unterwegs war. Letzterer wurde in jener Nacht von Bill erschossen, das heißt, von den dreien ist nur noch Carron da draußen. Der Gedanke, dass Carron mittlerweile Jagd auf Rye macht und sich für die Geschehnisse rächen möchte, macht mir mehr Angst, als ich mir eingestehen will, aber gerade zählt nur die Tatsache, dass Rye nicht gefangen wurde. Und in diesem Moment wird mir klar, dass ich ihn suchen muss. Dass es gar keinen anderen Weg gibt, als ihn zu suchen und wieder bei ihm zu sein, zumindest für eine Weile.

Wie konnte ich denken, ich bräuchte noch Zeit, um mir darüber klar zu werden? Phoebe hatte mit allem recht, und ich umarme sie in Gedanken für ihre Standpauke im Auto. Dass ich Rye vor Maeve sofort so vehement verteidigt habe, dass ich so große Angst um ihn hatte, als sie mir von dem gefangenen Kelpie erzählt hat … Dass ich jetzt so unglaublich erleichtert darüber bin, dass er noch frei ist, das alles ist der endgültige Beweis dafür, dass ich ihn noch brauche. Ich weiß noch nicht, wie ich es anstelle, doch ich werde ihn suchen und ich werde ihn finden.

Kapitel 30

Phoebe hilft mir bei der Suche. So wirkt mein Vorhaben auch viel weniger suspekt. Offiziell verbringe ich einen schönen Tag mit meiner besten Freundin. Wir beginnen mit dem am naheliegendsten Ort, auch wenn mir dieser am schwersten fällt, da ich ihn für immer mit dem größten Unglück meines Lebens verbinden werde. Mein Puls beschleunigt sich, als wir uns der Stelle nähern, an der Rye mich über den Fluss getragen hat und ich ihn in weiser Voraussicht noch einmal an mich gedrückt habe, um eine Erinnerung zu schaffen. Jetzt schmerzt mich diese Erinnerung. Sie ist wie eine Narbe, die zwickt und zieht.

»Alles okay? Soll ich allein gehen?«, fragt Phoebe und mir fällt auf, dass ich stehen geblieben bin. Verwirrt schaue ich mich um. Wir stehen direkt vor der leichten Kurve, hinter der es passiert ist. Hinter der man den Fluss über die Felsen überqueren kann und zu Ryes Lager gelangt. Ein dumpfes Gefühl macht sich in meinem Magen breit, Widerwille steigt wie Galle in mir auf, aber ich muss es tun. Früher oder später muss ich mich diesem Ort stellen.

»Nein, alles gut.« Wir wissen beide, dass ich lüge, doch ich lasse mich nicht davon abbringen, hier und jetzt an diesen Ort zurückzukehren. Ich schwitze, obwohl die kalte Herbstluft meine Wangen sticht, in meine Poren kriecht, um die Kälte auch in meinen Körper zu lassen.

Meine Kehle ist trocken und irgendwie zu eng, mein Herz läuft einen Dauersprint in meiner Brust. Trotz allem setze ich tapfer einen Fuß vor den anderen und biege um die Kurve. Prompt schießen die Bilder zurück in meinen Kopf, schlagartig herrscht um mich Finsternis, in mir herrscht Finsternis … Rye steht neben mir, Dad richtet sein Gewehr auf uns, Bill reißt mich von Rye weg, und dann sehe ich sie. Jedes einzelne funkelt im Mondlicht mit seinem wunderschönen Fell. Carron, der Anführer, schwarz wie die dunkelste Nacht, in der nicht einmal Mond und Sterne leuchten. Daneben sein Gefolge, eines schimmert in einem Kastanienbraun, das nichts Freundliches an sich hat, das andere ist außergewöhnlich gemustert für ein Kelpie. Alle Bilder laufen chaotisch in meinem Kopf ab, Rye stürzt sich auf das gemusterte Kelpie, Kampfgeräusche klingen in meinem Ohr, ich schreie, Dad schreit, oder nicht? Hat Dad geschrien, bevor er ins Wasser gezogen wurde? Ich weiß es nicht mehr, warum weiß ich es nicht mehr? Ich höre Bills Schuss in meinen Ohren ringen, als hätte er in diesem Moment geschossen, nicht vor Wochen.

»Kenzy, wir müssen das nicht …«

»Nein, wir machen das heute.« Mit einem Mal bin ich wieder im Hier und Jetzt und leite all meine grausamen Erinnerungen in Entschlossenheit um. Und damit atme ich einmal tief durch, konzentriere mich auf das friedliche Bild, das der Fluss mir bietet, nicht auf die düstere Schreckensnacht, die in meinem Kopf herumspukt, und klettere auf den ersten Felsen.

Ich war so lange nicht hier, dass ich nur auf Umwegen zum Lager finde. Letztendlich stehen wir vor dem natürlichen Blätterdach, unter dem ich Rye das Video gezeigt habe. Blätter und Äste, die der Wind verteilt hat, liegen verstreut auf Ryes eigentlichem Sitzplatz, nirgendwo sind Fußabdrücke zu sehen. Buntes Laub, das von den Bäumen abgestoßen wurde, ziert den Platz mit Melancholie. Als wüsste die Natur, dass auch von unserer Familie alles Bunte, Fröhliche gewichen ist.

Plötzlich fällt mir das Buch ein und ich sprinte zu dem hohlen Baumstamm, nehme das Moos ab und sehe ... nichts. Wenn das Buch weg ist, habe ich Gewissheit, dass sich auch Rye nicht mehr hier aufhält. Phoebe, die natürlich in alles eingeweiht ist und in diesem Moment dieselbe Gewissheit verspürt, nimmt mich in den Arm.

»Das muss nichts heißen, Süße«, sagt sie.

»Wenn er gewollt hätte, dass ich ihn finde, dann wäre er hiergeblieben.«

»Nicht unbedingt. Vielleicht dachte er, du willst nicht mehr an diese Stelle zurückkommen. Oder man hat sein Lager gefunden und er musste fliehen. Es gibt viele Möglichkeiten.«

Sie meint es nur gut, aber für mich gibt es nur eine Möglichkeit. Rye will mich nicht mehr sehen.

»Lass uns nach Hause gehen. Wenn er hier nicht ist, dann –«

»Spinnst du?«, unterbricht mich Phoebe, »Wir geben nicht nach einem einzigen Ort auf. Nichts da, das lasse ich nicht zu. Wo könnte er noch stecken? Welche Plätze hattet ihr noch zusammen?«

Zwei Stunden später waren wir an jedem einzelnen Platz, an dem ich mit Rye Zeit verbracht habe. Keine Spur von ihm weit und breit. Den Tränen nahe setze ich mich an der Stelle, an der wir früher immer gebadet haben und an der Rye mich weggeschickt hat, als die bösen Kelpies kamen, auf einen dicken Stein am Boden. Der Fluss liegt friedlich vor mir und macht sich über mich lustig mit seiner Idylle. Mittlerweile scheint sogar die Sonne, auch wenn sie immer wieder von Wolken bedeckt wird.

»Er muss doch irgendwo stecken ...« Phoebe setzt sich neben mich und starrt auf das Wasser, das irgendwie viel freundlicher und heller wirkt als damals. Vielleicht hatte Dad recht, wenn er von den *Finsteren Wassern* sprach, jedes Mal, wenn ein Kelpie in der Nähe war. Vielleicht sind sie jetzt heller, da keines mehr hier ist. Nicht einmal Rye.

»Komm, wir gehen jetzt was essen und machen uns noch einen schönen Abend. Morgen suchen wir weiter.«

Widerwillig lasse ich mich von Phoebe zu unserem Lieblingspub in der Nähe fahren und bestelle einfach dasselbe wie sie.

»Wir finden ihn, ganz bestimmt. Wir brauchen nur Geduld. Er wird sich einfach sehr gut versteckt haben, damit ihn das Institut nicht aufspürt.«

Ich schalte ab, während meine beste Freundin weiter plappert. Im Moment kann ich ihr hoffnungsvolles Gerede nicht hören, auch wenn ich ihr dankbar für ihren grenzenlosen Optimismus bin. Mein einziger Lichtblick hat sich in Luft aufgelöst und ich kann mir einfach nicht vorstellen, dass Rye noch hier ist. Ansonsten wäre er an einem der Orte gewesen, die wir abgeklappert haben. Oder muss er sich wirklich besser verstecken? Aber wie soll ich ihn dann finden? Mein Kopf schwirrt vor Gedanken, Ängsten und Hoffnungen. Ich zwinge mir den Burger herunter, spüle mit der Cola nach und lächle über Phoebes zufriedenes Gesicht, als ich mein Besteck auf meinen leeren Teller lege.

Zu Hause verkrieche ich mich in meinem Zimmer, schaue das Video von Rye und mir in Endlosschleife und lege mich irgendwann heulend wie ein Häuflein Elend ins Bett. Als ich weit nach Mitternacht immer noch kein

Auge zugemacht habe, ziehe ich mir einen Hoodie über und schleiche nach unten ins Wohnzimmer. Zu meinem Erstaunen läuft leise der Fernseher und Maeve sitzt auf dem Sofa. Sie schaut irgendeinen Animationsfilm, dessen Figuren mir vage bekannt vorkommen.

»Kann nicht schlafen«, murmelt sie, als ich die letzte Treppenstufe erreicht habe.

»Ich auch nicht.« In meinen Hausschuhen schlurfe ich zum Kühlschrank und hole einen Becher Schokoladeneis aus dem Gefrierfach. Mit zwei Löffeln bewaffnet lasse ich mich neben Maeve auf das Sofa fallen und strecke ihr einen davon hin.

»Warum bin ich da nicht drauf gekommen?«, fragt sie strahlend und schnappt mir den Löffel aus der Hand, um ihn keine Sekunde später in den Eisbecher zu tauchen. Eine Weile schlecken wir stumm unser Eis und schauen dem Film zu. Dann bricht Maeve das Schweigen. »Es tut mir wirklich leid, was ich dir an den Kopf geworfen habe. Das war grausam ... und das hast du nicht verdient.«

Ihre Entschuldigung wärmt mich von innen trotz der Kälte, die das Eis in mir verbreitet.

»Ist schon gut«, sage ich.

»Nein, es ist nicht gut. Ich war so scheiße zu dir und ... Mann, das ist einfach alles so scheiße, verflucht noch mal. Aber du kannst nichts dafür. Ehrlich nicht, Kenzy. Keiner von uns denkt das. Mum ist nur überfordert und ich sowieso.« Sie nimmt sich einen Moment, um sich zu sammeln und atmet tief durch. »Es war so leicht, jemandem die Schuld geben zu können. Das war unfair und falsch. Echt, ich schäme mich dafür.«

Ich stelle den Eisbecher auf den Tisch und nehme meine kleine Schwester so fest in den Arm wie lange nicht mehr. »Ich weiß, dass du das nicht so gemeint hast.

Es war unfair, ja. Und es tat verdammt weh. Aber ich weiß auch, dass es nur die Verzweiflung in dir war. Also ist es gut. Wir sind alle nicht wir selbst zurzeit.«

Ich streichle Maeve den Rücken, während sie meinen Hoodie nass weint und ihre Schluchzer vom dicken Stoff des Pullis gedämpft werden. Meine eigenen Tränen sind für heute aufgebraucht.

»Ihr habt ihn heute gesucht, oder?«, will Maeve irgendwann wissen, als sie sich beruhigt hat. Sie setzt sich aufrechter hin, wischt sich die letzten Tränen aus dem Gesicht und legt ihren Kopf auf meine Schulter.

»Ja. Er ist nicht mehr da.«

Maeve nickt kaum merklich. »Ich verrate dich nicht. Du liebst ihn wirklich.« Sie sagt es nicht wie eine Frage, sondern wie eine Feststellung. »Ja, und er mich. Ich wollte der Welt einfach zeigen, dass es nicht nur böse Kelpies gibt.«

»Ist es okay, wenn ich das nicht ganz nachvollziehen kann? Ich akzeptiere es mittlerweile. Es ist nur ...«

Ich lache. »Es ist nur sehr gewöhnungsbedürftig? Meinst du, ich hatte das geplant? Ich weiß, wie seltsam das aussehen muss. Aber irgendwie fühlt es sich so normal an. So richtig. Ich kann es nicht beschreiben.«

»Weißt du ...«, Maeve hebt den Kopf und schaut mich direkt an. »Auch wenn ich es vielleicht nicht nachvollziehen kann, weil ich Kelpies immer als Monster gesehen habe. Wenn ich jemanden so lieben würde, dann würde ich genauso um ihn kämpfen. Vielleicht ist es noch nicht zu spät, der Welt zu zeigen, wie gut er ist.«

»Na ja, er ist, wie gesagt, nicht mehr hier.«

Den Film beachten wir längst nicht mehr. Mittlerweile läuft der Abspann.

»Das glaube ich nicht. Wenn er so ist, wie du sagst und wenn er dich wirklich liebt, dann läuft er nicht davon. Er muss sich sicher nur besonders gut verstecken, weil das RIK jetzt gezielt nach ihm sucht.«

»Genau das hat Phoebe auch gesagt.« Dass meine Schwester genauso denkt wie meine beste Freundin, bringt mich zum Schmunzeln und lässt Hoffnung in mir aufkeimen.

»Ich mochte Phoebe schon immer. Vor allem, weil sie meistens recht hat.« Mein Schmunzeln wird zu lautem Lachen. »Ja, das stimmt wohl. Na gut, ich gehe morgen noch mal los. Vielleicht liegt ihr ja richtig und es ist doch noch nicht zu spät.«

»Ich bin mir sicher, dass wir richtig liegen.«

Viel weiter kommen wir in unserem Gespräch nicht mehr, denn kurz darauf schlafen wir Arm in Arm ein und wachen erst mit den ersten Sonnenstrahlen wieder auf. Das Eis vor uns ist komplett geschmolzen, genau wie alle bösen Gefühle, die zwischen uns standen.

Kapitel 31

Er ist nicht mehr da. Mittlerweile bin ich mir sicher, dass er nicht mehr da ist. Ansonsten hätte ich ihn längst gefunden. Seit einer Woche suche ich in meiner Freizeit heimlich jeden Winkel nach Rye ab, fahre zu jedem Wanderparkplatz in der Gegend und durchkämme den Wald und das Flussufer. Aber von Rye keine Spur. Und schließlich gebe ich auf, auch wenn sich alles in mir dagegen sträubt. Ich kann nicht jeden Tag meines Lebens nach jemandem suchen, der mich offensichtlich allein gelassen hat. Und ich kann es ihm nicht einmal übel nehmen. Er hat versucht, Dad zu retten, uns zu beschützen. Nur weil er nichts ausrichten konnte, hätte ich ihn nicht von mir stoßen dürfen. Trotzdem bin ich wütend und enttäuscht, dass er einfach so auf mich gehört hat. Immerhin war es der Tag der Beerdigung meines Vaters, an dem ich ihn unfair behandelt habe. Wenn man jemanden unfair behandeln darf, dann wohl an so einem Tag. Wahrscheinlich war ihm das schlichtweg nicht bewusst, er hat ja nie richtig am Menschenleben teilgenommen.

Phoebe will immer noch nicht einsehen, dass er verschwunden sein soll, und setzt ihre eigene Suche fort, obwohl ich sie darum bitte, es zu lassen. Sie wäre nicht Phoebe, wenn sie einfach locker lassen würde.

Ich verbringe viel Zeit mit Maeve, denn seit unserem nächtlichen Gespräch über dem Becher Schokoeis verstehen wir uns besser als je zuvor. Dads Tod hat uns auseinandergetrieben und schließlich viel enger zusammengeschweißt. Mum wird Stück für Stück die Alte, auch wenn wir weiterhin jeden Tag zu kämpfen haben. Aber sie hat ihre Freundinnen, die sich um sie kümmern, die Arbeit in den Lodges und mit den Tieren lenkt sie ab. Natürlich sind wir auch für sie da, doch ich habe das Gefühl, als würde sie lieber mit ihren Freundinnen reden, weil sie uns nicht doppelt belasten will. Und das ist okay so.

Die Videos von Rye und mir schaue ich nicht mehr an. Es tut zu sehr weh, jetzt da ich sämtliche Hoffnung verloren habe. Ein Teil von mir kämpft weiter für ihn, für unser Wiedersehen, der andere Teil, der, der nach all den schwierigen Wochen einfach keine Energie mehr hat, hält ihn im Zaum.

Am Freitagabend will ich Phoebe überreden, mit mir ins Kino zu gehen, da Maeve das Wochenende bei ihrer Freundin verbringt und ich mich dringend ablenken muss. Ausgerechnet heute geht Phoebe nicht an ihr Telefon, was ihr überhaupt nicht ähnlich sieht. Ich schreibe ihr eine Nachricht und kümmere mich in der Zwischenzeit um die Homepage der Lodges, an der einige Änderungen vorgenommen werden müssen. Alle fünf Minuten checke ich mein Handy, ob sie geantwortet hat, und langsam werde ich ungeduldig. Erst am Nachmittag trudelt eine Nachricht von ihr ein.

Sorry, musste spontan nach Glasgow. Notfall in der WG. Melde mich morgen Abend, wenn ich zurück bin. Drück dich.

Auch der Küsschen-Emoji nach ihrem »Drück dich« kann mich nicht aufmuntern. Was für ein Notfall in der WG? Normalerweise würde sie mich sofort anrufen. Oder sie hätte mich mitnehmen können, sie weiß doch, dass ich mich hier nur langweile. Ich hätte helfen können bei was auch immer.

Nach einem unerwartet fröhlichen Filmabend mit Mum und einer Nacht voller Träume von Rye rufe ich als Erstes bei Phoebe an, aber sie geht schon wieder nicht an ihr Handy. Wütend schmeiße ich mein eigenes aufs Bett, ziehe mich an und mache mich für meinen täglichen Ausritt mit Thunder fertig. Chocolate begleitet uns und ich bleibe doppelt so lange weg als sonst, weil ich sowieso nichts zu tun habe. Mittags schaue ich auf mein Handy und habe eine weitere Nachricht von Phoebe.

Fahre nachher wieder nach Hause, kann spät werden. Kommst du morgen zum Frühstück? Gegen zehn?

Was ist denn los, was ist das für ein Notfall?, tippe ich zurück. Und dann, auf das Frühstück bezogen: *Ja okay, soll ich was mitbringen?*

Prompt bekomme ich eine Antwort: *Nein, wir haben alles. Bis morgen, Süße.*

Was zur Hölle ist los mit meiner besten Freundin? Obwohl es mir schwerfällt, nicht daran zu denken, geht der Tag relativ schnell vorbei. Ich helfe Mum mit den Pferden, gehe mit Chocolate raus aufs Feld und spiele ausgiebig mit ihm, damit er sich richtig verausgaben kann, und bekoche Mum abends mit einem Auflauf. Danach sehen wir uns irgendeinen alten Krimi im Fernsehen an und gehen schlafen. Im Traum brüllt mich Dad an, weil ich mich weiterhin mit Rye treffe und ich wache schweißgebadet auf, nur um in einen erneuten Traum abzudriften, in dem Dad Rye erschießt.

Völlig unausgeschlafen stehe ich am nächsten Morgen um punkt zehn Uhr vor Phoebes Haustür. In ihren Schlappen, die Haare noch zu einem wirren Dutt verknotet, statt zu ihrem üblichen Fischgrätenzopf geflochten, und im Bademantel kommt sie aus dem Haus gestürmt und wirft sich in meine Arme.

»Dir auch einen guten Morgen«, sage ich, verwirrt über ihre euphorische Begrüßung.

»Es tut mir leid, dass ich die letzten Tage so kurz angebunden war.« Sie spricht so schnell, dass ich mich ziemlich konzentrieren muss, um sie zu verstehen.

»Was hast du denn gemacht?«

»Zeig ich dir gleich. Aber du darfst nicht komplett ausrasten!« Sie tauscht hektisch ihre Schlappen gegen Gummistiefel und zieht mich mit sich.

»Wohin gehen wir? Wollten wir nicht frühstücken?«

Ich kann kaum mit ihr mithalten, so schnell ist sie in ihren Gummistiefeln und ihrem Bademantel unterwegs und steuert auf das hintere Cottage auf ihrem Grundstück zu, das ihrer Tante und ihrem Onkel gehört.

»Was wollen wir denn bei –«

»Herrgott noch mal, Kenzy, wirst du wohl kurz geduldig sein, wir sind gleich da!«

Ich rolle mit den Augen, folge ihr aber brav und staune nicht schlecht, als sie mich bis zum äußersten Ende des Grundstücks führt, auf dem die Pferde ihrer Tante grasen. Sie hat einen riesigen Stall und ein gigantisches Feld, auf dem sich die Tiere wunderbar ausbreiten können. Ich bin schon oft auf ihren Pferden geritten, zusammen mit Phoebe und unseren Müttern. Gerade will ich zum wiederholten Mal fragen, was wir hier wollen, da trifft es mich wie ein Schlag.

»Scheiße, Pheebs, du hast doch nicht …« Weiter komme ich nicht, denn mein Blick fällt auf ein Pferd am äußersten Ende der Koppel. Sein Fell strahlt so schwarz wie die Nacht und es reckt den Kopf, als es mich bemerkt. Obwohl ich es auf die Entfernung kaum erkennen kann, weiß ich, dass es Rye ist und dass er mich mit seinem Blick fixiert, wie damals, als ich ihn von den Lodges aus heimlich fotografiert habe.

»Wie? Wo?«, ist alles, was ich sagen kann. Phoebe legt den Arm um meine Schultern und drückt mir einen Kuss auf die Wange. »Das ist der Grund, warum ich gestern und vorgestern so kurz angebunden war. Ich bin nach Dalry gefahren. Ich dachte, vielleicht wartet Rye dort auf dich. Und ich hatte recht, er saß am Fluss unten bei dem Hotel, in dem du übernachtet hast.«

Natürlich, Dalry! Wie konnte ich ausgerechnet Dalry vergessen!

»Du bist den ewig weiten Weg gefahren, ohne zu wissen, ob du ihn überhaupt findest?« Der Einsatz meiner besten Freundin rührt mich zu Tränen.

Sie nickt und zuckt gleichzeitig die Achseln. »Ich dachte, wenn es hier für ihn zu gefährlich wurde, dann wäre das der einzige Ort außerhalb, an dem er auf dich warten könnte. Das Institut hat ihn fast erwischt in einem Lager.« Ich ziehe unwillkürlich die Luft ein. »Aber er konnte rechtzeitig fliehen und hat es sogar noch geschafft, sein geliebtes Buch einzustecken.« Wir lachen und sie zwinkert mir zu. »Als dieses andere Kelpie geschnappt wurde, hat es überall nur so gewimmelt von RIK-Leuten. Seitdem hat er jeden Tag in Dalry verbracht, an diesem Fluss, oder eher Bächlein. Ernsthaft, *darin* wurde er geboren? Wie geht das, wie passt ein Pferd da rein?«

Ich kichere. »Das hab ich mich auch schon gefragt. Es sind sehr mysteriöse Wesen.«

»Mhm. Allerdings. Na ja, erst hatte er Angst vor mir, weil ich so hysterisch geworden bin, du kennst mich ja.« Sie zwinkert wieder und ich lache gleich weiter. »Als ich ihm sämtliche Fotos von uns auf meinem Handy gezeigt habe, hat er mir vertraut und ist sogar mit mir ins Auto gestiegen, obwohl er das nicht so toll findet. Er hat darauf bestanden, auf der Rückbank zu sitzen.«

»Und dann hast du ihn zu den anderen Pferden gestellt?«

»Beste Idee, die mir eingefallen ist. Mein Dad und mein Onkel sind arbeitsbedingt die nächsten Tage in Edinburgh, meine Tante ist so beschäftigt mit den Zwillingen, dass sie die Pferde zurzeit nur von ihren Mitarbeitern pflegen lässt. Und Mum fällt das nicht auf, ob eins mehr oder weniger dabeisteht. Sie ist sowieso die meiste Zeit bei deiner Mum.«

Dass Phoebes Tante vor ein paar Wochen Zwillinge bekommen hat, habe ich vollkommen vergessen in der ganzen Aufregung. »Er stellt sich nur tagsüber in die hinterste Ecke, damit die anderen Pferde nicht scheuen. Nachts verwandelt er sich, klettert über den Zaun und liest sein Buch oder macht, was er will. Morgens, wenn alle Pferde versorgt und auf die Koppel gebracht wurden, mogelt er sich dazu.«

Ich schüttle den Kopf, weil ich nicht glauben kann, was meine Freundin da für mich organisiert hat.

»Pheebs, das ist genial! Ich weiß gar nicht, wie ich dir jemals danken soll ...«

»Komm mit«, sie zieht mich weiter am Zaun entlang. »Es ist natürlich nur eine Übergangslösung. Ich habe Mum erzählt, dass wir das nächste Wochenende zusammen verbringen, in Glasgow. Ich werde auch nach Glasgow fahren. Du dagegen wirst dich mit Rye aus dem Staub machen und ein tolles Wochenende mit ihm verbringen. Ich würde ja sagen, du kannst ihn jeden Tag besuchen, aber ich fürchte, das würde meine Tante stutzig machen.« Während sie plappert und ich gar nicht weiß, worüber ich zuerst nachdenken soll, umrunden wir die Koppel, die mir bei jedem Schritt größer vorkommt, und erreichen schließlich die Stelle, an der Rye hinter dem Zaun wartet und uns schon von Weitem beobachtet. Ein paar Meter entfernt bleibt Phoebe stehen und nickt mir auffordernd zu. »Na los, ich gebe euch ein wenig Privatsphäre.«

Rye kommt so nahe an den Zaun, dass er seinen Kopf darüber recken kann. Ich stolpere genauso schnell nach vorne, wie mein Herz in meiner Brust und lege vorsichtig meine Hand auf seine Stirn. Zärtlich streiche ich damit über seinen Nasenrücken und lege schließlich meinen Kopf auf seinen. Was würde ich darum geben, ihn jetzt in Menschengestalt umarmen zu dürfen. Aber fürs Erste ist das gut genug. Ich spüre sein warmes Fell auf meiner Haut und seit einer Ewigkeit bin ich wieder völlig glücklich. Zumindest in diesem Moment. Rye ist wieder zu Hause.

Kapitel 32

Die Woche vergeht einfach nicht. Vor lauter Vorfreude muss ich mich die ganze Zeit zusammenreißen, um nicht zu breit zu grinsen. Obwohl ich denke, dass ich mich recht gut schlage, errät Maeve schon am zweiten Tag, dass ich Rye gefunden habe.

»Er ist zurück, oder?«, fragt sie völlig überraschend beim Frühstück und ich lasse fast meine Schüssel mit Porridge fallen. Zum Glück ist Mum längst in den Lodges beschäftigt und kann uns nicht hören.

Die Tage ziehen sich wie ein Gummiband, aber irgendwann ist endlich Freitag und ich kann ihn in meine Arme schließen. Die ganze Nacht tue ich kaum ein Auge zu, trotzdem springe ich voller Energie aus dem Bett, als am Samstag mein Wecker klingelt. Eine Stunde später stehe ich warm angezogen und mit gepacktem Rucksack bei Phoebe in der Einfahrt. Ich bin ganz hibbelig und wippe auf den Fußballen.

»Hierher!«, ruft mir Phoebe entgegen und ich entdecke sie hinten bei den Ställen. Sie winkt aufgebracht.

»Meine Tante will in einer Viertelstunde ausreiten, ich habe gesagt, wir wollen auch noch los, bevor wir nach Glasgow fahren und habe uns die Pferde fertig gemacht.«

Sie spricht schneller, als ich zuhören kann, irgendwie kommt der Sinn ihrer Worte bei mir an.

»Moment mal, du hast … Was meinst du mit *die Pferde fertig gemacht*?«

»Komm einfach mit, wir müssen uns beeilen. Wir müssen weg sein, bevor sie hier aufschlägt, sie würde sofort erkennen, dass Rye nicht ihr Pferd ist.«

»Er kann sich doch einfach verwandeln und verstecken«, werfe ich ein, während sich mein Puls beschleunigt.

»Keine Zeit, außerdem schwirren hier überall ihre Mitarbeiter herum.«

Ich verstehe immer noch nicht, was sie vorhat, folge ihr aber brav in den riesigen Stall. Im nächsten Moment sackt mein Unterkiefer ab und ich stehe mit offenem Mund da. Neben einem edlen Schimmel, der komplett aufgezäumt ist, steht Rye – mit Sattel – und schaut mich mit seinen wachsamen Pferdeaugen an. Ich bilde mir ein, dass sich sein tierischer Gesichtsausdruck irgendwie aufhellt, als ich hereinkomme.

»Aufgezäumt kann man sie problemlos reiten, richtig?«, fragt Phoebe. Sie grinst mich an, offensichtlich stolz auf ihre geniale Idee.

»Richtig«, nuschele ich. Ich bin völlig perplex bei diesem Anblick. Rye so zu sehen, als wäre er eines unserer Pferde im Stall, das sich neben Thunder einreihen könnte … Das Bild verstört mich irgendwie. Trotzdem gehe ich zu ihm, reibe ihm über die feuchte Pferdenase und wende mich dabei an Phoebe. »Wie hast du das denn geschafft?«

Sie zuckt mit den Achseln. »Er hat ganz stillgehalten. Braves Pony.«

Rye streckt ihr die Zunge heraus. Ich schnaube vor Lachen. Pony ist der absolut unpassendste Begriff für die Pferdeversion von Rye.

»Hattest du keine Angst?«, frage ich ernst. Ich kenne niemanden, der sich freiwillig einem Kelpie so nähern, geschweige denn eines satteln würde.

»Ich bitte dich! Die Wörter Phoebe und Angst existieren nicht in ein und demselben Universum! Außerdem wusste ich ja von deinen Videos, dass er ein ganz Lieber ist.«

Diesmal hört sich Ryes Schnauben nach Zustimmung an.

»Shit, wir müssen los, meine Tante kommt.«

Von Weitem sehen wir bereits Phoebes Tante auf den Stall zukommen. Ich packe Ryes Zügel, während Phoebe die des Schimmels nimmt, der neben Rye noch viel blasser wirkt, und wir führen gemeinsam unsere Pferde zum Hintereingang hinaus, wo ein Feldweg beginnt. Erst draußen im Licht sehe ich, dass Rye nicht nur mit einem Sattel, sondern auch mit vollgestopften Satteltaschen ausgestattet ist.

»Was ist denn da –«, beginne ich meine Frage nach dem Inhalt, aber Phoebe schneidet mir das Wort ab. »Erkläre ich dir gleich, steig auf, los!«

Fünf Minuten später sind wir so weit den Feldweg entlang galoppiert, dass die Häuser und der Stall im Hintergrund so klein wie Fliegen wirken. Ich kann mich einfach nicht an den Gedanken gewöhnen, dass ich gerade auf Rye reite.

»Campingausrüstung«, sagt Phoebe zwischen zwei Atemzügen und als ich die Stirn krausziehe, fügt sie hinzu: »In den Taschen ist Campingausrüstung. Nichts Besonderes, aber das, was reingepasst hat, sollte reichen. In der einen Tasche ist auch genug zu essen.«

»Und wie hast du dir das vorgestellt? Soll ich auf Rye den ganzen Weg reiten? Wohin überhaupt?«

»Irgendwann musst du ihn endlich mal reiten«, scherzt sie und verzieht das Gesicht zu einer frechen Grimasse.

»Pheebs! Du weißt, dass er dich hören kann, ja?« Wie zur Bestätigung nickt Rye mit seinem riesigen Pferdekopf.

»Ja ja, und jetzt ab mit euch, Rye weiß wohin. Und ja, du sollst auf ihm reiten bis dorthin. Niemand erwartet eine Reiterin auf einem Kelpie. Ab jetzt, viel Spaß!« Damit klopft sie Rye auf den Pferdehintern und Rye schießt los, voller Euphorie in den Beinen.

»Pheebs!«, rufe ich noch und schaue ihr nach, aber sie winkt nur grinsend und treibt ihr Pferd zurück zum Stall.

Rye bringt mich zu einem abgelegenen kleineren See, der nicht so weit entfernt ist, wie ich gehofft hatte. Das Gute ist, hier ist wirklich weit und breit keine Menschenseele. Wir sind durch hohes Gras und ein langes Waldstück geritten, und in Ufernähe sehe ich nirgends Wanderwege oder gar Straßen, was mich beruhigt. Andererseits hält das das Institut nicht auf. Trotzdem versuche ich, mich zu entspannen. Als ich absteige, trottet Rye direkt zum Wasser und trinkt gierig. Ich nehme ihm den Sattel, die schweren Satteltaschen und sein Zaumzeug ab und gehe einen Schritt zurück, damit er sich verwandeln kann. Der altbekannte schwarze Rauch legt sich über ihn, hüllt ihn ein wie ein Schleier aus purer Seide und lichtet sich wieder. Heute trägt er die übliche Jeans und lässige Sneaker, aber sein Oberkörper ist nackt, trotz der Kälte. Ich ziehe die Luft ein und halte sie kurz an, nur um sie ruckartig wieder auszustoßen.

»Hat das mit dem Shirt nicht geklappt heute?«, frage ich heiser. Ich hasse diese klischeehaft trainierten Oberkörper an Männern in Filmen, Büchern oder Serien. Doch als Rye mir dieses Werk der Schöpfung präsentiert, wird mein emanzipiertes Gehirn ganz matschig.

»Das klappt immer. Wenn man es will.«

»Und du wolltest jetzt lieber nackt sein?« Unser erstes Gespräch nach all der Zeit hatte ich mir anders vorgestellt. Und unsere erste Begegnung sowieso.

»Na ja, du hast mich mal gefragt, warum ich immer angezogen bin. Ich wollte dir nur zeigen, dass es wirklich anders geht.«

»Dann kannst du mich jetzt ja endlich umarmen.« Meine Stimme ist nicht mehr als ein Flüstern. Im nächsten Moment hat er mich an sich gezogen und ich drücke mich an seine Brust und spüre, wie mir Tränen in die Augen schießen.

»Du hast mir gefehlt, Kenzy.«

»Du mir auch. Ich wollte es nur erst nicht wahrhaben.«

»Das hab' ich gemerkt.« In seiner Stimme schwingt nicht nur Traurigkeit, sondern auch eine Spur von Wut mit. Ich löse mich von seinem Dämonen-Adonis-Oberkörper und hauche ihm einen Kuss auf die Wange.

»Wir müssen dringend reden.« Mit einem letzten Blick mustere ich seine Brust, die so natürlich schön aussieht, wie sie nur der Zauber einer dämonischen Macht geschaffen haben kann. Die Narben des Kampfes sind mittlerweile auf magische Art und Weise vollständig verheilt.

»Kannst du dir vorher bitte einen Pullover organisieren?«

Sein Grinsen reicht fast bis zu seiner Stirn. Kaum habe ich gefragt, wird er wieder vom Rauch eingehüllt und steht Sekunden später in einem kuscheligen Pullover vor mir. Währenddessen habe ich mich auf die Picknickdecke gesetzt, die Phoebe in die letzte freie Ecke der Satteltаschen gestopft hat und mich in eine dicke Decke eingewickelt. Rye lässt sich neben mir nieder.

»Besser?«, fragt er. Ich nicke. »Besser.« Obwohl es vorher natürlich alles andere als schlecht war.

»Es tut mir leid, dass ich dich weggeschickt habe« fange ich direkt mit dem Thema an, das mich am meisten belastet. »Ich war nicht wütend auf dich. Oder schon, ich weiß es nicht. Ich war wütend auf mich, auf alles. Sogar auf Dad.«

Rye nimmt meine Hand und drückt sie so fest, dass es noch angenehm ist. »Ich weiß, dass du das nicht so gemeint hast. Aber ich war auch wütend. Auf mich, weil ich deinen Dad nicht retten konnte. Auf Carron und seine widerlichen Freunde. Und auf dich, weil du mich weggestoßen hast, obwohl ich nichts dafür konnte.«

Ich schlucke gegen die Trockenheit in meiner Kehle an. »Ja, das war nicht fair. Und es tut mir wirklich leid.«

»Nichts von all dem war fair, Kenzy. Gar nichts. Was da passiert ist, das ... Die einzige Schuld trifft Carron und seine elenden Mitläufer. Ich schäme mich, Teil ihrer Rasse zu sein.«

Ich schüttle den Kopf und drücke nun seine Hand zurück. »Wir Menschen lassen uns gegenseitig verhungern, bekriegen uns für Macht und Geld und noch viel dümmere Sachen. Wir sprengen uns in die Luft für vermeintliche Götter und hassen uns, weil wir nicht alle gleich aussehen oder dasselbe Geschlecht lieben ... Diese Liste geht immer so weiter. Es kommt nicht darauf an, was andere machen. Es kommt darauf an, was *du* machst und es erfordert viel mehr Mut und Stärke, dem Guten treu zu bleiben, obwohl das Böse so viel lauter ruft und so viel bequemer ist.«

Traurig blickt Rye auf den See, dessen Wasser einen dunklen, rostigen Farbton angenommen hat, wie eine Mischung aus getrocknetem Blut und Finsternis. »Du hast keine Ahnung, wie laut das Böse in uns Kelpies ruft. Es übertönt alles, ständig. Und die wenigsten kämpfen dagegen an.«

»Du kämpfst dagegen an. Und wie du kämpfst! Genau das liebe ich an dir.«

Rye drückt mir einen Kuss auf die Stirn und steht auf, um in einer der Satteltaschen herumzukramen. Als er findet, wonach er gesucht hat, kommt er zurück an seinen Platz.

»Ich glaube«, sagt er und hält mir eine silberne Uhr hin, »die hat deinem Dad gehört. Ich habe sie ein paar Tage später am Ufer gefunden.«

Meine Hand schnellt an meinen Mund, als ich das Schmuckstück erkenne. Wir haben sie ihm zum 50. Geburtstag geschenkt. Um sicherzugehen, dass es wirklich seine ist, nehme ich sie Rye ab, drehe sie um und suche nach der Gravur. *Sally, Mackenzie & Maeve* prangt mir in geschwungenen Lettern entgegen. Die Uhr hat etwas Rost angesetzt, was die perfekte Melancholie in diesen Augenblick bringt.

»Danke«, sage ich und schaue Rye zum ersten Mal während dieses Gesprächs direkt in die Augen. Ich presse die Uhr an mich und in dem Moment, in dem mir mit voller Wucht bewusst wird, dass er sie nie wieder tragen wird und sie ihm wahrscheinlich vom Handgelenk gerutscht ist, während er grausam gefressen wurde, breche ich schluchzend in Ryes Armen zusammen.

Kapitel 33

Wir liegen bestimmt zwei Stunden auf der Decke und schauen in den Himmel oder auf den See, lauschen den kleinen Wellen, die der Wind in beständigem Rhythmus gegen die Steine schwappen lässt. Ich weine noch eine Weile und schnalle mir die Uhr um mein Handgelenk. Zum Glück ist sie verstellbar, sodass sie mir nicht über die Hand rutscht. Erst nachdem ich mich beruhigt habe, fühle ich mich bereit, über weitere Dinge zu sprechen, die mich belasten.

»War alles umsonst?«, frage ich und Rye erschrickt beinahe, da ich so plötzlich meine Stimme wiederfinde.

»Wie meinst du das?« Er setzt sich ein wenig auf, um einer Entenfamilie auf dem See zuzusehen.

»Na unser Plan, den Leuten dein wahres Ich zu zeigen. Dass es auch gute Kelpies gibt. Waren die letzten Wochen für nichts und wieder nichts?«

Rye schüttelt den Kopf. »Natürlich nicht. Es ist schrecklich, was passiert ist, aber ... Wie soll ich das sagen? Weißt du noch, als ich dir gesagt habe, dass es oft sehr lange dauert, bis man Ergebnisse sieht und dass man oft Opfer bringen muss?«

»Und mein Dad war das Opfer.« Ich weiß nicht, ob der Kloß in meinem Hals jemals abschwellen wird, wenn ich über Dad spreche.

»So habe ich das nicht gemeint! Oft müssen die Dinge erst schlechter werden, so schlecht, dass alles total aussichtslos erscheint, damit sich danach alles komplett verändern kann. Zum Positiven.«

Einen Moment denke ich darüber nach und stelle fest, dass er recht hat, auch wenn es mir nicht gefällt. »Es ist nur so ungerecht. Warum gerade Dad?«

»Das kann ich dir nicht sagen. Vielleicht wirst du irgendwann einen Sinn darin sehen, auch wenn das gerade noch völlig abwegig erscheint. Ihr Menschen sagt, dass die Zeit alle Wunden heilt. Das glaube ich übrigens nicht, manche Wunden bluten für immer nach. Die Zeit ist trotzdem unser größtes Geschenk, wenn es darum geht, Dinge zu verstehen. Zu akzeptieren. Seinen Frieden damit zu finden.«

Das werde ich wohl erst begreifen, wenn wirklich genug Zeit vergangen ist, um alles ein wenig rationaler zu betrachten. Sofern man den Tod eines geliebten Menschen jemals rational betrachten kann.

»Wie bist du eigentlich so verdammt weise geworden?«, scherze ich, aber es ist einer der Scherze, den man macht, weil man die Wahrheit aus irgendeinem Grund humorvoll ausdrücken will.

»Na ja, ich bin schon ziemlich lange auf dieser Welt. Und ich bin der weltbeste Beobachter und Zuhörer.« Rye schenkt mir sein umwerfendes Lächeln.

»Dafür, dass du so verdammt gut beobachtest, fällt dir die Praxis ganz schön schwer«, necke ich ihn.

Er schaut mich mit gespielter Empörung an. »Weißt du, wie leicht es ist, Menschen zu beobachten? Und weißt du, wie schwer es dagegen ist, nach all der Zeit, in der man stumm beobachtet hat, selbst den Mund aufzumachen und die ewig geübte Theorie in die Praxis umzusetzen?«

Ich lache. »Faule Ausreden. Vermutlich bist du gar nicht so gut im Beobachten.«

»Ich bitte dich! Nur, weil ich schüchtern bin ... das ist doch unerhört!« Ich muss kichern und er stimmt kurz mit ein. Dann küsst er mich und damit ist das Gespräch vorerst beendet. Ich verliere mich in seinen zärtlichen Berührungen, in seinen Küssen, die immer so zaghaft und vorsichtig anfangen und mit der Zeit so fordernd und stürmisch werden, dass ich alles um uns herum vergesse.

Am späten Nachmittag knurrt mir so laut der Magen, dass Rye mir hilft, ein kleines Feuer zu machen, damit ich mir darüber die Würste braten kann, die mir Phoebe eingepackt hat. Außerdem wird mir bei all der Zeit im Freien trotz Jacke und Decke kalt. Während ich mein Essen an einem Stock über das Feuer halte, baut Rye mein Zelt auf, das Phoebe wie durch ein Wunder in eine Satteltasche quetschen konnte. Auf meine Frage, woher er wüsste, wie man ein Zelt aufbaut, antwortet er, dass man in der Wildnis so einige Camper sieht.

Der Abend ist so unbeschwert wie lange nicht mehr. Wir lachen, kuscheln, Rye probiert Würstchen und findet sie immerhin »ganz okay«, wir lachen noch mehr und kuscheln schließlich auf der Decke, dick zugedeckt. Als sich der Abend vollständig zur Nacht verwandelt, schauen wir in den Sternenhimmel. Fernab jeglicher Zivilisation, wo unser allmählich abnehmendes Feuer die einzige Lichtquelle weit und breit darstellt, sieht man sie viel deutlicher. Obwohl wir uns in den Highlands nicht beklagen können.

»Wenn wir jetzt eine Sternschnuppe sehen würden«, fragt Rye in die endlose Stille, die nur durch die Geräusche des Windes und des Wassers unterbrochen wird, »was würdest du dir wünschen?«

Als ich nicht direkt antworte, weil ich zuerst darüber nachdenken möchte, setzt er seinen Wunsch gleich hinterher. »Ich würde mir wünschen, dass ich ein Mensch bin und wir für immer zusammen sein können. Auch wenn das echt kitschig klingt.« Ich muss nicht hinsehen, um zu wissen, dass er grinst.

»Ich würde mir auch wünschen, dass wir für immer zusammen sein können«, sage ich schließlich. »Aber ich würde mir nicht wünschen, dass du ein Mensch bist. Das wäre nicht Sinn der Sache. Du bist perfekt, so, wie du bist.«

Die Zeit mit Rye vergeht viel zu schnell. Am Sonntag wache ich früh auf und geselle mich zu Rye, der im Sonnenaufgang auf der Decke sitzt. Ich esse zwei der Scones, die Phoebe eingepackt hat, und wünsche mir, einfach hierbleiben zu können. Weg von allen Sorgen, weg von der ewigen Bedrohung des Instituts. Weg von dem Haus, in dem Dad mich großgezogen hat und in dem jetzt nur noch sein Geist weilt. Weg von der Erklärung, die ich Mum schuldig wäre, wenn ich Rye mit nach Hause bringen würde, was sowieso nie möglich sein wird.

Den Vormittag verbringen wir komplett auf unserer Decke, entweder kuschelnd oder tief in Gesprächen oder über *Moby Dick*. Rye hat es mittlerweile beendet und ist völlig begeistert davon.

»Wer ist denn nun das Monster in dieser Geschichte?«, fragt er mich nachdenklich, als ich das Buch durchblättere und die Illustrationen bewundere. »Ich dachte, es wäre der weiße Wal, *Moby Dick*, aber es schien doch eher Kapitän Ahab zu sein. So weise ich auch sein mag, ich weiß nicht, ob ich schlau daraus geworden bin.«

Natürlich grinst er. Ich hätte ihm dieses Kompliment nicht machen sollen, jetzt hält er sich für besonders schlau. Was er auch ist, obwohl er nie Bildung erfahren hat. Er musste sich alles selbst erschließen.

»Daraus wird niemand schlau. Das ist das oberste Gesetz von intelligenter Weltliteratur. Niemand darf jemals völlig dahintersteigen. Sonst wären alle Literaturwissenschaftler arbeitslos.«

Er lässt nicht locker. »Bin ich der Wal oder Ahab?«

Dieses Mal versuche ich, ihm ernst zu antworten. »Du bist auf keinen Fall Ahab. Du wirst nicht von Hass und Rachsucht getrieben. Der Wal ist ein Symbol, es geht nicht darum, ob er ein Monster ist oder nicht. Und wenn, dann würde ich sagen, ist definitiv Ahab das Monster. Du wärst weder der Wal noch der Kapitän.«

»Wer wäre ich dann?«

Ich seufze, weil ich nicht weiß, was er hören will. »Du bist ein weiser Beobachter. Du wärst Ishmael, der Erzähler.«

»Hm.« Mehr hat er dazu nicht zu sagen, aber er schmunzelt und nickt, also scheint er mit meiner Wahl zufrieden zu sein.

Mit jeder Minute rückt der Zeitpunkt näher, an dem wir zurückmüssen, und alles in mir sträubt sich dagegen.

»Wie geht es jetzt weiter?«, frage ich über einem Bissen von Phoebes restlichem Proviant. Mittlerweile türmen sich dichte Wolken am Himmel und es sieht so aus, als müssten wir den Rückweg bei Regen antreten.

Rye, der gerade vom Käse probiert hat und ihn »abstoßend« fand, legt den Kopf in den Nacken und sieht den Wolken dabei zu, wie sie eilig über den Himmel huschen. »Erst mal versuche ich wohl, nicht gefangen zu werden und Carron aus dem Weg zu gehen. Und für alles Weitere ... ich schätze, wir müssen abwarten, bis sich die Situation normalisiert hat. Im Moment ist alles zu frisch, um einen weiteren Versuch zu wagen.«

»Es wird nie wieder alles normal werden. Moment mal, ist Carron noch in der Gegend?« Was mit Dad passiert ist, kann niemand mehr rückgängig machen. Aber als Rye den Namen Carron erwähnt, flammt in mir Rachsucht auf wie in Kapitän Ahab, dem *Moby Dick* vor Einsetzen der Handlung ein Bein abgerissen hat.

»Ich habe ihn jedenfalls hier gesehen, bevor ich nach Dalry aufgebrochen bin. Keine Ahnung, ob er geblieben ist. Trotzdem solltest du vorsichtig sein.«

»Das solltest vor allem du.«

Mit Steinen im Magen, die nichts mit Phoebes Proviant zu tun haben, helfe ich Rye dabei, die Satteltaschen wieder vollzustopfen. Ich weiß nicht, seit wann Phoebe eine Meisterin im Tetris ist. Wir brauchen unendlich viele Anläufe, um alles wieder unterzukriegen.

Bevor sich Rye zur Verwandlung bereit macht, kommt mir noch ein anderer Gedanke, den ich loswerden muss.

»Wenn man dich aufzäumt und auf dir reitet, hast du dann keinen freien Willen mehr? Kann ich jetzt mit dir machen, was ich will?« Es klingt neckisch und könnte genauso gut lustig gemeint sein, aber das ist es nicht. Schließlich will ich ihn nicht mir unterjochen, so wie es das Institut macht.

»Nein, so ist das nicht, auch wenn du das vielleicht gerne hättest.« Er zwinkert mir zu, ehe er wieder ernst wird. »Ich habe dich schließlich aus freiem Willen hierher gebracht. Wenn man ein Kelpie aufzäumt, verliert es seine Mordlust dem Reiter gegenüber. Weil es schlichtweg nicht mehr dazu gedrängt wird. Also in gewisser Weise verliere ich meinen Willen, zumindest, was das Töten angeht. Und das ist definitiv schön für mich, also los, ich bin bereit.«

Mit diesem neuen Wissen fällt es mir viel leichter, Rye als mein Transportmittel zu benutzen. Vielleicht genießt er diese Zeit sogar, wenn nicht mehr ständig diese innere Kraft nach ihm ruft und ihn anfeuert, mich aufzuessen.

Als Rye sich schließlich verwandelt und ich ihm Sattel, Zaumzeug und die Taschen anlege, fängt es an zu regnen und ich ziehe meine Regenjacke mit Kapuze über, die ich zum Glück in weiser Voraussicht eingepackt habe. Innerhalb von zehn Minuten bin ich trotzdem komplett durchnässt, selbst wenn Rye sich nicht beirren lässt. Wasser ist schließlich sein Element, auch wenn er es nicht mit positiven Dingen assoziiert.

Es kann nicht mehr weit sein, aber wir reiten nur über die abgelegensten Wiesen und Wege und vorsichtshalber nicht am Wasser entlang, daher kann ich es nicht gut einschätzen. Als wir aus einem Waldstück heraus traben, das uns für eine Weile herrlich vom Regen abgeschirmt hat, verwandeln sich die Steine in meinem Magen zu Brocken. Ein Stück vor uns auf dem großen Feld, über das sich der Wanderweg zieht, steht eine halbe Armee aus Männern in Uniformen und versperrt uns den Weg mit Transportern und Geländewagen. Schon auf die Entfernung erkenne ich das Schlammbraun des Instituts. Rye hält abrupt an und will zurückweichen, da schießt ein zweites Heer an uniformierten Männern hinter uns aus den Büschen und richtet seine Gewehre auf uns. Bevor ich reagieren kann, zerren starke Hände an mir und reißen mich von Rye herunter. Ich kreische und strample, aber die Männer, auf deren Uniformen ich nun klar und deutlich den Schriftzug *RIK* erkennen kann, packen mich überall, sodass ich mich nicht wehren kann. Ich kreische weiter und werde zu einem der Geländewagen gezerrt, während Rye vor meinen Augen zu Boden geht.

Kapitel 34

Nach einer nie enden wollenden Autofahrt kommen wir in meiner Einfahrt zum Stehen.

»Wo bringen Sie ihn hin? Was haben Sie mit ihm vor? Er ist nicht wie die anderen, ich kann es beweisen! Sie müssen ihn freilassen, er tut niemandem was!« Immer und immer wieder habe ich das auf der Autofahrt geäußert, aber entweder gar keine Antwort oder Sätze wie »Er ist ein Kelpie, natürlich ist er böse« oder »Er tut niemandem was? Mädchen, du willst gar nicht wissen, wie viele Leute das Biest schon getötet hat« als Antwort erhalten. Woher können sie wissen, wie viele Leute Rye schon getötet hat? Das kann niemand wissen außer er selbst. Und ist ihnen überhaupt bewusst, dass Kelpies töten *müssen*, um zu überleben? Nach all den Jahren, die sie bereits an Kelpies forschen, muss ihnen doch aufgefallen sein, dass sie nach und nach von allein sterben, wenn die fünf Jahre, in denen sie nicht getötet haben, abgelaufen sind. Erkennen sie dieses Muster überhaupt oder haben sie sich nie so intensiv mit den Kreaturen beschäftigt wie ich? Geht es hier tatsächlich nur um reine Profitgier? Vielleicht lassen sie die Wesen für die Pharmaindustrie ausschlachten, oder das Institut kann dicke Bücher mit Halbwahrheiten darüber herausbringen, die sich millionenfach verkaufen. Wer weiß, wozu Kelpie-Blut gut ist? Was in den Wesen jedoch vorgeht, dass auch sie eine Seele besitzen, ein Bewusstsein, dass sie selbstständig denken und fühlen, egal, auf welcher Seite sie stehen, das ist diesen RIK-Geiern offensichtlich scheißegal. Am liebsten würde ich dem Kerl ins Gesicht spucken, der mir die, von innen verriegelte, Autotür aufmacht. Er hält mir die Hand hin, um mir herauszuhelfen, aber ich nehme sie nicht an.

»Ich kann alleine gehen«, spucke ich ihm statt Speichel Worte ins Gesicht. Aus dem Augenwinkel sehe ich, wie der andere Mann, der hinter dem Steuer saß, bereits mit Mum redet. Maeve steht geschockt ein Stück dahinter, eine Hand auf dem Mund, die andere zur Faust geballt.

»... muss Ihnen nicht sagen, dass es streng verboten ist, ein Kelpie zu reiten«, höre ich den Mann zu Mum sagen, aber nehme nur Wortfetzen wahr. »... Ihre Tochter sich dabei gedacht hat, sie hätte sterben können ... stehen unter Artenschutz, nur das RIK darf –« An dieser Stelle komme ich wieder zu mir und das heftiger, als ich es von mir erwartet hätte.

»Unter *Artenschutz*, wollen Sie mich verarschen?«, brülle ich den RIK-Mitarbeiter an, der sich perplex mit der Hand durch die zerzauste Frisur fährt.

»Mackenzie!«, ruft Mum empört. All die aufgestaute Wut auf dieses verfluchte Institut entlädt sich in diesem Moment, in dem wir im strömenden Regen unter dunkelgrauen Wolken in der Einfahrt der Lodges stehen, in der sich hinter Mum und Maeve schon die ersten neugierigen Touristen gesammelt haben, um dem Spektakel beizuwohnen.

»Sie wissen absolut nichts über Kelpies, alles, was Sie tun, ist sie einsperren und wahrscheinlich auch noch aufschneiden, ihnen Blut und sämtliche andere Körperflüssigkeiten abzapfen, um damit weiß Gott was herzustellen, das Ihren korrupten Konzern irgendwann finanziell durch alle Wolken katapultiert!«

»Ich bitte Sie –«, unterbricht er mich, doch ich spreche lauter.

»Wer in keiner Weise am Wohlergehen oder dem wahren Wesen einer Spezies interessiert ist, kann sich nicht erdreisten, von Arten*schutz* zu sprechen. Sie schützen hier niemanden, Sie nutzen lediglich Ihre Rolle als weiterentwickelte Spezies aus, die es durch moderne Mittel geschafft hat, selbst die stärksten Kräfte der Natur zu unterjochen.«

»Miss Edwards, Sie sind aufgebracht, das verstehe ich ja, aber –«

»Hier geht es um Macht und Gier und sonst nichts und das können Sie nicht leugnen. Oh und ich bin erwachsen, also müssen Sie nicht mit meiner Mutter reden, als hätte sie ihre Kleine nicht unter Kontrolle.«

Ich nutze den Augenblick, in dem alle von meiner Ansprache schockiert sind, um an meinem Publikum vorbei zum Haus zu gehen, ohne mich noch einmal umzudrehen.

»Mackenzie!«, ruft mir Mum hinterher, aber ich ignoriere sie und höre nur noch gedämpft im Hintergrund, wie sie sich bei dem RIK-Mann entschuldigt. »Sie ist nicht sie selbst, seit mein Mann ... nun ja, es ist für uns alle nicht leicht.«

Seine Reaktion warte ich nicht mehr ab, sondern verschwinde im Haus, knalle die Tür hinter mir zu und stürme in mein Zimmer, wo ich mich aufs Bett lege und einfach an die Decke starre. Ich weine nicht einmal, ich liege nur da, meine Brust hebt und senkt sich zu schnell und zu heftig.

Irgendwann – es könnten fünf Minuten gewesen sein, genauso gut eine Stunde – fliegt meine Zimmertür auf und Maeve kommt herein. Sie setzt sich auf meine Bettkante und starrt zum gegenüberliegenden Fenster hinaus.

»Wer bist du und was hast du mit meiner braven großen Schwester gemacht?«, sagt sie und schüttelt den Kopf.

»Ich bin nicht in der Stimmung für Belehrungen.«

»Belehrungen? Nein, nein, du verstehst mich falsch. Das war der Hammer, du warst großartig! Diese Schweine haben es nicht anders verdient ...«

Überrascht setze ich mich auf. »Ich dachte, du liebst das Institut?«

»Bitte? So ein Quatsch, ich war nur fasziniert von dem Ganzen ... Kelpies an sich, dann die Tatsache, dass es dieses Institut gibt, das sie fangen kann und ... Keine Ahnung, du weißt genau, wie sehr Menschen von Dingen fasziniert sind, die sie nicht einschätzen können. Wie sehr wir uns generell zu Arschlöchern hingezogen fühlen. Und ich bin dafür das beste Beispiel.« Sie zwinkert mir zu und kneift mich in den Arm, woraufhin ich mich aufsetze.

»Kenzy passt nicht mehr zu dir, ich bleibe in Zukunft bei *Big Mac*. War eh immer mein Lieblingsspitzname für dich.« Wenn ich mich recht erinnere, gibt es diesen Spitznamen zwar erst seit ein paar Wochen, doch jetzt ist nicht der Zeitpunkt, darüber zu diskutieren.

»Ich sehe ihn nie wieder, oder? Genau wie Dad«, sage ich und der altbekannte Trauerkloß in meinem Hals erreicht gefühlt Tennisballgröße.

Maeve legt einen Arm um mich. »Vielleicht. Das Institut hat sicher viel Dreck am Stecken, aber vielleicht sind es nur Gerüchte und die Kelpies haben es gar nicht so schlecht.«

»Das würde ich allzu gerne glauben.« Solange das Institut seine Vorgehensweisen nicht preisgibt, weiß keiner, ob sie die Kelpies überhaupt am Leben lassen oder sie direkt abschlachten.

»Dad kommt sicher nicht mehr wieder. Immerhin besteht bei Rye theoretisch eine Chance.«

Sie hat recht, trotzdem traue ich mich nicht, mir Hoffnungen zu machen. Das habe ich so oft in letzter Zeit und es hat mich an den dunkelsten Ort geführt, den ich mir hätte vorstellen können. Ich nicke nur schwach.

»Was willst du jetzt machen?« Maeve schaut mich aus großen Augen an, ihr Blick kommuniziert mir eine gewisse Erwartung, als müsste ich längst einen Plan haben, um Rye zu befreien.

»Keine Ahnung. Was soll ich schon groß machen? Viele Möglichkeiten habe ich nicht. Jedenfalls kann ich schlecht ins Institut einbrechen und ihn einfach zurückholen.«

»Also gibst du auf? Nach allem, was du aufs Spiel gesetzt hast für Rye? Nach allem, was …« Sie bricht ab, aber es ist offensichtlich, was sie meint. *Nach allem, was wir angerichtet haben.* »Dann war doch alles …«

»Umsonst, richtig. Maeve, sei mir nicht böse, ich muss jetzt ein bisschen allein sein, okay?«

»Okay«, sagt sie und ich höre Verständnis in ihrer Stimme, wofür ich ihr mehr als dankbar bin. Meine Ruhe hält allerdings keine fünf Minuten, dann höre ich Mum die Treppe herauf stampfen. Sie klopft nicht, kommt einfach in mein Zimmer und setzt sich auf meinen Schreibtischstuhl.

»Ich weiß nicht, was ich sagen soll«, fängt sie an und sowohl dieser Satz als auch ihr verdächtig ruhiger Ton geben mir ein mulmiges Gefühl. »Was hast du dir nur dabei gedacht? Du warst doch dabei, als …« Sie kann es nicht sagen. Sie kann nicht laut aussprechen, dass ich da bei war, als Dad getötet wurde, was mir nur aufs Neue beweist, dass sie noch mitten in der Verdrängungsphase steckt.

»Ich habe so oft versucht, es zu erklären, Mum. Aber ihr habt nicht zugehört. Nicht einmal die Videos haben geholfen.«

»Die Videos haben deinem Vater den Tod gebracht, die haben alles andere als geholfen, ganz richtig.«

Es ist, als hätte sie mir mit der Faust ins Gesicht geschlagen. Mir bleibt kurz die Luft weg, dann keuche ich wie jemand, der einen Schlag in die Magengrube bekommen hat und fühle mich auch so.

»Also hasst du mich dafür? Gibst mir die Schuld? Kannst du mich deshalb nicht mehr anschauen?«

»Ich hasse dich doch nicht.« Ihre Stimme ist kaum wahrnehmbar, was Wut in mir brodeln lässt. Warum kann sie nicht einfach mal ausrasten? Alles rausschreien?

»Dann schau mich an, Mum. Schau mich direkt an und sag mir das ins Gesicht!«

Langsam dreht sie ihren Kopf in meine Richtung und schließlich treffen sich unsere Blicke wie zwei Gegner im Boxring. Ich kann förmlich sehen, wie ihr Blick zum ersten Hieb ausholt, aber ich hebe selbst keine imaginäre Faust, um mich zu verteidigen. Was auch immer sie mir zu sagen hat, es muss endlich raus. Ich werde es nicht abwehren.

»Ich verstehe es einfach nicht! Was macht dieses Wesen so besonders, dass es dir wichtiger ist als deine eigene Familie?« Jetzt schreit sie und ich bin beinahe erleichtert darüber.

»Mum, das stimmt nicht!«

»Offensichtlich schon, wenn du ihn immer noch heimlich triffst! Und wenn er dich heute angegriffen hätte?

Glaubst du vielleicht, ich würde es überleben, wenn du auch noch stirbst?«

Auf ihren Schrei folgt Stille. Wir schauen uns an, beinahe ohne zu blinzeln.

Schließlich greife ich nach ihrer Hand. Sie zieht sie nicht weg. »Du musst es nicht verstehen, nur akzeptieren. Maeve hat das mittlerweile. Rye ist nicht wie die anderen Kelpies, Mum. Er würde mir nie wehtun. Er hat versucht, Dad zu retten. Hier ...« Ich halte ihr meine andere Hand, um deren Handgelenk Dads Uhr hängt, vors Gesicht. »Die hat er mir gestern gegeben. Er hat sie am Ufer gefunden. Du kannst sie haben, wenn du willst.«

Als sie die Uhr sieht, bricht sie wie ich gestern in Schluchzen aus. Ich stehe auf und nehme sie in den Arm. Sie stützt sich auf mir ab und weint hemmungslos, wie ich sie noch nie habe weinen sehen, nicht einmal kurz nach Dads Tod oder auf der Beerdigung.

»Es tut mir so leid, Mum, ich wollte nicht, dass das passiert!« Tränen rollen über meine Wangen. »Ich vermisse Dad genauso wie ihr.«

»Das weiß ich doch, ich habe dir nie die Schuld gegeben. Ich war nur so wütend, ich musste einfach wütend auf jemanden sein und ...« Die Worte zwischen ihren Schluchzern kommen kaum bei mir an, dennoch verstehe ich sie. »Und ich dachte, wenn du Dad die Videos nicht gezeigt hättest ... Aber ich war auch wütend auf deinen Dad, dass er es nicht einfach hat gut sein lassen. Er war so verdammt stur! Kenzy, ich war wütend auf alles und jeden, ich bin es immer noch.« Sie setzt sich auf und ihre Stimme wird klarer, fester, als sie mein verheultes Gesicht in ihre Hände nimmt. »Ich liebe dich, egal, was kommt. Ich könnte dich niemals hassen und ich habe dir nie die Schuld gegeben. Die letzten Wochen waren so schwer, ich musste erst selbst klarkommen und habe euch vernachlässigt. Es tut mir so leid, ich liebe euch, immer! Ihr seid doch alles, was ich noch habe.«

»Wir lieben dich auch, Mum.«

Eine Weile liegen wir uns in den Armen und genießen die Nähe, die wir so lange nicht hatten, obwohl wir sie so dringend gebraucht hätten.

»Glaubst du mir, dass mir Rye nicht wehtun würde? Kannst du akzeptieren, dass ich ihn mag?« Wir scheinen uns zwar gerade wieder vertragen zu haben, aber das Eis ist noch zu dünn, um in Sachen Rye von Liebe zu sprechen.

»Ich habe dir das von Anfang an geglaubt. Ich wollte es nur nicht wahrhaben. Meine Tochter, meine zarte, ruhige Mackenzie, mit so einem ... Na ja, sie sind eben als Monster bekannt. Verstehst du denn gar nicht, dass wir Angst um dich hatten?«

»Doch, natürlich.«

Mum seufzt. »Es tut mir leid, dass sie ihn dir genommen haben. Weißt du, ich kann dich dabei nicht unterstützen. Nicht jetzt, noch nicht zumindest. Ich brauche mehr Zeit. Aber ... tu, was du tun musst. Kämpfe um ihn. Ich werde dir nicht mehr im Weg stehen. Okay?« Ich schaffe es kaum zu nicken, so erstaunt bin ich über ihre Worte.

Die Tür knarzt, als Maeve sie von außen langsam aufschiebt.

»Ist alles gut? Ihr wart ziemlich laut.« Sie zittert. So verunsichert sieht man sie selten. Mum winkt sie zu uns und wir schließen sie mit ein in unserer Umarmung.

»Es ist alles gut«, sagt Mum und in diesem Moment weiß ich, dass wir über dem Berg sind. Wir werden nie wieder die Alten sein, aber wir werden okay sein.

Kapitel 35

»Wie haben die euch überhaupt erwischt? Ich habe extra den abgelegensten See rausgesucht, den ganz Schottland zu bieten hat!« Ich sitze neben Phoebe auf einer Bank an unserem Lieblingsstrand, wo ich ihr gerade alles genauestens erzählt habe.

»Es war wohl reiner Zufall. Die haben in der Gegend nach den Kelpies gesucht, die in der Nacht, als … na ja, in *der* Nacht eben, entkommen sind. Und auf einmal sehen sie uns in das Waldstück reiten und zählen eins und eins zusammen, schätze ich.«

In Phoebes Zopf sammeln sich Sandkörner, die der Wind in ihre geflochtene Frisur platziert.

»Aber von Weitem sieht man nur eine Frau auf einem Pferd reiten? Wer würde denn für möglich halten, dass das ein verfluchtes Kelpie ist?«

Der Wind peitscht auch Sandkörner in meine Frisur. Blöderweise trage ich meine Haare offen und bin damit beschäftigt, mir Strähnen aus dem Gesicht zu fischen.

»Das Pferd war nicht das Problem. Die haben zuerst mich erkannt. In der Nacht, in der Dad … als ich ohnmächtig war.« Warum tue ich mich so schwer damit, es einfach auszusprechen? Dad ist gestorben. Dad wurde getötet, Dad kommt nicht mehr zurück. Meine Gedanken schreien mir das jeden Morgen und immer wieder über den Tag verteilt entgegen, aber meine Lippen lassen die Wörter nicht aus mir heraus.

»Also haben sie dich erkannt und wussten, dass du ... Scheiße, du hast denen erzählt, dass du freiwillig mit Rye unterwegs warst?!«

»Ich habe in dieser beschissenen Nacht überhaupt nicht mehr gesprochen. Das war Bill.«

»Mein Gott, was für ein riesiger Kotzbrocken dieser Bill ist. Der kam mir immer ganz nett vor, Dad mag den auch.«

Unwillkürlich muss ich schmunzeln. »Er ist ein Kotzbrocken, aber ich kann ihm einfach nicht böse sein. Bill ist ... Er war Dads bester Freund, seit ich denken kann. Wahrscheinlich waren sie so eng, weil sie sich so ähnlich waren. Bill ist genauso stur und er hat ein genauso großes Herz wie Dad. Er meint es nur gut, ehrlich. Er kann es nur nicht zeigen.«

»Deine Gnade hätte ich ja gerne. Obwohl ... Das wäre echt langweilig. Und irgendwie kommt mir das ungesund vor. Man muss doch auch mal wütend sein.«

Ich denke einen Moment über ihre Worte nach und erforsche meine Gefühle, ob ich Bill wirklich verziehen habe. Mein Blick schweift über den unendlichen Ozean, auf dem sich die Wellen brechen, die Gischt bedrohlich zischt und Möwen sich gegenseitig über dem nassen Sand jagen.

»Ich war wütend auf ihn. Aber das heißt nicht, dass ich ihn nicht ausstehen kann. Und dass er es nicht trotzdem gut gemeint hat. Ach keine Ahnung, ich war viel zu lange einfach nur traurig und wütend. So kann ich nicht mehr weitermachen, also warum soll ich Bill jetzt hassen? Er kann im Endeffekt auch nichts dafür.«

Phoebe schüttelt den Kopf. »Mackenzie Edwards, du bist eine grenzenlos gute Seele und das liebe ich an dir. Aber was machen wir denn jetzt wegen Rye? Wir können da schlecht einbrechen. Obwohl ich es definitiv versuchen würde. Du weißt ja, mit mir kann man Pferde stehlen.« Sie lacht sich halb kaputt über ihren Wortwitz.

»Ich weiß es auch nicht. Vielleicht könnte ich noch mal mit Lauren reden? Sie hat jedenfalls mehr Kontakte als ich, so viel steht fest.« Ich glaube zwar kaum, dass Phoebes Freundin, die wir vor Wochen in Glasgow getroffen haben, irgendetwas gegen das Institut ausrichten kann, egal in welchen Gruppen sie sich für Kelpie-Rechte engagiert ... Doch ich darf nichts unversucht lassen.

»An Lauren habe ich auch direkt gedacht. Ich schicke dir gleich ihre Nummer«, noch während sie spricht, zückt sie ihr Handy und hämmert mit ihren Fingern auf das Display. »Am besten du rufst sie nachher gleich an. Sie wird sowieso in den Nachrichten gesehen haben, dass schon wieder ein Kelpie gefangen wurde. Du bist echt die Kelpie-Beschwörerin schlechthin, weißt du das? Seit du dich hier mit Rye datest, hat sich das Kelpie-Aufgebot in ganz Schottland ungefähr verzehnfacht.« Sie sagt es, als wäre es etwas, worauf ich stolz sein könnte.

»Na ja, die waren sicherlich auch in den Jahren davor hier.«

Wir reden noch eine Weile über Alltägliches. In den letzten Wochen waren unsere Gespräche oft so düster und erdrückend und jetzt da Rye weg ist, sollten sie eigentlich noch düsterer werden, aber keiner von uns kann sich der Dunkelheit vollständig hingeben. Es ist an der Zeit, wieder über Lieblingsserien zu reden, über Phoebes Dates und den neuesten Dorfklatsch. Natürlich beherrscht Rye unterbewusst meine Gedanken und ich frage mich in jeder Sekunde, was diese Schweine gerade mit ihm anstellen. Aber was hilft es irgendjemandem, wenn ich mir ständig das Worst-Case-Szenario ausmale? Davon wird Rye nicht freigelassen werden. Überhaupt stehen die Chancen verdammt schlecht, dass er jemals wieder freigelassen wird. Bei diesem Gedanken würde ich am liebsten ins Wasser waten und mich von der nächsten Welle davonschwemmen lassen, was natürlich auch keine Option ist. Dieser Kampf dauert schon viel zu lange an, wenn ich ihn gewinnen will, muss ich mich noch ein wenig länger über Wasser halten.

Nachdem ich mich von Phoebe verabschiedet habe, helfe ich Mum so lange in den Lodges, bis es absolut nichts mehr zu tun gibt. Ich gehe mit Chocolate eine Runde über das Feld, da ich den Fluss gerade nicht sehen will und nicht Carron in die Arme laufen will, und als ich zurückkomme, ist das Abendessen schon fertig. Ich werde mich nie daran gewöhnen, dass wir nur noch zu dritt am Tisch sitzen und habe jeden Abend für einen Moment Tränen in den Augen, wenn ich seinen leeren Platz sehe.

Als ich mich nach dem Essen ziellos an den Schreibtisch setze und den Laptop aufklappe, fällt mir auf, dass dieser noch warm ist. So heizt er sich normalerweise nur auf, wenn ich mein Schnittprogramm benutze oder wenn ich Fotos bearbeite. Kopfschüttelnd bete ich innerlich, dass mein Laptop nicht kaputt geht, und sehe mir eine halbe Stunde lang Katzenvideos auf YouTube an, bis ich mich schließlich traue, Lauren anzurufen.

»Hi, äh, hier ist ... hier ist Mackenzie, Phoebes Freundin«, stammle ich in den Hörer, als sie abhebt.

»Hey Mackenzie, Phoebe hat mir schon geschrieben, dass sie dir meine Nummer gegeben hat. Schön, dass du anrufst.«

Natürlich hat Pheebs sie vorgewarnt, wie könnte es anders sein.

»Ja … Hat Phoebe dir erzählt, worum es geht?«

Lauren lacht in den Hörer. »Es ist Phoebe, was denkst du? Sie hat geplappert wie ein Wasserfall. Die ganze Geschichte kenne ich trotzdem nicht. Sie meinte, das sollst du mir selbst erzählen.«

Ich räuspere mich, bevor ich loslege. »Klar, deshalb rufe ich ja an. Also …« Und damit berichte ich ihr alles, ab dem Moment, in dem ich Rye von den Lodges aus am Fluss gesehen habe. Bis zu dem Moment, in dem er vor meinen Augen betäubt und in einen Anhänger gezerrt wurde. Sie kommentiert meine Erzählung nur ab und zu durch Geräusche wie Seufzer oder kurze Ausrufe wie »Wow« oder »oooh«, aber sie unterbricht mich kein einziges Mal.

»Und jetzt hast du das Video veröffentlicht, um Leute auf eure Geschichte aufmerksam zu machen, in der Hoffnung, dass Rye freigelassen wird?«, fragt sie, als ich fertig bin, und mir fällt fast der Hörer aus der Hand.

»Was, welches Video?!«

»Na das … Moment, ich war mir sicher, dass … Nein, das bist eindeutig du und der hübsche Kerl muss dann wohl Rye sein. Es wurde schon fünfhundert Mal angeklickt, Wahnsinn!«

Ich stelle Lauren keuchend auf Lautsprecher, tippe wie eine Verrückte etwas in meinen Browser ein und habe Sekunden später das Video gefunden, das Lauren meinen muss. *Mein Leben mit einem Kelpie – Freiheit für Rye!* prangt in fetten Lettern als Titel über dem Clip, der in den letzten zwei Stunden bereits fünfhundertsiebenundzwanzig Mal auf YouTube angesehen wurde.

»Sorry, Lauren, ich muss dich gleich zurückrufen«, nuschele ich in den Hörer und lege auf, bevor Lauren etwas erwidern kann.

Meine Augen überfliegen die Beschreibung in dem Kästchen unter dem Video: »Rye ist ein Kelpie, aber er ist einer von den Guten. Ein paar Monate lang habe ich mich mit ihm getroffen und mich in ihn verliebt, denn er ist eine gute Seele und würde mir – und allen anderen Menschen – nie absichtlich wehtun. Hier der Beweis dafür. Das RIK hat ihn gestern brutal von mir gerissen und mitgenommen und er hat es nicht verdient, dass man ihn dort ausnimmt und Experimente an ihm durchführt! Ich bitte euch, schaut euch das Video an, macht euch selbst ein Bild von Rye und dann unterschreibt die Petition *Freiheit für Rye.* Ich habe vor ein paar Wochen schon meinen Vater verloren, ich kann nicht auch noch Rye verlieren. Ich danke jedem einzelnen von euch!«

Ich bin viel zu geschockt, um irgendwie emotional zu reagieren. Stattdessen wähle ich wie ferngesteuert Phoebes Nummer.

»Hey, hast du schon –«, fängt sie an, aber ich unterbreche sie sofort. »Bist du wahnsinnig? Wie kannst du einfach das Video online stellen!«

»Hä, welches Video, spinnst du?« Ich weiß, dass Phoebe mich in so einer Situation nicht anlügen würde. Phoebe lügt mich streng genommen nie an, sie benutzt nicht einmal Notlügen, was mir teilweise schon zu ehrlich ist. Wenn sie es also nicht war, wer war es dann?

»Das Video von Rye und mir ist auf YouTube gelandet!«

»Was?!« Ich muss den Hörer kurz vom Ohr nehmen, so laut schreit sie.

»Gib ein *Mein Leben mit einem Kelpie, Freiheit für Rye.*« Ich warte einen Moment, bis sie das Video gefunden hat und muss den Hörer von meinem Ohr weghalten. »Heilige Scheiße, Kenzy, das hat schon fünfhundertfünfzig Aufrufe!« Haben dieses Video in den letzten zwei Minuten wirklich noch fünfundzwanzig Menschen mehr angeschaut? Wie ist das überhaupt möglich?

»Was mache ich denn jetzt, Pheebs? Wer zum Teufel hat das hochgeladen, ich dachte, das kannst nur du gewesen sein!«

»Quatsch Mann, das hätte ich dir doch gesagt!«

»Ich war's«, höre ich eine Stimme und fahre herum. Maeve steht in der Tür, starrt auf den Boden und knetet sich die Finger.

»Pheebs, ich ruf dich zurück«, sage ich und frage mich, ob ich heute noch ein Telefonat zu Ende führen werde.

»Scheiße« ist das Einzige, das mir einfällt. Dann stehe ich auf, schiebe Maeve zur Tür hinein und schließe diese hinter uns. Am liebsten würde ich ausrasten, aber ich will nicht, dass uns Mum hört.

»Was hast du dir denn dabei gedacht? Du kannst doch nicht einfach ... Verdammt, du nimmst das sofort wieder runter!«

Maeve hebt den Kopf und in ihrem Blick sehe ich Trotz. »Ich will dir helfen und das ist dir auch wieder nicht recht! Ich wusste, dass du es mir verbieten würdest, deshalb habe ich es heimlich gemacht. Aber ich nehme es nicht wieder runter. Kenzy, das hat in zwei Stunden schon über –«

»Über fünfhundert Klicks, ja, ich weiß. Und das ist –«

»Gut, verdammt noch mal!« Sie ist lauter geworden, als sie es selbst beabsichtigt hat, und schlägt sich erschrocken die Hand vor den Mund.

»Was hättest du sonst vorgehabt? Ohne die Hilfe der Öffentlichkeit kriegst du Rye da nicht raus. Oder wolltest du in irgendeiner bescheuerten Nacht und Nebel Aktion ins Institut einbrechen und am Ende selbst eingesperrt werden?«

Ich weiß, dass sie recht hat, und trotzdem bin ich wütend auf sie. »Nein, ich wollte nicht wirklich einbrechen. Keine Ahnung, was ich getan hätte. Ich hätte mir nur gewünscht, dass du es nicht hinter meinem Rücken gemacht hättest. Und was soll ich Mum sagen?«

»Mum weiß Bescheid«, sagt sie und ich muss mich wieder hinsetzen, weil mir schwindlig wird. Erst jetzt fällt mir auf, dass ich, seit Maeve hereingekommen ist, gestanden bin.

»Mum weiß Bescheid?«, wiederhole ich, weil ich es nicht glauben kann.

»Ja, ich habe ihr gesagt, dass ich das tun will, um dir zu helfen. Und sie hat gemeint, dass das eine gute Idee ist. Weißt du ... Sie ist da wie ich. Sie kann das nicht so ganz nachvollziehen, aber sie versteht, dass man für die Liebe kämpfen muss.«

Mir steigen Tränen in die Augen, weil ich auf einmal gerührt bin. Dieses Gefühlschaos will einfach nicht enden.

»Ich muss Lauren zurückrufen und dann Phoebe«, sage ich und blinzele die Tränen weg, weil ich jetzt nicht schon wieder heulen will.

»Okay.« Etwas niedergeschlagen schlurft Maeve aus dem Zimmer.

»Maeve?«, rufe ich und sie dreht sich noch einmal um. »Danke. Ehrlich. Ich weiß das sehr zu schätzen.«

Sie nickt und schlurft weiter, aber ich sehe aus dem Augenwinkel, dass sich ihre Miene aufhellt.

Lauren geht sofort ans Telefon und ich entschuldige mich bei ihr für den abrupten Abbruch beim ersten Ma und erkläre ihr, dass Maeve das Video hochgeladen hat.

»Was mache ich denn jetzt?«, frage ich letztendlich, weil ich wirklich verwirrt bin, wie es mit dem Video weitergehen soll.

»Jetzt, meine Liebe«, sagt Lauren und ich höre förmlich, wie sie dabei schmunzelt, »sorge ich dafür, dass dein Video in jeder Gruppe für Kelpie-Rechte, die auf dieser Welt existiert, geteilt und die Petition unterschrieben wird. Gib mir einfach ein bisschen Zeit und lass die Dinge sich entwickeln. Und dann holen wir uns deinen Rye zurück.«

Kapitel 36

Die ersten paar Tage wollte ich das Video ungefähr alle zehn Minuten löschen, aber ich hätte es nicht gekonnt, da Maeve es hochgeladen hat und ich ohne Passwort nicht in ihren YouTube-Kanal komme. Für jemanden, der sein Leben lang darauf bedacht war, möglichst leise und unauffällig zu sein – jemanden wie mich – war diese Bekanntheit über Nacht geradezu der Vorhof zur sozialen Hölle. Doch mit Phoebes, Maeves und Mums Unterstützung, die mir, ohne mir Druck zu machen, immer wieder gut zugeredet und mich ermutigt haben, konnte ich mich darauf einstellen, auf diese Weise für Rye zu kämpfen. Tief in mir habe ich längst gewusst, dass ich früher oder später den Mund aufmachen würde. Jetzt ist es soweit und ich schlage mich tapfer.

Eine Woche, nachdem das Video online ging, bin ich mit Phoebe in Glasgow, ohne genau zu wissen, wie es so schnell dazu kam. Alles, was sich gerade abspielt, ist für mich weder greifbar noch nachvollziehbar und ich lasse es wie ferngesteuert über mich ergehen, weil jeden Tag die Hoffnung in mir wächst, dass ich Rye im Gegensatz zu Dad tatsächlich wiedersehen könnte.

Das Video wurde bereits 395.000 Mal angeschaut und die Kommentare darunter explodieren. Ich kann nicht mehr mitlesen, weil ich schlicht nicht hinterherkomme und weil natürlich nicht alle Kommentare positiv sind.

Damit war zu rechnen. Oft genug wird von »abartig« »widerlich« oder »Monster« gesprochen und das sind noch die netten Varianten. So ist das in unserer Gesellschaft, die unendliche Anonymität des Internets macht *uns* alle zu Monstern, aber wir sind am Ende des Tages ja ach so zivilisierte Menschen und würden dies nie tun. Und lästern tut sowieso keiner und wenn, dann ist es natürlich niemals böse gemeint ...

Am Anfang habe ich mich in jeden einzelnen abschätzigen Kommentar unendlich hineingesteigert und teilweise auch Tränen vergossen. Mittlerweile habe ich gelernt, mich von gewissen Dingen, die es nicht gut mit mir meinen, zu distanzieren. Ich bin es so leid, daher konzentriere ich mich entweder auf die positiven Kommentare, die es zu tausenden gibt, oder lese gar keine mehr. Seit das Video online ging und Lauren es gefühlt mit der halben Welt geteilt hat, ist nichts, wie es einmal war. Man kennt mich, man kennt Rye und man kennt unsere Geschichte. Als ich vor zwei Tagen in Inverness war, um für Mum ein paar Besorgungen für die Lodges zu machen, wurde hinter mir an der Kasse getuschelt, ob ich »das Kelpie-Mädchen« sei und ich bilde mir ein, dass es kein Zufall war, dass der griesgrämige Mann auf der Straße ausgerechnet mir vor die Füße gespuckt hat. Maeve würde diese Aufmerksamkeit genießen, wenn auch nicht die Spuckattacken, aber die gehören wohl dazu. Ich dagegen stand noch nie gern im Mittelpunkt, habe es immer gehasst, Referate zu halten oder mich irgendwie besonders bemerkbar zu machen. Doch das Institut ist so mächtig, dass es wirklich die halbe Welt braucht, um Rye zu befreien. Wenn es überhaupt möglich ist.

Viel zu früh stehe ich mit Phoebe vor Laurens Wohnung, in der wir gleich ein Interview mit mir drehen, das ebenfalls auf YouTube hochgeladen und von Laurens Kontakten in die Welt hinausgetragen werden soll. Ich bin das gefundene PR-Häschen für ihre Zwecke, aber ich bin auch fester Bestandteil dieser Bewegung für Kelpie-Rechte, die ich mir nie im Leben so groß vorgestellt hatte. Laurens Kontakte reichen bis nach Russland und Australien, sie kennt sogar Leute auf Island und in Argentinien, die in ihren Ländern eigene kleine Gruppierungen für Kelpies gegründet haben, obwohl die Wesen ein rein schottisches Phänomen sind. In Zeiten des Internets ist nichts mehr auf ein Land beschränkt, schließlich kann sich jeder alles online ansehen und mit sämtlichen Nationalitäten darüber diskutieren, bis seine Fingerkuppen bluten. So muss es auch den Kelpies ergangen sein. Einst die mysteriösen schottischen Wasserdämonen, vor denen nicht nur Furcht, sondern vor allem Ehrfurcht geboten war, haben sie sich zu regelrechten Zootieren der gelangweilten Online-Bevölkerung entwickelt. Einerseits macht mich das traurig, andererseits kommt es mir zugute.

Ganz hibbelig vor Aufregung öffnet Lauren uns die Tür und umarmt mich mit einem unangenehmen Kreischlaut.

»Kommt rein, wir sind schon bereit!« Sofort bekomme ich Bauchschmerzen beim Anblick des dreiköpfigen Filmteams, das im Wohnzimmer auf mich wartet. Ein groß gewachsener dunkelhäutiger Mann mit Bart und eleganter Brille stellt sich mir mit breitem schottischen Akzent als »John, der Kameramann« vor, während eine gewisse Lucy sich um den Ton und das Licht kümmert und ein wild gelockter Martin »einfach nur dabei sein« wollte. Es stellt sich heraus, dass Martin von KeRes ist, *Kelpie Rescue*, der Verein, dem Lauren beigetreten ist, um sich für Kelpies zu engagieren.

Phoebe besteht darauf, mich noch zu stylen und zupft zehn Minuten lang an meinen Haaren herum, die danach genauso aussehen wie zuvor. Auf ihr Drängen hin, schmiere ich mir widerlich schmeckendes Lipgloss auf meine Lippen, damit sie »voller aussehen und schön leuchten«, was man nicht verstehen muss. Hier geht es schließlich nicht um irgendeinen Schönheitswettbewerb. Als sie mir auch noch Lidschatten auftragen will, stoppe ich sie mit einer Handbewegung und drehe mich weg.

»Das reicht, Pheebs, ich fühle mich sowieso schon nicht mehr wie ich selbst. Ich schminke mich nie, das hier soll authentisch sein!«

Enttäuscht lässt meine beste Freundin ihre Utensilien sinken. »Schon gut, dann eben nicht. Also, bist du bereit?«

Mit einem Blick zu den anderen vergewissere ich mich, dass sie uns nicht zuhören. Dann schüttle ich kaum merklich den Kopf. »Ich glaube, ich kann das einfach nicht. Kannst du nicht für mich sprechen? Oder Lauren, sie hat sowieso viel mehr Lust auf so was. Sie brennt bestimmt dafür, sich vor der Kamera zu präsentieren!«

Phoebe lässt sich auf einen Stuhl neben mich plumpsen und legt mir eine Hand auf die Schulter. »Süße, du weißt, dass es hier weder um mich noch um Lauren geht. Das ist jetzt dein Part. Die Bühne gehört dir, auch wenn du sie nie wolltest. Ich meine das nicht böse, aber ... du hast dich immer versteckt, weil du Angst hattest. Angst, du selbst zu sein, für deine eigenen Überzeugungen einzustehen. Deine eigenen Schlachten zu kämpfen. Ich fürchte, es ist einfach an der Zeit, dass du selbst zum Schwert greifst und es allen zeigst.«

Ihre Worte tun mir weh, weil sie wahr sind. Ich war ein Schisser, habe mich kaum aus dem Haus getraut, und wo für eigentlich? Weshalb? Plötzlich kommen mir meine seltsamen Ängste erbärmlich vor.

»Ich kann das nicht einfach so abstellen, Pheebs. Auch wenn ich es will. Ich kann nicht mit dem Finger schnipsen und auf einmal selbstbewusst sein.«

»Das musst du auch nicht. Alles, was wir von dir verlangen, ist, dass du es versuchst. Und hey, wir senden nicht live. Du kannst dich zwanzig Mal verhaspeln, du kannst sogar kurz kotzen gehen und wir können das alles rausschneiden. Am Ende sieht das keiner.«

Mir ist wirklich so zumute, als müsste ich kurz kotzen gehen. »Sehr witzig. Aber ja, ich versuche es. Versprich mir nur, dass ihr mich nicht zwingt, das Video hochzuladen, wenn es nicht gut wird!«

Phoebe seufzt. »Um Himmels Willen, Mackenzie Edwards, wann begreifst du endlich, dass du erwachsen und selbstbestimmt bist. Natürlich wird dich keiner zwingen, wenn du dich nicht zwingen lässt.«

Sie lächelt mich an und schüttelt gleichzeitig den Kopf, als würde sie mir zwischen den Zeilen ihre Empörung darüber kommunizieren wollen, dass ich so denke.

»Okay«, sage ich, atme tief durch und stehe wackelig auf. »Dann los.«

Fünf Minuten später leuchtet mir eine Filmlampe ins Gesicht und ich musste mich noch nie so sehr zusammenreißen, nicht davonzulaufen.

»Also«, sagt Lauren letztendlich, als das Mikrofon richtig eingestellt ist und die Kamera läuft. »Dann stell dich am besten erst mal kurz vor.«

Ich brauche bestimmt zehn Anläufe, um nicht peinlich durch die Gegend zu stammeln, und einfach meinen Namen, mein Alter und alle Basisinformationen, die es zu Mackenzie Edwards zu sagen gibt, zu erzählen. Martin meint, dass ich das toll mache, obwohl wir alle wissen, dass er lügt, John gibt mir einen Daumen nach oben und Lucy schaut, als würde sie gleich einschlafen und kaut an ihren Fingernägeln herum.

Mit der Zeit fällt es mir leichter, vor der Kamera zu sprechen, auch wenn ich mir durchgehend ein bisschen blöd vorkomme. Nach einer Stunde habe ich alle Fragen beantwortet und bestimmt zwanzig Daumen nach oben von John bekommen. Ich frage mich, ob Lucy überhaupt noch Fingernägel hat, denn sie hat nicht aufgehört, daran herumzukauen. Nachdem ich mich vorgestellt hatte, wollte Lauren wissen, wie ich Rye kennengelernt habe, was meine Familie dazu gesagt hat und schließlich wollte sie, dass ich die ganze Geschichte erzähle. Von Carron und seinem Gefolge, von Dads Plan, Rye außer Gefecht zu setzen und von der verhängnisvollen Nacht. Ich habe die Geschichte bereits so oft erzählt und so oft in meinem Kopf Revue passieren lassen, dass ich sie zwar mit Tränen in den Augen, aber ohne loszuheulen, erzähle.

»Ich schicke das Material direkt an unseren Cutter«, sagt Martin als Verabschiedung und verschwindet zusammen mit John und Lucy.

»Wir wollen es morgen gleich online stellen«, ergänzt Lauren. »Je schneller desto besser, auch wenn das Interesse an deinem ersten Video noch lange nicht nachlässt.«

Alarmiert schaue ich zu Phoebe, die für mich das Wort ergreift. »Ihr schickt es uns vorher, damit Kenzy es sehen kann, bevor es online geht, ja?«

»Natürlich!«, ruft Lauren und ich nicke den beiden dankend zu.

»Glaubst du wirklich, dass das was bringt?«, frage ich und setze mich auf Laurens riesiges rotes Ledersofa. Erst jetzt fällt mir auf, dass ich die letzte Stunde gestanden bin.

Phoebe lässt sich neben mich plumpsen und Lauren bringt uns selbst gemachten Eistee, der schon vorbereitet im Kühlschrank stand.

»Na ja, so einen Fall gab es natürlich noch nie«, sagt sie, als sie mir ein Glas Eistee hinstreckt. »Aber ich kann mir gut vorstellen, dass die Petition und die große Aufmerksamkeit dem Institut Druck machen. Die Gerüchteküche kocht langsam über und das RIK kann nicht ewig alles geheim halten. Irgendwann müssen sie sich äußern, nicht nur zu ihren Machenschaften, sondern auch zu Rye. Das Problem ist nur, dass es immer noch sehr, sehr viele Leute da draußen gibt, denen es egal ist, was das Institut wirklich macht, weil sie sich durch dessen Arbeit sicherer fühlen.«

»Aber Kelpies greifen nie von sich aus an, solange sich niemand auf sie setzt, ziehen sie niemanden ins Wasser«, entgegne ich so heftig, dass ich fast meinen Eistee verschütte. Phoebe starrt mich an, als wolle sie etwas dagegen einwenden.

»Was? Es stimmt! Es wurde noch nie jemand von einem Kelpie ...« Schlagartig trifft mich die Erkenntnis, dass Dad wohl der erste Mensch war, der von einem Kelpie direkt angegriffen wurde.

»Das Argument wird nicht mehr ziehen.« Phoebe verliert nie ihre Sprache, auch nicht in den unangenehmsten Momenten, was manchmal anstrengend sein kann.

»Das mit Dad war ... anders. Das war etwas zwischen Rye und Carron und ... mir. Carron hat nicht zufällig angegriffen, er wollte uns und Dad war zur falschen Zeit am falschen Ort.« Ich schlucke und versuche, die Schuldgefühle damit zu verdrängen, die schon wieder in mir hochkriechen.

»Wir wissen das, Kenzy. Aber der breiten Masse wird das Argument nicht helfen. Du weißt doch, wie sich eine Gruppe von Menschen verhält, die von Angst aufgescheucht ist.« Innerlich danke ich Lauren dafür, dass sie versucht, das Problem analytisch anzugehen, dabei will ich nur die Wahrheit in die Welt hinausschreien, egal, ob danach jemand Angst hat oder nicht.

»Welche Argumente helfen dann?« Ich nippe an meinem Eistee und stelle fest, dass er erstaunlich gut schmeckt und mich irgendwie beruhigt, warum auch immer.

»Wir dürfen nicht das große Ganze infrage stellen, soweit sind wir noch nicht. Dafür sind Kelpies noch zu sehr als Monster in den Köpfen der Menschen abgespeichert. KeRes versucht seit Jahren, diesen Gedanken umzuprogrammieren, durch Aufklärung und indem sie aktiv immer wieder das Gespräch suchen. Wir sind noch nicht soweit, den großen Schritt zu gehen. Wir haben gerade erst Laufen gelernt.«

»Okay«, wirft Phoebe ein, die sich schon das zweite Glas Eistee einschenkt, »aber was ist dann der kleinere Schritt, den wir gehen wollen?«

»Na das hier. Wir konzentrieren uns auf Rye und auf die Geschichte, die Kenzy zu erzählen hat. Sei mir nicht böse, Kenzy, das ist echt wie in einem Hollywood-Film. Oder wie Romeo und Julia. Ganz großes, ganz tragisches Kino, das für dich Realität geworden ist und auf so was springen die Leute an. So scheiße das ist bei allem, was ihr passiert ist, wir müssen Kenzys Schicksal ausschlachten, damit wir die Leute auf unsere Seite kriegen. Und hey, das funktioniert bisher bestens.« Ich bin mir nicht sicher, ob mir diese Taktik besonders gut gefällt, aber sie hat recht und das ist im Moment alles, was für mich zählt.

Nachdem uns Lauren mit einem leckeren Curry bekocht hat, müssen wir schon weiter. Lauren und Martin möchten unbedingt, dass ich zu einem Treffen von KeRes mitkomme und mich vorstelle. Scheinbar kennen alle Mitglieder das Video und sind davon schwer beeindruckt und wollen alles genauer wissen. Und natürlich wollen sie wie tapfere Vereinskrieger an meiner Seite kämpfen, demonstrieren und was man eben so macht, wenn man auf einer Mission ist. Ich bin ein Mensch mit Prinzipien und Überzeugungen, doch ich war immer ein leiser Mensch. Jetzt auf einmal mit den Rebellen zu brüllen, überwältigt mich. Tapfer stelle ich mich auch dieser nächsten Aufgabe, stets mit dem Gedanken, dass ich all das für Rye tue.

Als wir die Halle erreichen, in der sich KeRes versammelt und mich bestimmt zweihundert Gesichter anstarren, schlägt das Curry Purzelbäume in meinem Magen. Lauren stellt mich kurz vor und schließlich schiebt mich Phoebe auf das kleine Podest. Lauren stellt mir das Mikro ein und ich nehme all meinen Mut zusammen, atme einmal tief durch, schließe kurz die Augen und erzähle erneut meine Geschichte. Viele der Mitglieder halten ihre Handys hoch und filmen Ausschnitte meiner Rede, die stotternd beginnt und allmählich fester, klarer wird. Mit jedem Wort fühle ich mich ein kleines bisschen sicherer, auch wenn mein Herz mir durchgehend so fest gegen den Brustkorb hämmert, dass die Worte nur keuchend meinen Mund verlassen. All die Blicke scheinen mich zu durchbohren und ich muss einen Punkt an der Decke fixieren, um sie möglichst auszublenden. Aber ich ziehe meine Ansprache durch, denn ich möchte, dass die Welt von mir erfährt und vor allem von Rye. Und das wird sie, hier und jetzt, gestern und heute und morgen, übermorgen und vielleicht, wenn wir unsere Sache gut machen, wird sie sich in ein, zwei Jahren sogar noch daran erinnern.

Kapitel 37

Sechs Wochen sind vergangen und ich fühle mich nicht mehr taub wie in der Zeit nach Dads Tod oder nachdem sie mir Rye genommen haben. Ich fühle mich lebendig, habe eine Bestimmung im Leben gefunden, die es ohne all die Ereignisse mit Rye und den anderen Kelpies nie gegeben hätte. Vielleicht ist es das, was wir alle brauchen. Eine Bestimmung. Das Video von Rye und mir hat mittlerweile fünf Millionen Aufrufe, da es sogar von berühmten Schauspielern und anderen Stars auf deren Social Media-Plattformen geteilt wurde. Auch das Interview, das wir bei Lauren gedreht haben, hat bereits drei Millionen Aufrufe erreicht.

Diese letzten sechs Wochen sind schneller vergangen als die sechs Jahre davor. Ich war kaum mehr zu Hause, Mum musste eine zweite Marketing-Stelle ausschreiben, da die Lodges mit mir berühmt geworden sind. Sie hat mittlerweile eine der Lodges zum Büro umgebaut, in dem sich zwei Marketing-Managerinnen um die Nachrichten auf unseren Online-Kanälen kümmern und zwei weitere Sekretärinnen die explodierenden Buchungsanfragen beantworten. All der Trubel hat sie am Anfang überfordert, mit der Zeit ist sie jedoch richtig aufgeblüht und hat große Pläne, die Lodges weiter auszubauen und irgendwie hat auch sie ihre Bestimmung gefunden. Maeve hilft, wo sie kann, und genießt die Aufmerksamkeit, die sie neuerdings in der Schule bekommt. Natürlich braucht sie dafür regelmäßig neue Klamotten und kommt immer wieder mit zu meinen Terminen in Glasgow, am Wochenende oder in den Ferien. Ihr Erdbeerblond hat sie wieder aufgefrischt und passenden Lippenstift dazu gekauft. Und vielleicht ist das für ihre Teenager-Jahre ihre Bestimmung: Einfach gut auszusehen. Es scheint ihr jedenfalls einen riesigen Spaß zu machen.

Phoebe hat sich selbst zu meiner Managerin ernannt und koordiniert meine Termine, während Lauren mich zum Ehrenmitglied von KeRes ernannt hat und mir regelmäßig kleine, stark an Propaganda grenzende Reden schreibt, die ich jedes Mal vorher in meine eigene Sprache umschreibe. Meistens beginnen meine öffentlichen Auftritte mit Purzelbäumen im Bauch, Räuspern und Stottern, ich werde in diesem Leben eben keine Rampensau mehr. Aber das stört keinen und auch ich selbst habe das so akzeptiert. Das, und die Tatsache, dass ich nun keine graue Maus mehr sein kann, die sich in ihrem Kinderzimmer verschanzt.

Seit wir angefangen haben, meine Geschichte groß zu machen, hat mir Lauren bereits drei Radio-Interviews organisiert, die mich extrem gefordert haben. Außerdem habe ich bei einigen KeRes Treffen und sogar bei verschiedenen Treffen anderer Gruppierungen in ganz Schottland gesprochen. Wir haben Demos organisiert, bei denen sich uns so viele Leute angeschlossen haben, dass ich beinahe in Ohnmacht gefallen wäre. Die Petition ist mittlerweile dreimal so oft unterschrieben worden, als wir angesetzt hatten, ohne dass das Institut reagiert hat und auch die Politik hält sich zurück. Lauren sagt, das kommt mit der Zeit, aber es sitzt mir mehr im Nacken, als mir lieb ist. Das alles fühlt sich gut an, als würden wir etwas bewegen, gleichzeitig kommen wir nicht voran. Denn das, wofür wir es tun, scheint keinen Schritt näher zu rücken. Trotzdem mache ich eisern weiter, was bleibt mir auch anderes übrig?

Heute hat sich ein Fernsehsender angekündigt. Ich habe lange gezögert, ob dieser Schritt wirklich sein muss, andererseits kennen mich schon Millionen von Menschen aus dem Internet und das ist in der heutigen Zeit sowieso viel mächtiger als das Fernsehen. Mum hat unter der Bedingung eingewilligt, dass sie nicht gezeigt wird und nichts sagen muss, was kein Problem ist für den Sender. Das eigentliche Problem war, dass Mum auch Maeve verboten hat, im Fernsehen gezeigt zu werden, was in einem ordentlichen Tobsuchtsanfall, ein paar geknallten Türen und einer Woche Funkstille zwischen den beiden endete.

Hektik herrscht in den Stunden, bevor das Team ankommt, wir sind alle früh aufgestanden und haben alles auf Vordermann gebracht. Das Wohnzimmer ist blitzsauber, mein Zimmer war noch nie so aufgeräumt und Mum hat jedes einzelne Staubkorn vom Treppengeländer entfernt. Ich habe mich einer Style-Beratung von Maeve unterzogen, die selbst aussieht wie Britney Spears zu ihren »Oops I did it again«-Zeiten, und dann doch die Klamotten angezogen, die ich mir vorher schon selbst ausgesucht hatte.

Das Fernsehteam besteht aus doppelt so vielen Personen, wie das kleine Team von Lauren, das vor Wochen mein Interview gefilmt hat. Selbst nach all den öffentlichen Auftritten, die ich mittlerweile hinter mir habe, hämmert mein Herz wie verrückt, als Kamera, Licht und Ton auf mich gerichtet werden. Ich weiß nicht, wie oft ich meine Geschichte erzählt habe, trotzdem fahren die Emotionen dabei mit mir Achterbahn. Auch heute noch tun sie das, nach all der Zeit. Aber ich kann sie jetzt kontrollieren, das habe ich ziemlich schnell gelernt. Die letzte Frage dreht sich um die Petition und wie es damit weitergeht, doch ich kann sie nicht beantworten. Ich weiß es schlichtweg nicht. Wir hoffen, bangen und zittern alle, dass sie etwas bewirkt. Die Reporterin ändert also ihre Strategie und stellt stattdessen eine andere Frage. »Wenn du dem RIK alles sagen könntest, was wäre deine Nachricht?«

Ich weiß nicht genau, was sie damit meint. Erwartet sie, dass ich jetzt ausraste und das Institut übel beschimpfe? Auf diese Art von Journalismus gehe ich nicht ein, da ist sie bei mir an der falschen Adresse. Auch wenn ich allzu gerne ausrasten würde, das bin ich schon in der Einfahrt, damals, als mich der RIK-Mitarbeiter nach Hause gebracht und mit Mum gesprochen hat.

»Ich würde sagen ...«, beginne ich verunsichert, bis mir etwas einfällt. »Ich würde sagen, dass ich ihre Arbeit nicht verteufeln will, dass ich es in Ordnung und sogar wichtig finde, mehr über Kelpies in Erfahrung zu bringen. Diese Wesen dürfen und sollen nicht für immer diese Legende des Schreckens bleiben, denn das sind sie nicht. Solange man ihren Lebensraum respektiert und den nötigen Abstand wahrt, sind sie wunderschöne Lebewesen in wunderschöner Kulisse. Ich kann verstehen, wenn Leute vor ihnen Angst haben, das ist auch nicht verkehrt. Aber wir brauchen mehr Aufklärung, wenn wir den Menschen da draußen zeigen wollen, dass Kelpies auch andere Seiten haben, dass es sogar vollständig gute Kelpies gibt, so wie Rye.«

Die Reporterin schaut mich erwartungsvoll an und macht ein Zeichen mit ihrer Hand, das mir wohl bedeuten soll, ich solle zum Punkt kommen. Sie kann meine Worte meinetwegen nachher im Schnitt kürzen, also beachte ich sie nicht weiter. »Es ist wichtig, dass es ein Institut gibt, das sich um die Aufklärungsarbeit, was Kelpies betrifft, kümmert. Doch man findet nicht mehr über Lebewesen heraus, indem man sie einsperrt und grausame Experimente an ihnen macht. Meinetwegen nehmt ihnen Blut, untersucht ihre DNA und lasst sie danach wieder frei. Und vor allem – setzt euch wirklich mit ihnen auseinander, mit allem, was sie sind, mit ihren Lebensweisen und ihrem Charakter. Nicht nur mit ihren Körpern. Das wäre meine Nachricht.«

»Danke dir, Mackenzie. Das hast du schön gesagt.« Ihr aufgesetztes Lächeln verrät, dass sie eigentlich nur genervt von meinem ewig langen Monolog ist. Generell wirkt sie permanent gestresst, was man wohl auch ist, wenn man in London lebt und für einen großen Fernsehsender arbeitet. Vielleicht ist sie auch genervt, weil sie nicht mit irgendeinem Star drehen durfte, sondern hier ins Nirgendwo kommen musste, um eine junge Frau in ihrem bescheidenen Zuhause zu interviewen.

»Dann drehen wir jetzt noch ein paar Schnittbilder auf dem Gelände, okay?«

Dass ich weiß, was Schnittbilder sind, hängt auch nur mit meiner seltsamen Karriere über Nacht zusammen. Ich zeige der gestressten Journalistin also die Koppel, den Stall mit den Tieren, wo sie sich partout weigert, Thunder zu streicheln oder überhaupt irgendetwas anzufassen und prompt mit ihrem Absatz in frischen Pferdeäpfeln steckenbleibt. Außerdem gehen wir zum Fluss und laufen zu der Stelle, an der Dad gestorben ist, die ich mittlerweile betreten kann, ohne mich halb zu übergeben. Auch von den Lodges macht die Crew Außenaufnahmen, dann verabschieden sie sich und Maeve nimmt all ihren Mut zusammen, um nach einem Praktikum zu fragen, was Mrs. Gestresst nur mit einem müden Lächeln quittiert und sie auf die Webseite verweist, wo alle Stellen ausgeschrieben wären.

Hundemüde falle ich an diesem Abend ins Bett und lasse die letzten Wochen, die mich wie ein Tornado eingesaugt und mit sich gerissen haben, Revue passieren. Es ist absolut verrückt, wie sich mein Leben dank eines YouTube-Videos um hundertachtzig Grad gedreht hat. Immer wieder erstaune ich mich selbst mit meiner neu entdeckten Souveränität. Vielleicht hat all das tatsächlich in mir geschlummert und wurde von meinem selbstauferlegten Graue-Maus-Image zurückgehalten. Als ich letztendlich einschlafe, träume ich von Maeve als Journalistin, die in ihrem Britney-Outfit Leonardo DiCaprio interviewt und dabei komischerweise gähnt und auf ihre Armbanduhr schaut, als ob sie checken wolle, wie lange diese Tortur noch dauert.

Am nächsten Morgen helfe ich Mum an der Rezeption, die sich vor Besuchern kaum mehr retten kann und jede der Lodges bereits sechs Monate im Voraus reserviert hat. Ich habe ihr geraten, die Preise zu erhöhen, denn dadurch kann sie sich die bald anstehenden Neubauten leisten, ohne sich zu verschulden. Als der erste Ansturm an Anreisenden untergebracht ist, klingelt mein Handy. Laurens Kontakt wird auf dem Display angezeigt.

»Hi Laur-«, weiter komme ich nicht mit meiner Begrüßung.

»Okay, du darfst jetzt nicht ausrasten, aber wir haben es vor ein paar Wochen endlich geschafft, eine vermeintliche Putzkraft ins Institut einzuschleusen, und unser Kontakt hat Dinge herausgefunden und damit kriegen wir sie endlich, Kenzy!« Lauren ist so aufgeregt, dass sie kaum Luft holt zwischen ihren heruntergeratterten Worten. In meinem Kopf dreht sich alles.

»Was, wie ... Was hat euer Kontakt herausgefunden?«

Horrorszenarien, welche Neuigkeiten der mysteriöse Kontakt mir bringen könnte, wabern durch meinen Kopf wie der klebrige Rauch einer Nebelmaschine.

»Er hat gesehen, wie sie ein Kelpie aufgeschnitten haben.«

Laurens Worte scheinen mich aufzuschneiden und ich fühle mich, als müsse ich mich jeden Moment übergeben.

»War es Rye? Was hat er noch gesehen?« Meine Stimme ist kaum mehr als ein Flüstern. Ich habe auf einmal keine Kraft mehr, laute Töne von mir zu geben.

»Nein, es war bestimmt nicht Rye. Unser Kontakt ist in einem Institut bei Edinburgh. Rye wurde sicher bei euch untergebracht, nicht so weit weg. Wir haben keine weiteren Informationen, er wurde aus dem Raum geworfen, weil man ihn erwischt hat. Wir haben jetzt einen Anwalt eingeschaltet und werden richtig Druck machen. Unser Kontakt hat ein Foto gemacht, wir haben also Beweise. Jetzt kriegen wir sie endlich, Kenzy, ich weiß es einfach! Bald siehst du Rye wieder. Oh, der Anwalt ruft mich an, ich muss Schluss machen. Bis bald, halte durch!«

»Ich ... aber ...«, stammele ich. Sie sagt das so leicht, *halte durch*. Doch wie soll ich gerade jetzt durchhalten, wo ich endlich die Gewissheit habe, dass die Gerüchte wahr sind und das Institut die Kelpies wirklich grausam aufschneidet? Wer sagt, dass Rye nicht längst zum Versuchskaninchen geworden ist? Und wer sagt ... Wer sagt, dass Rye noch lebt? Vielleicht schneiden sie die Kelpies direkt auf, nachdem sie sie gefangen genommen haben und dann ... Nein, daran darf ich nicht denken. Ich habe nicht all die Zeit umsonst gekämpft, bin nicht umsonst über meinen Schatten gesprungen und zum Gesicht einer Bewegung geworden, die am Ende ihr Ziel nicht erreichen kann. Nein, das will ich nicht wahrhaben, ich muss mich an das Positive klammern.

»Ist alles in Ordnung?«, reißt mich Mum aus meinen Gedanken.

»Ich ... ja, das war nur Lauren. Sie schalten jetzt einen Anwalt ein und ich habe nur kurz an Rye gedacht. Alles in Ordnung.« Alles Weitere kann ich ihr gerade nicht erzählen, ich muss es erst selbst verdauen.

»Du denkst ständig an ihn.« Mum sagt es nicht böse oder in irgendeiner Form negativ. Es ist eine simple Feststellung, als würde sie sagen »Du trägst heute ein rotes T-Shirt«.

»Ich ... Ja, immer wenn ich einen Moment Zeit habe. Aber ich denke auch ständig an Dad. Was er sagen würde, wenn er noch hier wäre. Ich glaube nicht, dass er das alles besonders toll fände.« Beschämt senke ich den Kopf. Die meiste Zeit verdränge ich den Gedanken daran, dass ich Dad beinahe hintergehe.

»Liebes, dein Dad wäre stolz auf dich.« Mum drückt mich mit Tränen in den Augen an sich.

»Stolz? Darauf, dass ich mich für Kelpies einsetze und mir dabei die ganze Welt zusieht? Er hat Kelpies gehasst, er hat ... Er hat Rye gehasst. Und ich versuche, Rye zu retten.«

Mum lässt mich wieder los, gibt mir aber noch einen Kuss auf die Stirn. »Seamus hätte es vielleicht nicht toll gefunden, dass du dich ausgerechnet für Kelpies einsetzt. Aber er wäre so stolz, wenn er seine Tochter jetzt sehen könnte, wie sie unermüdlich für ihre Überzeugungen kämpft. Diesen unbändigen Kampfgeist hast du von ihm, ich hätte schon längst aufgegeben.«

»Quatsch, du bist so stark, Mum. Du weißt gar nicht, wie stark du bist.« Ich lächle sie an und drücke ihren Arm und sie streichelt über meine Hand.

»Dieser sture Kampfgeist für seine eigene Überzeugung, das einzige, in dem ihr euch nicht einig wart, hat ihn am Ende umgebracht. Dein Dad ist zu weit gegangen und bei all dem Trubel gerade um dich ... Ich will nur nicht, dass du auch zu weit gehst, Kenzy. Es ist gefährlich, sich mit dem Institut anzulegen. Und es gibt so viele Leute da draußen, die nicht auf deiner Seite stehen. Versprichst du mir, dass du aufhörst, wenn es zu gefährlich wird?«

In ihren Augen spiegelt sich so tiefe Sorge, so tiefer Schmerz über Dads Verlust und so tiefe Angst davor, mich auch bald vermissen zu müssen, dass ich kaum schlucken kann, so groß ist der altbekannte Kloß in meinem Hals auf einmal.

»Ich verspreche es, Mum«, sage ich. Und so sehr ich Rye auch vermisse, ich meine es ernst.

Kapitel 38

Ein weiterer Monat vergeht. Durch noch mehr Radiointerviews, Zeitungsartikel, dem Fernsehbeitrag, der im Internet viral geht, und noch mehr Ansprachen vor KeRes, die ebenfalls ihren Weg ins Internet finden, ebbt die Aufmerksamkeit um meine Geschichte nicht ab, dafür sorgen Lauren und Martin. Langsam, aber sicher gehe ich richtig auf in meiner neuen Rolle und insgeheim denke ich sogar darüber nach, mir eine eigene Wohnung in der Nähe von Glasgow zu suchen. Einfach, um näher am Geschehen zu sein und meinen Plan, mich in diesem Leben letztendlich selbst zu verwirklichen, vollständig in die Tat umzusetzen. Noch fehlt mir das letzte Bisschen Mut dafür und ich bringe es nicht übers Herz, Mum und Maeve allein zu lassen. Nicht nach allem, was passiert ist.

KeRes verzeichnet mittlerweile fast fünfmal so viele Mitglieder weltweit wie vor meinen Videos. Aber auch dieser Monat vergeht ohne Reaktion des Instituts und langsam bezweifle ich, dass wir jemals zu ihnen durchdringen werden. Wenn nicht einmal Laurens Aktion mit ihrem Kontakt und dem Anwalt funktioniert, wie sollen wir jemals Erfolg haben? Ich hatte so viel Hoffnung in diesen großen Schritt gelegt, die längst verpufft ist. Ich weiß, dass das alles seine Zeit braucht, auch mit Anwalt und Beweisen. Doch meine Geduld hängt am dünnsten seidenen Faden, den man sich vorstellen kann.

Währenddessen ist Lauren nicht zu bremsen. Sie hat darauf bestanden, dass ich mir ein öffentliches Instagram-Profil anlege, und ich habe quasi über Nacht mehrere hunderttausend Follower bekommen, Tendenz steigend. Zwar kenne ich mich damit aus, da ich auch für die Lodges seit Jahren ein Profil betreue, dennoch ist es sehr ungewohnt. Obwohl ich schon so lange in der Öffentlichkeit stehe, mag ich es nicht, mich vor mein Handy zu setzen, irgendetwas zu quasseln und das dann mit der Welt zu teilen. Mich auf Fotos in Szene zu setzen, überlasse ich Phoebe und Lauren.

Seit Rye weg ist, habe ich viermal *Moby Dick* beendet. Gerade lese ich es zum fünften Mal, da habe ich auf einmal den Drang, die Zeilen mit der Welt zu teilen, also stelle ich mein Handy auf mein Stativ, halte das Buch in die Kamera und erzähle meinen Abonnenten etwas darüber. Ich habe schon erwähnt, dass Rye sich dieses Buch gewünscht und es gelesen hat, aber ich erzähle es noch einmal genauer. Ich berichte auch von dem Moment, in dem mich Rye gefragt hat, ob er der Wal oder der Kapitän ist und was ich ihm geantwortet habe. Innerhalb einer halben Stunde habe ich fünfzig Nachrichten und erstaunlicherweise sind nur sieben davon feindselig. Diese ignoriere ich und lösche sie. Es bringt nichts, mit Leuten zu diskutieren, die mich als »abartige Dämonenbraut« oder »eklige Pferdefetischtussi« beschimpfen. Alle anderen Nachrichten beantworte ich, weil sie interessiert und lieb schreiben und sich für Rye einsetzen möchten. Viele davon sind bereits KeRes beigetreten, einige wollen wissen, wo man das tun kann.

»Kommst du? Essen ist fertig«, ruft Maeve irgendwann in mein Zimmer und ich stelle erschrocken fest, dass ich bereits seit zwei Stunden Nachrichten beantworte.

Gerade will ich die Treppe herunterlaufen, da passieren zwei Dinge gleichzeitig: Mum schreit hysterisch nach uns und mein Handy klingelt. Mit einem Blick auf das Display erkenne ich, dass es Lauren ist, aber ich muss zuerst sehen, was mit Mum los ist, und poltere die Treppe hinunter.

»Was ist?!«, keuche ich unten angekommen und atme erleichtert auf, da Mum vollkommen unversehrt vor dem Fernseher steht. Ich höre bereits, worum es geht, bevor ich die Aufnahmen erkenne, die über den Bildschirm flackern.

»... das *Russel Institute for the Rescue of Kelpies*, kurz RIK, vor einer halben Stunde ein offizielles Statement zu dem Kelpie Rye abgegeben hat, für das *Kelpie Rescue*-Aktivisten, angeführt von Mackenzie Edwards, seit Monaten kämpfen.«

»Oh mein Gott«, flüstere ich, weil ich nicht glauben kann, dass das endlich passiert und gleichzeitig schreckliche Angst davor habe, was das Institut gesagt hat.

Auf dem Bild ist ein mittelalter Reporter zu sehen, der vor einer Niederlassung des Instituts steht. Maeve ist auch bei uns angekommen und lauscht wie wir gespannt, wobei ihr der Mund offensteht.

»... vom Leiter des Instituts, Bernard Russel, herausgegeben. Darin heißt es, dass das Kelpie Rye zum Ende des Monats freigelassen werden soll. Zur Sicherheit der Bevölkerung wird dem Kelpie ein Chip implantiert, der ununterbrochen GPS-Daten an das Institut sendet. So ist dem RIK zu jedem Zeitpunkt der Aufenthaltsort des Kelpies bekannt. Dies wäre die einzige Bedingung für Ryes Freilassung, heißt es im Statement.«

Der Reporter redet noch irgendetwas über Sicherheit und KeRes und alles Mögliche, aber wir hören nicht mehr hin. Ich weiß nicht, wer lauter kreischt – Maeve oder Mum. Beide fallen mir um den Hals, was mich unendlich rührt. Ich kann nur herumstehen, mich von ihnen umarmen lassen und schluchzen vor Erleichterung. Kein einziges Wort will mir über die Lippen kommen. So lange habe ich, haben wir alle, für Rye gekämpft und auf einmal haben wir es geschafft. Ich kann es einfach nicht glauben. Wieder klingelt mein Handy und diesmal nehme ich ab. Zum Glück muss ich nicht sprechen, denn Lauren brüllt in die Leitung ohne Punkt und Komma. »Hast du es im Fernsehen gesehen? Sie lassen Rye gehen, wir haben es geschafft, Kenzy, du hast es geschafft! Rye kommt zurück, sie lassen ihn gehen, ich fass es nicht, das ist so cool, oh mein GOTT!!«

Keine fünf Minuten später ruft Phoebe an und brüllt ungefähr dieselben Sätze in mein Ohr und ich kann nicht aufhören, zu weinen und dabei zu strahlen. Auf Instagram trudeln nach und nach die ersten Nachrichten zu dem Statement ein, die meisten davon euphorisch.

An diesen Abend werde ich mich wohl für immer erinnern. Mum holt eine alte Flasche Sekt aus dem Keller, die wir zu dritt austrinken. Wir haben so viel Spaß zusammen wie lange nicht mehr und fallen erst spät in der Nacht ins Bett, übermüdet, aber überglücklich. Phoebe ruft mich noch zweimal an und auch Lauren meldet sich noch einmal. Bevor ich schlafen gehe, hinterlasse ich meinen Abonnenten auf Instagram eine öffentliche Nachricht, in der ich einfach nur sage, wie sehr ich mich freue und wie dankbar ich all unseren Unterstützern bin, die an unserer Seite gekämpft haben. Die Anzahl der neuen Nachrichten ist auf Zweihundertsiebenundzwanzig gestiegen, doch die werde ich mir morgen anschauen, zumindest einige davon überfliegen.

Am letzten Mittwoch im Monat ist es soweit. Eine Woche vor Weihnachten passiert mein ganz persönliches Weihnachtswunder. Das Institut hat die Freilassung Ryes blöderweise öffentlich angekündigt, mit dem genauen Termin, sogar mit Uhrzeit. Wahrscheinlich wollten sie das komplette Aufgebot an Presse und Publikum vor Ort wissen, damit jeder darüber berichtet, wie gnädig sie Rye in die Freiheit entlassen haben. Mit Chip zur Ortung implantiert, dass ich nicht lache. Aber mit dem Chip können wir leben. Ich habe nur Angst davor, dass sich das Institut Rye irgendwann wieder schnappen könnte, selbst wenn Lauren mir versichert, dass sie sich das rein PR-technisch nicht leisten können, weil wir sonst alle wieder auf die Barrikaden gehen, »und dann verdammt noch mal nicht mehr so friedlich«. Um zehn Uhr morgens soll Rye freigelassen werden, also sind Lauren, Phoebe und ich um halb zehn schon da, alle drei mit zitternden Knien, wobei ich definitiv am wackeligsten auf den Beinen bin. Phoebe muss mich stützen, damit ich nicht wegknicke.

Mum und Maeve bereiten zu Hause alles vor. Mum hat sich in den Kopf gesetzt, dass sie »meinen Rye« kennenlernen muss. Daher haben wir vereinbart, dass wir Rye zuerst mit zu uns nehmen und er bei uns den Tag verbringt, bevor er sich wieder in seine geliebte Wildnis verabschiedet. Ich habe Angst, dass ihn irgendein Verrückter erschießen könnte, jetzt da jeder weiß, wie er aussieht. Außerdem ist Carron irgendwo da draußen. Aber ich beschließe, dass heute kein Tag ist, um Angst zu haben. Heute ist ein Tag, um zu jubeln und zu feiern. Mum hat einen Kuchen gebacken, obwohl ich ihr tausendmal gesagt habe, dass Rye sowieso nichts isst. Sie lässt sich nicht beirren und ist mindestens genauso aufgeregt wie ich.

Als wir an der nahe gelegenen Niederlassung des RIK ankommen, erwarten uns bereits sämtliche Presseteams mit ihren Kameraleuten und Reportern. Wir werden von ungefähr fünfhundert Blitzlichtern gleichzeitig abgelichtet und kommen nicht mehr aus dem Blinzeln heraus. Prompt stürzen sich die ersten Journalisten mit ihren Mikrofonen auf uns, wie Geier auf einen Kadaver. Sie löchern uns mit Fragen, vor allem mich natürlich, und ich gebe mein Bestes, doch ich bin so nervös und überwältigt von der Situation, dass ich mich nur darauf konzentriere, mich nicht zu übergeben.

Die eiskalte Winterluft schneidet in mein Gesicht. Im Gegensatz zu Lauren, die sich mit klappernden Zähnen die Hände reibt, nehme ich sie kaum wahr. Auch Phoebe scheint zu aufgeregt zu sein, um zu frieren.

Unser Publikum wächst und wächst, die Leute müssen von weit hergekommen sein, so viele wie jetzt schon hinter den Absperrungen stehen, wohnen hier nicht im Umkreis von mehreren Kilometern. Sie halten Schilder hoch, auf denen Dinge wie *Freiheit für Rye* oder *Schließt das RIK* stehen. Dass ich, das kleine Pferdemädchen von nebenan, einmal für so einen Aufruhr verantwortlich sein könnte, hätte ich niemals zu träumen gewagt. Und ich hatte auch niemals die Ambitionen, so etwas zu erschaffen. Nicht vor Rye.

Um fünf vor zehn meine ich, jeden Moment in Ohnmacht zu fallen. Nur Lauren, Phoebe und ich bekommen Zugang hinter die Absperrung. Die Meute an Journalisten und das Publikum, das sich verdreifacht zu haben scheint, müssen dahinter warten. Der Geräuschpegel ist kaum auszuhalten. Das Geplapper der Journalisten wird von dem Gegröle der Kelpie-Unterstützer verschluckt, jede Minute scheint ein Jahr zu dauern und als der Zeiger von

Dads Armbanduhr, die ich reparieren habe lassen, auf die Zehn springt, setzt mein Herz für eine Sekunde aus.

Genau im selben Moment öffnet sich das riesige Eingangstor mit dem Stacheldraht darauf und Phoebe nimmt meine schwitzige, zitternde Hand und drückt sie so fest dass es wehtut. Die Menge jubelt und kreischt, als Rye in seiner majestätischen Pferdegestalt an einem Halfter herausgeführt wird. Einige Meter vor uns bleibt der Mitarbeiter in der schlammbraunen Uniform stehen, nickt uns kurz zu und nimmt Rye dann vorsichtig das Halfter ab. Rye dreht verwirrt den Pferdekopf in alle Richtungen, das Jubeln der Leute wird lauter, sie klatschen und grölen und pfeifen. Ich fixiere meinen Blick auf Ryes tiefschwarze Augen, die für mich immer wie das Licht waren, nicht wie die Dunkelheit. Ich kann meine Tränen nicht verbergen, sie müssen raus, also lasse ich sie einfach laufen.

Schwarze Rauchschwaden steigen um Rye herum auf, hüllen seinen Pferdekörper komplett ein, geben nichts von dem Vorgang, der sich dahinter vollzieht, frei und enthüllen schließlich Rye in Menschengestalt. Für einen Moment wird die Menge ganz still, einzelne »Uuhs« und »Aaahs« und »Oohs« werden laut. Dann, als Rye vor uns steht, die Haare zerzaust und doch irgendwie perfekt gelockt, bricht der lauteste Jubel aus, den ich jemals gehört habe. Plötzlich tragen mich meine Beine wieder und ich stolpere vorwärts und höre nicht auf zu rennen, direkt in seine Arme. Er fängt mich auf und umschließt mich so fest, so innig, nimmt alles von mir auf und ich von ihm – seinen Geruch, seine Körperwärme, das Gefühl seiner Arme um meinen Oberkörper ...

»Wer sind all die Leute?«, will er wissen. Der Klang seiner Stimme bringt neue Tränen an die Oberfläche.

»Das sind deine Fans«, sage ich und bevor er das hinterfragen kann, küsse ich ihn vor der ganzen Welt.

Kapitel 39

Es ist verdammt seltsam, ein Kelpie als seinen Freund zum Mittagessen mit nach Hause zu bringen. Auf der fünfzehnminütigen Fahrt von der RIK-Niederlassung zu den Lodges habe ich versucht, Rye alles zu erklären, zum Beispiel den Grund dafür, warum Leute plötzlich Fotos mit ihm machen möchten. Die letzten zwei Minuten brauche ich, um ihn psychisch auf das Treffen mit Mum und Maeve vorzubereiten. Er muss wissen, was da auf ihn zukommt, dass er unbedingt Mums Kuchen probieren muss, zum Beispiel.

Als wir aus dem Auto aussteigen, kommt Chocolate uns direkt entgegengesprungen und schleckt Ryes Hand ab. Er scheint sich an ihn zu erinnern und Rye streichelt ihm den Kopf. Mum und Maeve stehen unsicher in der Einfahrt vor dem Haus herum und grinsen, was mir irgendwie peinlich ist. Ein paar unserer Urlaubsgäste haben sich vor ihren Lodges versammelt, um dem Spektakel beizuwohnen. Irgendwie ist das alles, als würde ich ein seltenes Tier vorführen, wie im Zoo oder in einem Wildlife Park. Da Mum Phoebe und Lauren auch zum Essen eingeladen hat, gehen wir alle in Richtung Haus.

»Hallo Rye«, sagt Mum ziemlich versteift und mit einem unsicheren Lächeln, bei dem ihr rechter Mundwinkel zuckt. »Ich bin Sally, Mackenzies Mum. Schön, dass du da bist, schön dich kennenzulernen.« Sie steht einfach nur da, macht keine Anstalten, ihn irgendwie anders zu begrüßen als durch ihre Worte, streckt ihm auch nicht die Hand entgegen, damit er sie schütteln kann. Entweder sie traut sich nicht, ihn anzufassen, oder sie ist einfach zu nervös, um irgendwie rational zu handeln. Andererseits weiß ich auch nicht, wie man ein Kelpie üblicherweise begrüßt.

Auch Maeve bietet Rye keine Hand an, was mich darauf schließen lässt, dass Mum es ihr vorher verboten hat. Ansonsten würde Maeve Rye wahrscheinlich um den Hals fallen, so wie sie sich in den letzten Tagen auf ihn gefreut hat.

Stattdessen steht sie genauso stocksteif da wie Mum, nur dass sie ihr Gewicht ununterbrochen von einem Fuß auf den nächsten und wieder zurück verlagert.

»Hi, ich bin Maeve, freut mich.« Ihre Förmlichkeit belustigt mich, aber ich verkneife mir ein Lachen. Rye lächelt währenddessen brav und sieht so umwerfend sympathisch aus, dass ich ihn am liebsten direkt wieder küssen würde, doch bevor Mum in Ohnmacht fällt, lasse ich es lieber. Sie mochte es nicht einmal, wenn ich mit meinem Ex-Freund Marcus im Haus geknutscht habe und der war kein Kelpie. Der war einfach nur Marcus, der größte Langweiler aller Zeiten.

»Danke, dass ich hier sein darf. Ich freue mich auch, euch kennenzulernen«, sagt Rye und erst in diesem Moment fällt mir auf, wie schwach er wirkt. Seine Haltung ist nicht dieselbe wie vorher, er geht irgendwie gekrümmt und macht den Eindruck, als hätte er all seine Kraftreserven aufgebraucht. Dieses verfluchte Institut, Wut steigt in mir auf, aber ich dränge sie zurück, denn auf diesen Moment haben wir alle so lange gewartet, dass ich jetzt nur Glück spüren will.

Mum hat den Esstisch gedeckt, als würden wir Staatsbesuch empfangen, obwohl ich ihr wirklich tausendmal gesagt habe, dass Rye nichts isst. Als sie den Eintopf, den sie gekocht hat, auf unsere Teller verteilt, hält sie bei Ryes inne und schaut mich fragend an. Bevor ich ihr ein Zeichen geben oder etwas sagen kann, meldet sich Rye zu Wort, der die Situation genau durchschaut. »Oh, ich probiere gerne, Sally. Vielen Dank für das Essen.«

Oh Gott, warum kann er nicht einfach menschlich sein und mein treuer Gentleman? Mit ihm als Freund würde ich alle neidisch machen. Er wäre sogar Schwiegermamas Liebling. Mums Gesichtsfarbe ändert sich in das Rot der Paprika, die im Eintopf schwimmt und sie nuschelt irgendetwas, das wie »Oh, sehr gerne, sehr gerne« klingt. Sie schöpft ihm eine Probierportion auf den Teller und macht mit Lauren weiter. Als alle versorgt sind, wünscht sie uns einen guten Appetit und es wird mit Besteck geklappert.

»Das schmeckt gut«, bemerkt Rye, als er seine Portion verspeist und leckt sich demonstrativ über die Lippen dabei.

Mums Gesichtsfarbe nimmt eine noch höhere Sättigung an. »Oh, danke, das freut mich, nimm so viel du willst!«

Während wir essen, herrscht weitgehend Schweigen, ab und zu wird ein wenig Small Talk ausgetauscht, über das Wetter oder die alte Betsy aus dem Nachbarort, um die sich Phoebes Mum oft kümmert und die sich schon wieder etwas gebrochen hat – diesmal das Handgelenk – und deshalb im Krankenhaus liegt.

»Wie ist es im Institut?«, platzt Maeve plötzlich heraus. Ich hatte mich schon gewundert, dass sie ihre Neugier so lange zurückhält, und ärgere mich trotzdem über ihre Direktheit.

»Maeve!«, mahnen Mum und ich gleichzeitig. Rye winkt ab und schmunzelt.

»Nein, ist okay. Ich dachte schon, ihr fragt nie.« Er lacht und zwinkert Maeve zu, die neben Mum nun dieselbe Paprikafarbe im Gesicht hat.

»Es ist ... man hat eine winzige Zelle, in der man sich nicht einmal umdrehen kann. Die meiste Zeit wird man mit irgendwelchen Mitteln ruhiggestellt, also bekommt man nicht viel mit.«

»Ruhiggestellt?«, meldet sich Lauren zu Wort. »Bei Kelpies können unmöglich normale Medikamente wirken, diese Schweine müssen extra an etwas gebastelt haben, jahrelang, dafür haben sie also unter anderem all die Kelpies benutzt!«

»Ja, gut möglich. Ich habe am Anfang versucht, mich zu verwandeln, aber es ging einfach nicht. Man hat die ganze Zeit irgendeinen Schlauch in der Brust über eine Nadel. Und wenn sie einen holen ... das kriegt man gar nicht mit. Da wird man vorher betäubt. Und wenn man wieder zu sich kommt, ist man zurück in seiner Zelle und fühlt sich elend.«

»Also arbeiten diese Kriminellen eigentlich daran, Kelpies unschädlich zu machen?!«, brüllt Phoebe und knallt ihre Hand auf den Tisch, sodass alle Löffel in den leeren Tellern klirren.

»Ich weiß es nicht«, sagt Rye. »Jedenfalls, Maeve, um deine Frage zu beantworten, es ist kalt und grau und eng und absolut nicht einladend.«

»Wahrscheinlich ist das die Grundvoraussetzung gewesen, damit sie überhaupt an Kelpies experimentieren können. Erst mal Wege finden, wie sie gefügig gemacht werden. Widerlich ...« Mir ist schlecht und ich weiß, dass es nicht an Mums Essen liegt. In meinem Kopf spielt sich ein

Film ab von Rye in dieser Zelle, mit diesem Schlauch in der Brust. Mir wird ganz schwindelig.

Nachdem Mum uns alle, inklusive Rye, der wieder nur lobende Worte übrighatte, mit Kuchen vollgestopft hat, verabschieden sich Phoebe und Lauren und ich ziehe mich mit Rye in mein Zimmer zurück. Er bewundert so ziemlich jeden Gegenstand und meine Einrichtung insgesamt, die für mich nichts Besonderes ist. Dann legt er sich neben mich aufs Bett und ich schmiege mich an seine Brust.

»Du hast es geschafft, Kenzy«, flüstert er mir ins Ohr und meine Nackenhaare stellen sich auf. »Du hast es wirklich geschafft. Ich weiß gar nicht, wie ich mich jemals angemessen bei dir bedanken könnte. Was du für mich in Bewegung gesetzt hast ...«

»Du musst dich nicht bei mir bedanken«, sage ich und lege meinen Kopf noch etwas weiter auf seine Brust. »Und ich werde nie aufhören zu kämpfen. Nicht jetzt, wo ich schon so viel erreicht habe. Auch wenn du wieder hier bist, was sich in diesem Institut abspielt, das ... Ich will mir gar nicht vorstellen, wie du ... « Mir fehlen die Worte beim Gedanken an Rye an diesem grausamen Ort.

»Hey, es ist alles gut. Mach dir um mich keine Sorgen, ich bin nur ein bisschen schlapp. Wer weiß, was die mir alles abgenommen und an mir getestet haben. Aber dafür habe ich ja jetzt diesen Chip.«

Er streichelt mir über den Kopf. »Ich habe dein Buch aufbewahrt«, sage ich, was mir plötzlich einfällt und sich irgendwie wichtig anfühlt, zu erwähnen.

»Danke, das ist schön. Erzähl mir noch mehr über alles, was du erlebt hast. Es hat sich echt spannend angehört im Auto. Ich meine, so viele Menschen ... Unglaublich!«

Ich zücke mein Handy und mache einen Schnappschuss von uns, den ich mit der Unterschrift *Endlich wieder vereint. Vielen Dank für eure Unterstützung!* und sämtlichen Herzchen-Emojis auf Instagram poste. Dann erzähle ich Rye alles von vorne, noch mal alles der Reihe nach.

»Du bist so stark, Mackenzie Edwards«, sagt er, als ich fertig bin, und küsst mich auf die Stirn. »So mutig und tapfer und stark. Ich bin unendlich stolz auf dich.«

»Die ganze Welt kennt uns, kennt dich. Bitte sei vorsichtig da draußen. Es gibt so viele Spinner, ich will nicht, dass ... Wenn dich jemand angreift ...«

Er drückt mich noch näher an sich. »Jetzt mach dir nicht so viele Sorgen. Mir passiert nichts, ich konnte lange genug auf mich selbst aufpassen. Der einzige Ort, an dem ich machtlos war, war der, aus dem du mich befreit hast. Solange ich da nicht wieder hin muss, bin ich sicher. Auch vor Spinnern, das verspreche ich.« Er sollte nichts versprechen, das er nicht halten kann, aber ich nehme das so hin.

»Du hast mich damals gefragt, ob ich glücklich bin, weißt du noch?«, frage ich, um das Thema zu wechseln. Denn eigentlich ist es das, was ich die ganze Zeit loswerden wollte, nicht meine allgegenwärtigen Sorgen.

Rye nickt.

»Frag mich noch mal.«

»Mackenzie Edwards«, sagt Rye, räuspert sich gespielt dramatisch und entlockt mir ein Lachen. »Bist du glücklich?«

»Ja«, hauche ich an seine Brust. »Ich bin glücklich. Und ich glaube, ich weiß jetzt, was ich die ganze Zeit über gesucht habe.«

Nach einer Stunde, in der wir uns weiterhin über die letzten Wochen und Monate unterhalten haben, möchte

Rye der Enge einer ordentlichen Behausung entfliehen und sehnt sich nach der Weite der Natur, die er so lange nicht hatte. Also begleite ich ihn nach draußen, wo er sich verwandelt, und zäume ihn auf, sattle ihn mit Thunders Sattel und wir reiten zwei Stunden lang einfach nur über sämtliche Felder und ein Stück am Fluss entlang. Rye braucht den Auslauf und ich spüre, wie er dabei aufblüht, wie sehr ihm die Freiheit gefehlt hat. Als er sich wieder zurück verwandelt hat, begleite ich ihn an seinen Lieblingsplatz, an dem ich bereits sein Buch im hohlen Baumstamm verstaut habe. Er trägt mich über den Fluss, was mir eine Gänsehaut beschert, weil er das auch in jener Nacht getan hat, gleichzeitig fühlt es sich einfach gut an.

An seinem Lager angekommen, strahlt Rye, sein Grinsen reicht halb bis zu seinen Ohren und mein Herz hüpft vor Freude.

»Ich habe mir immer vorgestellt, mit dir hier zu sein und *Moby Dick* zu lesen«, sagt er, was wohlige Wärme und eine bleierne Traurigkeit in mir aufsteigen lässt, die sich gegenseitig bekämpfen. »Das hat mich irgendwie durchhalten lassen.«

Mit Gänsehaut am ganzen Körper umarme ich ihn und will mich am liebsten nie wieder von ihm lösen. Aber ich habe mit Mum vereinbart, dass ich vor Einbruch der Dunkelheit zurück bin und wenn ich das rechtzeitig schaffen will, muss ich mich beeilen. Er besteht darauf, mich noch bis zum Fluss zu begleiten, damit ich mich nicht verlaufe, und ignoriert dabei meinen Einwand, dass ich oft genug allein hergefunden habe, zum Beispiel gestern, um das Buch zu verstauen.

Gerade wollen wir uns endgültig für die Nacht verabschieden und aus dem Gebüsch zum Fluss treten, da hält mich Rye zurück und seine Miene versteinert sich. Ich folge seinem Blick und erschaudere.

Carron steht unten im Fluss.

Kapitel 40

Ich wage kaum zu atmen. Carron hat uns scheinbar nicht gesehen, denn er scharrt nur aufgebracht mit den Hufen im Fluss.

»Ich erledige das«, flüstert Rye und ich weiß, dass er sich verwandeln und Carron angreifen will, aber das lasse ich nicht zu. Ich packe seinen Arm so fest ich kann. »Spinnst du? Dann sperren sie dich gleich wieder ein! Was denkst du, was all die Leute sagen, die für deine Freiheit gekämpft haben, wenn du direkt am Tag deiner Freilassung blutrünstig jemanden anfällst?« Es fällt mir schwer zu flüstern, so wütend macht mich sein Vorschlag. Dass ich auch riesige Angst habe, Carron könnte ihn töten, verschweige ich.

»Ich rufe Mum an, sie soll das Institut benachrichtigen.« Aus Trotz und Dummheit habe ich die Nummer des Instituts nicht eingespeichert und hier hat man gerade so viel Netz, um einen Anruf zu tätigen, aber auf keinen Fall eine Internetverbindung, um kurz eine Nummer zu googeln.

»Mum?«, flüstere ich ins Telefon. »Du musst das Institut rufen. Carron ist hier am Fluss. An *der* Stelle …«

Als Antwort keucht sie nur in die Leitung und legt dann auf, was ich als »Keine Zeit, ich rufe sofort an« werte. Dunkel erinnere ich mich daran, dass Carron und seine Freunde Rye aufspüren können, und weiß daher, dass sich Kelpies nur gegenseitig wittern, wenn sie irgendwie mit dem Wasser verbunden sind. Carron ist sicher nicht zufällig hier, er kennt die Stelle und ahnt vermutlich, dass Rye irgendwann wieder hierher kommen wird.

Aus Sorge, Rye könnte sich trotz meiner Ansage verwandeln, halte ich seinen Arm gepackt, während wir warten. Wahrscheinlich könnte er sich trotzdem verwandeln, aber er startet keinen weiteren Versuch und probiert erst gar nicht, mich umzustimmen.

Wir warten versteckt im Gebüsch, mein Puls schneller, als es gesund ist. Carron läuft unterdessen wütende Kreise im Fluss, dessen Wasser heute genauso aufgebracht wirkt wie er und so düster wie in der Nacht, in der Dad starb. Genau sechzehn Minuten dauert es – ich checke jede Sekunde auf Dads Armbanduhr – bis jemand auf den Weg tritt, der am Fluss entlang führt. Aber es ist kein Mitarbeiter des Instituts. Es ist ...

Fühlt sich so ein Herzinfarkt an? Ich keuche so laut auf, dass Rye mir seine Hand auf den Mund drückt. Wenige Meter vor Carron steht Mum mit Dads Jagdgewehr. Ich will sie anschreien, wegzugehen, zu rennen, zu fliehen, will zu ihr stürzen und Carron ablenken, damit er sie nicht auch noch tötet, aber Rye hält mich zurück. Carron tobt jetzt und stößt markerschütternde Schreilaute aus. Dann, mit einem Satz, ist er bei Mum und alles passiert viel zu schnell.

Mum brüllt »Das ist für Seamus!«, Carron reißt sein Maul auf, um sich auf sie zu stürzen, gleichzeitig ertönt ein Schuss und sowohl Mum als auch Carron fallen und bleiben liegen. Mit aller Kraft reiße ich mich aus Ryes Griff, nur um kurz darauf von seinen starken Händen hochgehoben zu werden. Er rennt mit mir auf dem Arm durch den Fluss und setzt mich erst wieder ab, als wir bei Mum und Carron ankommen. Wie gelähmt stehe ich da und schließe die Augen, weil sich alles um mich dreht.

»Sally, ist alles in Ordnung?«, höre ich Rye fragen, dann dringt Mums Stimme an meine Ohren. »Ich glaube schon, ja.« Ich weiß nicht, wie viele Steine einem gleichzeitig vom Herzen fallen können. In diesem Moment löst sich in meiner Brust ein Erdrutsch, eine Lawine aus Geröll.

»Mum, bist du völlig übergeschnappt?«, brülle ich sie an und ziehe sie gleichzeitig in eine Umarmung. Rye hat ihr auf geholfen, ihr Bein war unter Carrons schwerem Körper eingeklemmt. Carron lebt noch, jedoch nicht mehr lange. Sie hat ihn direkt in die Brust getroffen, aus der schwarzes Blut rinnt. Er zuckt und knurrt wütend.

»Es tut mir leid, ich musste ... Er hat deinen Dad ...«, schluchzt sie in meine Schulter.

»Schon gut, Mum, er hat es verdient. Das darf nur nicht an die Öffentlichkeit, was machen wir mit ihm?« Egal, wie sehr ich Mum anschreien will für ihre dumme Aktion, die Maeve und mich endgültig zu Waisen hätte machen können, jetzt ist nicht der richtige Zeitpunkt. Eigentlich ist der richtige Zeitpunkt nie, außerdem wird sich diese Situation nicht wiederholen.

»Hilf mir, ihn in den Fluss zu schieben«, sagt Rye. »Wenn wir im Fluss sterben, werden wir wieder Teil des Wassers, aus dem wir entstanden sind. Niemand wird ihn je finden.«

Gemeinsam hieven wir das schwere Kelpie, das noch immer ein wenig zuckt, in den Fluss und sehen dabei zu, wie es von den düsteren Wassermassen verschluckt wird.

»Komm schon, Mum. Wir müssen hier weg, falls jemand den Schuss gehört hat.« Ich stütze Mum, weil sie so sehr zittert, packe das Gewehr, das am Boden liegt, und wende mich an Rye. »Pass auf dich auf. Wir sehen uns morgen.«

Er nickt. »Ich entferne noch das Blut, dann sind keine Spuren mehr zu lesen. Von anderen Kelpies wird Carron nicht vermisst werden, seine Freunde sind ja nicht mehr hier. Und das Institut sollte auch nichts merken, wenn ich hier sauber mache. Macht euch keine Sorgen. «

Maeve kommt uns schon entgegengerannt und fragt, was passiert ist. Sie war kurz bei ihrer besten Freundin, vermutlich um ihr alles über Rye zu erzählen, und ist gerade erst zurückgekommen.

»Nicht jetzt, Maeve«, sage ich, weil Mum immer noch aufgelöst ist, und berichte meiner Schwester erst alles, nachdem wir Mum einen Tee gekocht und sie auf dem Sofa in eine Decke gehüllt haben. Langsam geht es ihr besser. Dads Gewehr verstaue ich wieder an seinem sicheren Platz im Keller und nehme mir vor, die Munition bald bei Bill vorbei zu bringen. Er kann sie für die Jagd gebrauchen. Hier richtet sie nichts Gutes an, auch wenn die Tatsache, dass wir keine Angst vor Carron mehr haben müssen, durchaus etwas Gutes ist.

Drei Monate verbringe ich mit Rye. Drei wunderbare Monate, in denen wir uns nicht verstecken müssen, in denen ich wegen uns nicht mit meiner Familie streiten muss. Mum lädt Rye sogar ein, Weihnachten mit uns zu verbringen, obwohl es für sie unglaublich schwer sein muss, ausgerechnet das Kelpie, das indirekt zu Dads Tod beigetragen hat, an seiner Stelle im Haus zu haben. Trotzdem lenkt uns Ryes Anwesenheit alle ein wenig von unserer Trauer ab, die in diesen Tagen noch einmal einen Höhepunkt erreicht. Tagsüber verbringt er Zeit in der Natur und leistet uns an den Abenden, wenn es am schlimmsten für uns ist, Gesellschaft. So vergeht unser erstes Weihnachtsfest ohne Dad zwar mit vielen Tränen, dennoch meistern wir es besser, als wir gedacht hätten.

Die ständige Aufmerksamkeit der Leute im Internet und in der Öffentlichkeit nervt, aber ich erinnere mich immer wieder daran, dass es jene Aufmerksamkeit war, die mir Rye zurückgebracht hat. Menschen sind neugierig und irgendwie haben diejenigen, die für ihn gekämpft haben, wohl auch das Recht darauf, ihn kennenzulernen. Ich beschränke meine Social Media-Aktivitäten auf ein Minimum und ernte dafür weitestgehend Verständnis von meinen Unterstützern, auch dafür, dass ich erst mal eine Weile keine neuen Videos produzieren möchte. Zu den KeRes-Treffen fahre ich regelmäßig, doch Rye nehme ich nicht mit. Ein Kelpie gehört in keine große Stadt, das ist nicht seine Welt und es ist nicht seine Aufgabe, vor diesen Leuten zu sprechen.

Wir verbringen zwei weitere Wochenenden zusammen in Dalry, der Nostalgie halber, und werden jedes Mal, wenn wir durch das kleine Örtchen schlendern, von Leuten belagert, die Fotos mit uns machen wollen und sogar Autogramme haben wollen, warum auch immer. Wir sind schließlich keine Berühmtheiten. Also lassen wir die Besuche in Dalry irgendwann bleiben, aber auch an den Lodges stehen immer wieder Paparazzi wie vor der Villa eines Hollywood-Stars. So schön unsere gemeinsame Zeit auch ist, wir wussten von Anfang an, dass sie endlich sein wird. Dass es kein Pärchen geben kann keine Beziehung zwischen einem Kelpie und einem Menschen, zumindest nicht in dieser Welt. Immer wieder werden wir bedroht, auf der Straße beleidigt, angespuckt oder im Internet aufs Übelste beschimpft.

Ich denke nicht, dass sich einer von uns damals, als wir uns kennen und lieben gelernt haben, hätte vorstellen können, dass ausgerechnet diese seltsame Berühmtheit einmal das Aus für unsere Zweisamkeit bedeuten könnte. Ganz abgesehen davon, dass unsere Lebensstile nicht unterschiedlicher sein könnten und wir damit auf Dauer wahrscheinlich nicht glücklich wären. Einer wäre immer unzufrieden, das wissen wir. Einer müsste immer zurückstecken, Kompromisse eingehen, seine Bedürfnisse hinten anstellen. Und auch wenn jede gesunde Beziehung Kompromisse erfordert, so sind es keine Kompromisse dieser Größenordnung.

Die einzige Stelle, die wirklich bis zuletzt niemand entdeckt hat, ist Ryes Lieblingsplatz an dem hohlen Baumstamm, in dem mittlerweile nicht nur *Moby Dick*, sondern eine Sammlung anderer Bücher meines Bücherregals und ein Block mit Stiften lagern, da ich Rye das Schreiben beigebracht habe. Es ist unser kleines Refugium geworden, an dem wir zusammen Wind und Wetter getrotzt haben, in jeder freien Minute. Auch Lauren, Phoebe, Mum und Maeve haben Rye noch ein paar Mal gesehen und besser kennengelernt und Mum schüttelt ihm mittlerweile sogar die Hand. Immer wenn wir ein wenig mehr Raum, ein wenig mehr Freiheit und Wind um die Ohren gebraucht haben, sind wir ausgeritten, was mir heute gar nicht mehr komisch vorkommt.

Letzte Woche haben wir beschlossen, dass es an der Zeit ist, sich zu verabschieden, auch weil Rye nicht mehr viel Zeit hat, um sich durch das Töten am Leben zu halten. Wir beide verabscheuen diese Tatsache und er möchte mit mir nicht darüber reden, wie er es tun wird, wie er sein Opfer auswählen wird … Ich will es auch gar nicht wissen. Es würde uns nur beide zerfressen, was es auch so schon tut. Ehrlich gesagt, weiß ich nicht, was der Abschied mit mir machen wird. Ich freue mich darauf, weil Rye wieder die völlige Freiheit haben wird, aber ich hasse es, ihn wieder so einsam zu wissen. *Mich* dann wieder so einsam zu wissen, obwohl ich meine Familie und Freunde habe.

Zum Glück habe ich KeRes, denn mein Kampf für Kelpie-Rechte geht natürlich weiter. Wir krabbeln nicht mehr, wir sind als Verein aufgestanden, haben einen riesigen Schritt vorwärts getan und auch wenn wir noch wackelig auf den Beinen sind, merken wir jeden Tag, wie stark wir vorankommen. Diesen Kampf zu kämpfen, das ist meine Bestimmung. Hier ist mein Platz in der Welt. Die Lücke, die Dad hinterlassen hat, klafft weiterhin in all unseren Herzen, aber wir sind stärker denn je. Wie ich bereits sagte, wir werden okay sein. Auch ohne Rye, denn ich weiß, ich werde ihn wiedersehen. Und ich weiß, dass Dad tatsächlich stolz auf mich wäre. Stolz auf uns alle, wie wir unser Leben ohne ihn meistern. Am Ende wird immer alles gut, auch wenn man es vorher nie glauben wollte. Am Ende ist nie nur Finsternis.

Epilog

Ich stehe vor Rye an der Stelle im Fluss, an der alles begann. An der ich ihn zum ersten Mal von der Terrasse der Lodge aus gesehen und fotografiert habe. Seinen Lieblingsplatz haben wir gestern ausgeräumt. Alle Bücher sind wieder bei mir im Regal, nur *Moby Dick* wollte er über Nacht noch behalten. Jetzt hält er es in der Hand und drückt es mir an die Brust, sodass ich danach greife und es ihm abnehme.

»Ich möchte, dass du es für mich aufbewahrst«, sagt er. »Und wenn ich irgendwann wiederkomme, lesen wir es zusammen. Das haben wir schließlich erst ein paar hundert Mal gemacht.«

Es ist mir heute total egal, wie emotional ich bin. Jede Träne, die mir in den Augen sticht, lasse ich einfach so los. Einige fallen direkt in den Fluss, andere gleiten langsam meine Wangen hinunter. Manche landen in meinem Mund und hinterlassen einen salzigen Geschmack auf meiner Zunge.

»Ich werde es in Ehren halten.« Er lächelt und streicht mir eine Träne aus dem Gesicht, so zärtlich, dass meine Tränendrüse direkt nachlegt.

»Das ist kein Abschied für immer, Kenzy. Das weißt du, oder?« Er tut auf locker und unbeschwert, aber ich weiß, dass in ihm dieselben Gefühle toben. Seine Kelpie-Art hat nur nie gelernt, Emotionen richtig zu zeigen. Trotzdem kann ich ihn lesen wie ein offenes Buch.

Ich nicke. »Ja, das weiß ich. Aber es tut genauso weh.«

»Danke für alles, Kenzy. Du hast mir gezeigt, was leben ist. Was kämpfen ist. Du hast mir gezeigt, dass ich etwas wert bin. Ich werde dich vermissen.«

So sehr ich es möchte, ich kann nichts darauf antworten. Meine Kehle ist so trocken wie Wüstensand.

»Pass auf dich auf«, krächze ich. Ein letztes Mal für unbestimmte Zeit legen sich seine Lippen auf meine und werden von meinen salzigen Tränen benetzt. Ein letztes Mal für unbestimmte Zeit drücke ich ihn an mich, fester und länger als sonst, nehme alles in mir auf, das ich mit ihm verbinde.

Dann rückt er ein Stück von mir ab. »Du bist mein Licht in all den finsteren Wassern, Mackenzie Edwards«, sagt er und bringt mich mit diesem Schnulzenspruch, der aus der erstbesten Daily Soap stammen könnte, noch mehr zum Weinen.

Ein letztes Mal für unbestimmte Zeit sehe ich den schwarzen Rauchschwaden dabei zu, wie sie ihn umhüllen und in seiner tierischen Gestalt wieder ausspucken. Er macht ein wieherndes Geräusch, nickt mir mit seinem Pferdekopf zu und galoppiert davon. Ich umklammere *Moby Dick* so fest, dass meine Fingerknöchel weiß hervorstehen, und sehe ihm nach, wie er letztendlich im Fluss verschwindet.

Minutenlang stehe ich einfach nur da, lasse die letzten Tränen heraus und starre auf das Wasser, das ewig weiter fließt, egal, was in der Welt passiert. Das beständige Plätschern und Rauschen beruhigt mich und ich schlage aus einem Impuls heraus das Buch in meinen Händen auf. Vor Schreck lasse ich es beinahe fallen, als ich Ryes krakelige Schrift auf der ersten Seite sehe. Er hat mir eine Nachricht hinterlassen, die alles in mir warm und weich werden lässt.

Ich weiß jetzt, wer das Monster ist. Wir alle tragen es in uns. Es kommt nur darauf an, ob wir es gewinnen lassen.
Bis bald, Mackenzie.

Danksagung

Ich kann kaum glauben, dass dies jetzt schon mein zweites Buch ist und ich schon zum zweiten Mal eine Danksagung schreiben darf. Zuerst möchte ich mich bei meinem Verlag bedanken und all den wahrlich wundervollen Menschen, die hinter Piper Wundervoll, und allgemein hinter Piper Digital stehen. Danke, dass ihr mir die Möglichkeit gegeben habt, durch die Labels zu springen und von einem Thriller auf einmal zu Romantasy zu wechseln. Danke für euer Vertrauen und eure Unterstützung.

Meiner Familie, die immer hinter mir steht, mich bei allem bedingungslos unterstützt und immer an mich glaubt, kann ich sowieso nie oft genug Danke sagen. Aber ich tue es so oft wie möglich: Danke, dass ihr so sehr hinter mir steht!

Auch wenn du von Liebesgeschichten nicht viel wissen willst: Danke Thomas, dass du mich bei meiner Leidenschaft unterstützt, mit mir mitfieberst und dich nicht beschwerst, dass meine Geschichten manchmal mehr Aufmerksamkeit bekommen als du. Irgendwann kriegst du deinen Porsche! ;)

Was wäre eine Autorin nur ohne ihre Schreibfreunde? Julia, Marina und Bianca (#JumasabiNiweneko) – ich kann mir ein Autorenleben ohne euch und unsere verrückte Gruppe gar nicht mehr vorstellen. Danke fürs »An-mich-glauben«, fürs »Zweifel-aus-dem-Weg-Schaffen« und dafür, dass ihr so verknallt seid in Rye. Und sorry, dass es diese eine Szene nicht gibt, die ihr euch so sehr gewünscht habt ...

Insbesondere danke an Marina für den Titel, den du dir in einer Nacht-und-Nebel-Aktion aus den Fingern gesaugt hast, und der letztendlich so perfekt gepasst hat, dass er sogar übernommen wurde.

Linda und Jaana: Ihr wart von Anfang an dabei, als meine Begeisterung für das Schreiben vor ein paar Jahren wieder voll aufgeflammt ist – danke, dass ihr diese Begeisterung weiter befeuert habt, denn sie hat mich hierhergebracht!

Generell muss ich mich bei all meinen wunderbaren Freunden bedanken, die sich für meine Geschichten interessieren, sich immer wieder nach meinem Schreibleben erkundigen und mit mir mitfiebern. Allen voran Susi und Maria, aber auch allen anderen – fühlt euch zahlreich angesprochen und gedrückt. Danke für eure Unterstützung!

Vielen Dank auch an meine Lektorin Cornelia Franke, die mir geholfen hat, das ganze Potenzial dieser Geschichte auszuschöpfen und die mit eiserner Geduld die fünftausend »aber« in meinem Manuskript auf ein nicht zu vermeidendes Minimum reduziert hat. ;) Danke für die angenehme Zusammenarbeit.

Ein Buch ist kein Buch ohne sein Cover: Christin, du hast dich hier wirklich selbst übertroffen und ich danke dir für dieses wunderschöne »Buchkleid«, das du für Mackenzie und Rye gezaubert hast!

Last but not least bedanke ich mich bei all meinen Lesern. Danke, dass ihr diesen Weg mit Mackenzie und Rye gegangen seid, dass ihr die Geschichte gelesen habt, sie teilt, sie weiterempfehlt und Rezensionen schreibt. Erst durch euch wird diese Geschichte lebendig.